CAOS

A quien tiene entre sus manos este libro. Por adquirirlo, abrirlo, leerlo, disfrutarlo, comentarlo, criticarlo, odiarlo, cuestionarlo, censurarlo, quemarlo, romperlo, amarlo, soñarlo, tuitearlo, citarlo, re-venderlo... pero sobre todo: por salvarlo del olvido.

CAOS

de Christian Valencia

SUGERENCIAS DE LECTURA

La novela que tiene frente a usted permite cuatro posibilidades de lectura que pueden ocasionar un resultado muy distinto en la apreciación de la historia y los hechos. Le invito a probar el que más le llame la atención.

CAOS NATURAL (capítulos 1 al 30): La historia tal como fue concebida. El Caos en su estado más puro.

EL ALETEO DE LA MARIPOSA (capítulos 1, 3, 5, 7, 9, 12, 15, 18, 21, 24, 27): La historia de cómo un movimiento sutil de proporciones ínfimas puede afectar profundamente el funcionamiento del universo.

CAOS CONTROLADO (capítulos 2, 4, 6, 8, 11, 14, 17, 20, 23, 26, 28, 30): El afán humano por controlar lo incontrolable. El hombre vuelve al hombre.

LA PALABRA (capítulos 10, 13, 16, 19, 22, 25, 29): El punto de vista del hombre sensato. El desenlace feliz en una historia continua dependerá de la astucia que tengamos para encontrar el lugar propicio donde pintarle el punto final.

CAPÍTULO 1

Moscú, Diciembre 31, 2011

La luna, como un trazo en acuarela, se deshacía en el cielo tras la gran ventana circular. Las gotas de lluvia apenas tocaban el suelo antes de convertirse en hielo, escarcha, dolidas por el frío invernal del fin de año moscovita. La somnolencia atenazadora que lo acorralaba después de un día completo de excesos siempre le sorprendía. Siempre se desconocía y se descubría a sí mismo nadando en largos y viscosos pensamientos, razonamientos complejos e interminables, laberintos llenos de caminos cerrados y altas tapias, donde siempre las campanas de las preguntas repicaban sin la pausa de alivio de las respuestas. Sus pensamientos no llegaban nunca a concretarse, la concentración era esquiva, incontenible... arisca.

Junto a él, un cuerpo femenino dormía sin sobresaltos. La luna casi se reflejaba sobre la piel blanca glacial de «cómo sea que se llamara». ¿Olga? ¿Elena? ¿Anna? Nunca se dio el trabajo de aprender sus nombres. Sus inofensivos pies asomaban por el final del edredón blanco y dejaban adivinar unos dedos pequeños, infantiles, con uñas pintadas con esmero escolar. El rojo del esmalte era el único contraste con el tropiezo del edredón y la sábana, la piel y la almohada que conformaban el torpe *collage* que ahora podía ver. Era casi una niña. Tal como lo pidió. Su pubis apenas mostraba rasgos de adolescencia inconclusa. Sus caderas todavía no definían la curva cerrada y delineada que identificaría su silueta o, peor aún, la que él mismo llamaba *deformación* de las caderas que diferenciaba a las mujeres rusas de más edad. No podía explicarse cómo cuerpos tan hermosos y delicados se convertían en las mujeres descuidadas y toscas que tanto le desagradaban. Alguna vez uno de sus empleados de confianza le preguntó, no sin algo de recelo, el porqué de su preferencia por las «niñas».

—¿Por qué no una mujer adulta, que sepa lo que está haciendo?

La respuesta en ese momento no llegó a concretarse. Fue simplemente un gruñido seguido de una mirada inquisidora, de esas que practicó frente al espejo más de una vez tratando de adoptar una pose de «jefe de la mafia». Sin embargo, la pregunta, que en su momento fue impertinente y ajena, se convirtió en un cuestionamiento oportuno y propio, de los que le atacaban desprevenido durante el último cigarrillo de marihuana del día, cuando buscaba las respuestas. ¿Por qué adolescentes? Esta debía tener no más de quince.

La niña se movió un poco, hizo un amago de bufido. Se veía plácida, inocente, pulcra. Sus párpados delicadamente caídos, sus brazos inertes, sus pechos tiernos pero firmes, con un fino músculo manteniéndolos fijos, erguidos, puntiagudos. La aureola rosa de sus pezones con filamentos de pelusa transparente, bellos casi invisibles, brillantes. Belleza pura. ¿Era por eso?

Alguna vez leyó en un *blog* que la gente que pasa frente a una computadora la mayor cantidad de su tiempo, por gusto y no por obligación, siente que no envejece. En el cerebro de un programador pasan años enteros mientras está consumido con los dedos en el teclado, pero su cuerpo no lo reconoce. La droga de ingresar códigos y comprobar resultados es registrada por el cerebro siempre como un juego, un vicio, una adicción. Entonces la vejez no llega, la edad no golpea, el agotamiento no existe. La constante adrenalina que derrama el poder invisible se convierte en el elixir sagrado, en la fuente de la vida eterna.

Lo estaba logrando, razonaba por fin un enunciado hilado y coherente. Por fin definía un punto de vista: sus compañeros de la universidad, sus colegas, programadores todos cibernautas extremos, tenían siempre esa apariencia extraña: ojos cansados, pero cuerpos adolescentes; expresiones ancianas, pero miradas infantiles. El cerebro era sabio. Sabía ocultar sus virtudes con astucia, tras un sinnúmero de rasgos confusos y desalentadores. Tal vez eso explicaba su preferencia por compañía tan joven. Porque él también, en el fondo, era un adolescente. No contaban sus 45 años, solo los 15 primeros. Congeló el resto de años frente a un computador y luego los escondió tras un disfraz de criminal sutil; que no asesina pero encarga, que no ofende pero hiere de muerte, sin perder su frialdad ni su elegancia.

Su segunda teoría era más sencilla, pero más cruel. Pasó su adolescencia escondido tras un par de lentes fotocromáticos, varias docenas de granos faciales y labios partidos. La franqueó encerrado en un cuerpo grueso y desproporcionado. El último y definitorio camuflaje de su primera juventud fue una calculadora y cientos de operaciones invisibles, y luego una computadora que hacía innecesario su enlace con el mundo

exterior. Por lo tanto, ahora vivía realmente su adolescencia. Este era su momento, estos eran sus quince años, los que debió vivir, solo que esta vez lo hacía con dinero, poder y decenas de personas bajo sus órdenes.

Afuera, las luces de la ciudad todavía se aferraban a la noche. Los últimos autos zigzagueantes se despedían de las avenidas principales para encaminarse a sus puntos de descanso. El bullicio ya había pasado. La nieve todavía alta y la lluvia no prevista cancelaron cortésmente la mayoría de celebraciones. Se despidió temprano del breve festejo de fin de año y llevó a su «nueva amiga» a lo más alto de la casona. Una vez ahí, el ritual fue el de siempre: las palabras huecas, los tactos apresurados, los besos excesivos, los movimientos elípticos característicos, la intensidad previsible... pero el goce no fue el de antes.
Algo estaba cambiando.
Su cuerpo no estaba en su punto y lo sabía. Ella había sido buena, había hecho su mejor trabajo de expresión corporal y sonora y, al parecer, fue bien asesorada por sus predecesoras. Era claro que el problema no era ella. Lo sabía y eso lo molestaba. Era él quien no estaba igual. Eso le preocupaba. Lo atormentaba.
Hacia algún tiempo llegó a la conclusión de que nada en el mundo le complacía del todo. Tenía la claridad de que alguna vez sintió una completa satisfacción, pero no recordaba exactamente cuándo. Ahora ni el dinero abundante ni el sexo ni el poder... nada lo llenaban. Todo era insípido, incoloro. Eso era lo que lo hacía sentir envejecido. Ya no sentía el deleite de antes.

Extrañaba los días de descubrimientos, de atrevimientos, de aprendizaje. Los días en los que, para él, todo empezó a convertirse en lo que llegó a ser. Los tiempos en los que su vida se transformó para siempre y cambió su esencia. Cuando abandonó su nombre de nacimiento y adoptó uno nuevo, fuerte, intenso, perdurable: el único por el que algún día lo identificarían. Ese nombre escurridizo y a la vez evidente, básico y predecible, pero sin dirección, ni forma de ser rastreado. Ese nombre que le tomó tan poco tiempo decidir. Ese seudónimo que constaba en todas las listas de seguridad cibernética del mundo: Andrei.
El nuevo nombre llegó a su vida como recordatorio de un hecho doloroso e indeleble. Un acontecimiento que se abrazó a sus peores pesadillas y lo marcó desde su primera infancia. Fue durante los primeros días de su niñez cuando encontró lo que para él fue un refugio ante una vida vacía, triste y desolada. En medio de la frialdad de la escuela militarizada y adoctrinada a la que tuvo que asistir durante largas jornadas, encontró una amistad sincera y cálida que le alegró la existencia por varios años.

Encontró un compañero, un cómplice de juegos, de descubrimientos e ideas. Encontró un ser solitario como él, cuyos orígenes eran muy similares a los suyos y sus inclinaciones afines. Su mejor amigo en penas, alegrías, recreos y estudios se llamaba Andrei.

Ambos buscaban formas para escapar de la triste realidad que plagaba los días grises del comunismo ruso de los años setenta. Su nivel de comunicación superaba las palabras y se expresaban mediante señales y guiños invisibles para el mundo, en un afán de no ser reprendidos durante el horario escolar. Cada clase —lugar donde pasaban la mayor cantidad del tiempo separados por pocos metros— era para ellos un nuevo desafío de juego, un nuevo salón de fantasías y un nuevo reto por no dejar ni un minuto de disfrutar la compañía, sin emitir palabra en medio del silencio sepulcral de la academia. Otorgaban un esmero imaginativo superior a las clases más tediosas, donde cualquier excusa era suficiente para dejar volar la mente y la imaginación hacia universos alejados e inexistentes que luego compartirían entre risas. Mientras el estricto maestro paseaba, marcial, por el aula, vara en mano, obligando a los niños a repasar incomprensibles fórmulas matemáticas, su amigo y él inventaban mundos, dibujaban planetas y recreaban fantasías años luz distantes y distintas a su entorno.

Un día gélido de noviembre, poco antes de su décimo cumpleaños, un hecho imborrable evidenció la crueldad de la vida, rompiendo en pedazos la esperanza de su niñez. Los acontecimientos se volcaban en su mente desordenados y absurdos mas incisivos y punzantes: los gritos del maestro mientras levantaba los dibujos de su mejor amigo, el golpe certero y ejemplar sobre su pequeño rostro, el llanto inmediato, la risa burlona de los compañeros, la reiteración aún más fuerte del golpe, el puño cerrado, los ojos dementes del hombre que volvía a golpear el rostro sangrante, la caída inerte del cuerpo infantil sobre el piso de cemento, la convulsión momentánea, la muerte inmediata sin explicaciones ni lógica. El silencio absoluto del miedo.

Fueron varios los meses que no pronunció palabra. Fueron varias las semanas que lloró en silencio. Fueron varios los días que sufrió la pérdida irreparable de su único amigo. Fueron pocas las horas de detención que vivió el maestro. Fueron casi nulas las voces de queja e indignación, en un sistema que castigaba hasta el menor de los reclamos con la fuerza poderosa de su hoz y su martillo.

Cuando un psicólogo lo entrevistó para averiguar el porqué de su mutismo, empezó con la pregunta obvia cuya respuesta dio por terminada la sesión y el problema de la falta de habla del niño.

—¿Cuál es tu nombre?

—Andrei —contestó.

A pesar de la incongruencia de la respuesta con relación a la ficha médica que sostenía en sus manos, el especialista dio por solucionado el tema, toda vez que por lo menos el mutismo se había resuelto. De si las respuestas eran o no correctas no era un problema que tuviera afán en solucionar, seguro algún otro profesional lo haría en el futuro.

Cuando el *hacker* escogió su pseudónimo no lo hizo solo como homenaje a su infancia perdida, sino también como recordatorio. Era un mantra vengativo, como un breve himno de guerra, que esperaba repetir si algún día tenía la oportunidad de castigar al sistema por haberle quitado su fugaz felicidad. Sin embargo, en ese momento, la lógica no se impuso y solo le dejó un temor indescriptible y un trauma de por vida. Las imágenes grotescas del asesinato accidental de su amigo y las exigencias absurdas de la escuela le enredaron el cerebro y el alma para siempre.

Varios años después, un miedo constante y una soledad persistente lo empujarían a volcar toda su atención en los estudios, que se convirtieron en su nuevo refugio, dedicó sus energías y esfuerzos a dominar los números. Concentró su carrera académica, hasta terminar la universidad, en el perfeccionamiento teórico de las matemáticas. Ellas tuvieron siempre ese encanto incomprensible, ese sabor a conquista que siempre le había sido tan esquivo. Su casa helada, sus días grises, sus largos y ahora solitarios caminos a la escuela. El hambre, el tedio, el dolor. Todo junto, todo compartido, todo común.

El socialismo se había convertido en un ente hambriento e insaciable. Un monstruo que devoraba la individualidad, absorbiendo y engullendo cada minúsculo rasgo de luz novedosa y creativa. El común era la suma de sus partes. Cada pieza, cortada y preconcebida, imperfecta e inexacta, completaba un todo incoherente pero macizo. La Unión Soviética, para él, era la desunión entre repúblicas que se repudiaban, obligadas a hundirse y congelarse juntas. Era un amasijo de seres humanos que perdieron hasta las ganas de despegarse uno del otro y formaban parte de un mismo festín absurdo de necesidades y carencias a todo nivel.

Los números y las fórmulas le dieron esa única forma de diferenciar y disfrutar la gloria personal y privada; le regalaron la satisfacción egoísta de ser el dueño de la verdad, la respuesta, la comprobación absoluta. Sin embargo, este sentimiento por muchos años sería nada más que eso: un sentimiento sin aplicación, una utopía numérica, un somnífero constante en la monotonía insoportable.

Mientras la Rusia comunista se convertía en un remedo de ideales, los días se marchitaban sin que el calendario se alterara. Durante sus primeros años de adultez, hizo los trabajos físicos requeridos por el régimen y así cumplió con su cuota de censo proletario. Sus brazos se movían con la amargura de la derrota viva, pero en su mente los números

desfilaban felices, se asentaban, maduraban inquietos, en constante ebullición. Su escape de la realidad estaba ahí, en su cerebro, así como en sus años de escuela con su mejor amigo. Insistente, repasaba cada uno de sus cálculos, cada una de sus predicciones, cada uno de sus resultados. Todos acariciaban su ego con satisfacción, con emoción. Sabía que era un tesoro lo que tenía en su cabeza, pero no lo compartiría con nadie. Escondía su talento, resguardaba sus descubrimientos de todo. Sabía que esa capacidad lo podría convertir en un perro del régimen como a muchos otros de su generación, reclutados a la fuerza y obligados a aportar con tan decadente estructura.

Ocultó sus intereses y conocimientos, tras una actitud retraída, tímida y silenciosa que adoptó inclusive frente a su propia madre que era la única persona con quien tenía una conexión emocional y a la que tanto reverenciaba. Entendía perfectamente que sus días acabarían en el momento en que su cerebro se convirtiese en un bien común. No contribuiría con ese camino retrógrada, en parte por una convicción sustentada, en parte por la rabia de haber perdido a su mejor amigo en manos de la violencia del sistema y porque algo dentro de sí le decía que pronto, muy pronto, todo cambiaría.

De repente, un buen día, el mundo cambió. Su mundo cambió. El mejor postor compró y el más débil vendió su falta de cálculo al precio exacto de millones de cabezas, las cabezas de camaradas y ciudadanos, de su pueblo. Cayó el comunismo. El monstruo se desmembró y dejó una estela de sangre en las estepas y los valles. Cada uno de los antes vecinos se esforzaron por alejar sus miradas lo más posible de ese pasado que alguna vez prometió ser venturoso para mirar con ojos ansiosos cada teatro de humo que ofrecía Occidente.

Pero algo más pasó. El mundo se hizo más accesible para él. De repente, comprendió qué camino debía seguir. A los 25 años, descubrió que la comunicación con el planeta no se daba solo en las fronteras y las formas de consumo, sino también gracias a una nueva herramienta, una nueva forma de llegar a cualquier lugar, una nueva arma, con nuevas letras y símbolos. Llegó a su universo el acceso a las computadoras y las redes. Todo estaba por cambiar aún más.

Poco a poco, encontró relaciones cercanas entre las combinaciones numéricas, que tanto disfrutaba y dominaba, y los lenguajes más básicos de programación. En el computador los números se convirtieron en órdenes precisas, en aplicaciones elementales pero asombrosas. Si bien no entendía inglés —lo que se propuso solucionar rápidamente—, entendía perfectamente el idioma de las computadoras, el idioma que usaron los creadores de aquellas obras de arte, el lenguaje tanto tiempo vetado en

su país para el ciudadano común. En poco tiempo entendió, mejor que su ruso materno, la forma de comunicación y las expresiones binarias de interacción entre programas y máquinas.

Por fin, después de tanto y tan poco, visualizaba la materialización de sus ideas, la practicidad de su conocimiento, la valiosa utilidad de su talento. No tardó mucho en convertir su interés en potestad y esta en interés de otros. Hizo valer su sapiencia, empezó a descifrar códigos y a romper seguridades con una facilidad que sorprendía a sus colegas cercanos. Comenzó, por fin, a vivir una vida menos penosa. Empezó a llevar mejor pan a la mesa que compartía con su madre. Empezó a comprarle ropa, a consentirla con pequeños lujos. Pasó de ser un duplicador y vendedor de discos y material audiovisual a un verdadero maestro para la vulneración y duplicación ilegal de programas y aplicaciones.

Empezó a manipular computadoras y así inició una larga lista de grandes y lucrativos negocios: creó un virus que atacó la primera generación de ordenadores en la nueva era capitalista rusa, así como el antídoto que comercializó casi puerta a puerta, de empresa en empresa, no sin antes culpar al fabricante americano sin mencionar que en realidad fue insertado en la Oficina de Aduanas de San Petersburgo, donde su «socio» siguió al pie de la letra las instrucciones de instalación que él mismo escribió. Se pasaba días enteros diseñando y programando todo tipo de aplicaciones y programas, completamente ensimismado en su nuevo quehacer. Se sentía un ser todopoderoso y omnipotente mientras daba los últimos retoques a su creación.

De repente, cuando más sentía que había encontrado su lugar en el mundo y que la pasividad llegaba con ganas de instalarse, ocurrió: sus sueños se hicieron aún más alcanzables, más palpables. Llegó primero como un rumor leve, como una buena noticia que no es segura pero ilusiona. Luego, la emoción y la excitación fue contagiando a todos sus colegas. Ya nadie se concentraba en programar; ahora todos, expectantes, se preparaban para la llegada inminente de un nuevo ente dominador, del nuevo lenguaje completo, del insólito y único dios irresistible y tentador. Fue tal como lo esperó y como debía ser: perfecto y sencillo. Todo un nuevo universo que venía bautizado en inglés con tres letras perfectas y armoniosas: www.

CAPÍTULO 2

Aldea # 6177

Cuando Marco despertó, sus ojos se tomaron su tiempo para recorrer el lugar y su cerebro tardó en reconocer su ubicación. Las paredes blancas inmaculadas le parecieron familiares. El camastro ubicado en el centro de la habitación le regalaba la posibilidad de dictaminar la llegada del amanecer, ya que, desde ahí, observaba los delicados rayos de sol que entraban por los ojales milimétricamente tallados en la tapia del lado naciente del cuarto.

Brillante idea.

Ahora su conciencia regresaba. Su raciocinio volvía a establecer lugar, tiempo y situación.

Había llegado a ese lugar, tal como fue programado, como parte de su trabajo, después de haber pasado varios días en otra Aldea cercana. Durante cada visita a un nuevo lugar, su misión demostraba ser todo un acierto, un verdadero éxito. Los aportes que recolectaba de cada Aldea eran tan significativos que le sorprendía lo mucho que habían avanzado en tan poco tiempo. El aislamiento tenía sus limitaciones, pero el ser humano era un ser de adaptaciones y un ente de constante aprendizaje. Eso lo convertía en un ejemplo de creatividad y entereza.

A veces, cuando se despertaba por la mañanas, repasaba brevemente sus últimos años. Recordaba los acontecimientos tan valiosos que había vivido. Revisaba lo afortunada que había sido su existencia y lo inmejorable de su trajinar. Incluso se sorprendía imaginando su historia desde una perspectiva ajena, desde una mirada periférica, y sentía satisfacción por los sacrificios realizados en pro de tan importante aporte. Pero, sobre todo, se sentía afortunado porque sabía a ciencia cierta que lo que había visto, vivido, escuchado, olido, comido y experimentado, durante los últimos años, eran exclusivos de su persona. Nadie de entre

todos los hombres y las mujeres que había conocido había podido vivir tantas experiencias. Nadie. Sabía que esta diferencia tenía que existir para cumplir su rol y su obligación, y lo convertía en parte vital del preciso engranaje que permitía el funcionamiento de la importante maquinaria a la que representaba.

En su paso por distintos lugares, sentía la admiración que provocaba en los ciudadanos y su bienvenida era siempre calurosa y amable. La expectación que causaba tenía, en cada Aldea, diferentes matices. A veces, sus anfitriones rompían un poco el protocolo para mostrarle nuevos proyectos a destiempo, para compartir nuevos intentos, sabores, usos y aplicaciones. Sabían que registrarlos era su trabajo, pero también sabían que lo disfrutaba. Los habitantes alteraban su trajinar por completo cada vez que él llegaba. La víspera se convertía en una verdadera coalición entre escuadrones de limpieza, organización y cocina que preparaban los últimos detalles para su arribo. Las muestras de cariño y aprecio lo colmaban; pero, sobre todo, lo embriagaba la satisfacción de cumplir un deber encomendado, una tarea importantísima, y así aportar trascendentalmente con el funcionamiento de la Nueva Era.

Mientras la dicha le recorría el cuerpo escuchó un leve golpe en la puerta. En seguida, se incorporó y trató de acomodar un poco la cama sin preocuparse mucho por los dobleces torpes en la cobija blanca de hilo. Los nudillos que tocaban delicadamente la madera de la puerta eran femeninos, sutiles pero sólidos. Sus manos mostraban una madurez propia de la edad, pero también una sensualidad añeja. Dedos largos y finos se cerraban en una espiral de puño que anunciaba su entrada al cuarto del invitado de honor, al dormitorio destinado al Emisario. Marco aclaró la voz y de inmediato dijo:

—Adelante.

Cuando la puerta se abrió, la luz inundó el lugar, haciendo aún más notorio el avance de la mañana. Una figura madura y esbelta se dejaba ver. La bata de tela de lino blanco que la vestía, a contraluz, permitía definir su silueta femenina con una armoniosa inexactitud. Apenas detalles, pinceladas corporales, resplandecían. Marco la vio hermosa y sintió un gran regocijo. Le calculaba alrededor de 40 años. Veinte menos que él. Sin embargo, midió sus cuerpos a la distancia y previó una concordancia física atrayente. No procuró ocultar su anhelo. Ella sonrió. En seguida se abrió paso y lo saludó con un respeto casi ceremonial.

—Espero que hayas descansado bien, Marco. La mañana es hermosa.

—Si es tan hermosa como tú, seguro estará reluciente.

Magda no respondió. Solo lo miró graciosamente. Le extendió un vaso de agua cristalina sobre una pequeña bandeja. Él agradeció con un

gesto y tomó el vaso. Complacida, la mujer se dispuso a salir.

—El desayuno te espera.

—Voy en seguida. Gracias.

La mujer se alejó dejando una estela de sensualidad por su camino. Marco sonrió. Parecía que iba a ser una buena mañana.

Al sentarse a la mesa, ante él encontró dos platos perfectamente organizados y limpiamente servidos. El aire que entraba por la ventana era fresco y contrastaba con el sol que ya se apoderaba de todo. Desde ahí, podía escuchar el bullicio de la Aldea y a los paseantes. Los sonidos naturales y agradables poco a poco aumentaban su protagonismo. Reconocía el canto de los pájaros, comunicándose. La casa estaba impecable como la mesa que Magda dispuso. Las paredes blancas con adornos de plantas naturales creaban un ambiente placentero y le otorgaban una aparente vida propia. A los pocos segundos se dio cuenta por qué. Las flores, ubicadas en partes estratégicas de las paredes, se asentaban en pequeñas macetas insertadas en pequeños orificios exactamente medidos que permitían acceder a ellas desde la casa y desde fuera. El gorjeo de los pájaros que lo recibió al entrar al comedor era simplemente una manifestación de esa flora que tanto ellos como Magda compartían. Otra idea brillante.

Marco llevó la mano derecha hacia el cuello y lo apretó levemente con los dedos índice y pulgar. Entonces, empezó a narrar y explicar en voz alta, con lujo de detalles, el funcionamiento de esos «tragaluces-ventanas-maceteros» y los miró fijamente por unos segundos. Magda lo observaba atenta, casi sin respirar para no interrumpirlo. Se sentía honrada por tal detalle. No quería perturbar su trabajo. En cuanto terminó, bajó la mano y miró a Magda que lo esperaba en la entrada del comedor. Con un gesto, la invitó a pasar.

—Adelante, por favor.

Magda se acercó a la mesa y se sentó frente al hombre. Se había arropado un poco desde la mañana y ahora tenía un sobretodo que la cubría y disimulaba más su cuerpo. Marco la descubrió un poco envejecida, pero más atractiva.

—Son un invento local. De Miguel y su esposa. Los vas a encontrar en muchas casas —aseguró Magda señalando las plantas—. ¿No los habías visto antes? ¿En otro lugar?

Marco negó con la cabeza y sonrió complementando el destello de excitación en las preguntas de su anfitriona. De todas formas, la respuesta era clara, ya que lo había visto documentando el invento.

—¿Cómo lo clasificarías? —preguntó Magda, aprovechando la sonrisa y la postura abierta de Marco.

La miró con benevolencia. Durante unos segundos no dijo nada,

sopesó la pregunta. Magda se sonrojó un poco y se arrepintió casi de inmediato por su arrebato. Presentía que Marco no contestaría. Y él, a la vez, tenía muchas ganas de comentarlo con ella, con alguien. Así que se rehusó a seguir el protocolo y, para sorpresa de su anfitriona, comentó:

—No soy yo quien clasifica. Una vez que envíe el reporte entero de la Aldea, el Comité Central lo clasificará y, si es conveniente, lo compartirá.

Magda, aliviada en cierta medida y contenta por la apertura de su interlocutor, dejó de lado su aparente timidez y continuó:

—Siempre pensé que eran ustedes quienes decidían.

—Yo solo reporto y ellos deciden.

—¿Y cuándo se completa todo este proceso? —preguntó expectante.

Marco la miró y dibujó una sonrisa conciliadora. Había llegado al punto del que no podía pasar. Era una pena, sentía ganas de comentar más detalles con ella.

—Eso no lo sabemos. Seguramente nunca lo sabremos. Solo lo conocerán los próximos Emisarios, si se les pide que lo compartan con otras Aldeas. Pero obviamente no vendrán aquí trayendo algo que aquí ha nacido.

—Entiendo —contestó satisfecha.

A pesar de que la mujer tenía una gran cantidad de preguntas, sabía que era el momento de terminar el tema de conversación. Marco miró los platos y esto alertó a Magda de su despiste momentáneo. Sonrió y, con una señal de la mano, anunció el inicio de la comida. Marco asintió en señal de gratitud y acercó su primer bocado. El plato era más colorido que lo habitual y le costó un poco reconocer muchos ingredientes. Degustaba ciertos elementos familiares, pero no lograba determinar todos. Sin embargo, le supo particularmente delicioso. Magda miraba complacida el disfrute que causaba el plato en su invitado. Marco, descubriéndose en evidencia, levantó la mirada y regaló a la mujer un guiño.

—Invento local me imagino.

—Sí, en este caso, mío. Ya casi toda la Aldea tiene la receta —contestó halagada.

—En la noche me encantaría tenerla, por favor —cerró Marco para seguir comiendo.

Por un momento, le atacó la emoción de pensar que también podría incluir su receta en el reporte de la Aldea. Además, le gustó que el Emisario usara la palabra «noche». Eso quería decir que, a diferencia de la víspera, esta vez compartiría tiempo con ella antes de descansar. Marco seguía disfrutando del plato mientras comentaban acerca de la Aldea, la

forma de vida, el clima y otros detalles livianos.

La tertulia lo entretuvo lo suficiente como para dejar pasar el tiempo y casi olvidarse de su razón de estar ahí. La conversación lo distrajo un rato de la misión que debía cumplir: una encomienda para la que había sido estrictamente instruido. Su paso por la Aldea y por el área eran parte de un plan cuyo objetivo era ejecutar una obligación determinada y, por lo tanto, un conjunto de acciones vitales para su operación. Sin embargo, el brillo en los ojos de Magda, cuando él hizo alusión a la continuidad de su tiempo juntos en horas nocturnas, le permitió sospechar que el trabajo solo sería parte de su travesía, le dejó adivinar que existiría tiempo para más.

CAPÍTULO 3

El frío exterior dejaba pequeñas huellas escarchadas en la ventana circular. Andrei estaba estático, embelesado en las aristas y líneas formadas por el hielo que se expandía y contraía en los surcos microscópicos del vidrio. Diferentes ruidos llamaban su atención: la respiración pausada de su acompañante, los pasos lejanos de sus guardias de seguridad, los ladridos esporádicos de algún perro huérfano, el crujir de la madera inquieta y afectada por los contrastes climáticos.

Su compañera de cama se dio la vuelta. Ahora le mostraba su espalda... tersa, blanca. Reconocía, sin mucho esfuerzo, cada una de sus uniones vertebrales y el nacimiento de sus costillas. Su delicadeza sobrepasaba la piel y el esqueleto. Su fisionomía, en conjunto, se advertía frágil, quebradiza. Casi desconocía ese cuerpo. Parecía completamente diferente al que hacía pocas horas besó, lamió, mordió y poseyó. Era casi como si fuese otra persona más inocente, más pura, más inmaculada: más niña.

Se sobrecogió por el frío y el sueño empezó a vencerlo. Lo visitaba esa somnolencia liviana a la que estaba acostumbrado. Ya había olvidado la última vez que pudo dormir profundamente; no recordaba la última noche que disfrutó un sueño tan hondo como el de la adolescente a su lado. La razón era simple y, a la vez, compleja.

Su vida corría un constante peligro; eso estaba claro, por lo menos, para él. En el momento en que empezó a amasar verdaderas fortunas y expandió su poder hacia diferentes puntos y modelos de negocio, también aparecieron los que serían el equivalente tradicional de sus competidores que, por el tipo de transacciones que realizaba, eran más bien sus enemigos a muerte.

Cuando el Internet se convirtió en su herramienta de trabajo y su arma de ataque, sus operaciones abarcaron una gran cantidad de áreas. Los sistemas de seguridad de la época, todavía ingenuos, brindaban todo

tipo de facilidades para un ingreso indetectable. Su amplio conocimiento sobre programación le permitía desmantelar cualquier sistema informático de cualquier compañía que usara, incluso limitadamente, la web. Las falencias, impericias y limitaciones de todos los tecnólogos del mundo eran su puerta de entrada y su posibilidad de acceso.

Obviamente las ideas llegaron pronto. Los planes eran tan básicos y sencillos y su ejecución tan factible que, en poco tiempo, se dio cuenta del potencial de sus conocimientos y lo inmensamente rico que lo harían. Pero había una cualidad adicional que diferenciaba a Andrei del resto de programadores talentosos de la primera gran generación de *hackers* rusos. Y esta cualidad se instauró en él desde su adolescencia directamente relacionada con su personalidad: él debía mantenerse «por debajo del radar». Debía realizar sus negocios y actividades fuera de la vista no solo de sus posibles perseguidores, sino también de sus compañeros de oficio.

Empezó así a realizar sus actividades en solitario, completamente aislado del resto de *hackers*. Defendía su espacio de acción y no alardeaba sobre sus logros ni en foros ni en *chats* ni, peor aún, en la vida real. Dejó de lado el ego y la vanidad para concentrarse en desarrollar su talento y probar su capacidad. Esta decisión se oponía, en cierta medida, al comportamiento tácito de la naciente comunidad *hacker* mundial, cuyos miembros usualmente compartían sus conocimientos, descubrimientos y aportes entre ellos. Dicha apertura cohesionó rápidamente el grupo y les brindó fuerza y mejores resultados. Sin embargo él era distinto y su política de retraimiento, como comprobó no mucho tiempo después, blindaba la posibilidad de ser traicionado, atacado o vulnerado. Nadie supo quién era realmente y así se convirtió en una verdadera leyenda, hasta que llegó a ser demasiado poderoso para que alguien obviara su existencia o detuviera su crecimiento.

Muchos de sus colegas inclusive fueron detenidos y procesados por delitos informáticos —todavía torpemente tipificados en las legislaciones internacionales—, por el simple hecho de comentar o compartir algún logro con otro *hacker* que, con una versión impresa de la conversación, lo denunciaba por envidia o simple celo. Andrei jamás tuvo ese problema. Entraba a los foros y *chats* con distintos seudónimos y prestaba atención a los nuevos códigos y trucos para ampliar sus recursos técnicos. Todas sus operaciones eran propias e impersonales. Esto le permitió crecer de manera exponencial y sin intromisiones.

Primero vulneró lo obvio: servicios, sistemas y entregas. Al poco tiempo, no pagaba por cuentas telefónicas ni por conexión a Internet ni por algunos equipos que necesitaba. Todo lo hacía mediante fraudes

impecables, verdaderas obras de arte de ingenio, con las que evidenciaba falencias que ni el más cuidadoso de los programadores percibiría. Mientras tanto, desarrollaba pequeños programas indetectables que ingresaba mediante el despliegue de las páginas de búsqueda en las computadoras de ciertos usuarios que escogía con cautela gracias a su dirección IP.[1]

Así, en muy poco tiempo, logró ingresar en computadores al otro lado del mundo, donde se editaban o sonorizaban los estrenos cinematográficos más importantes y esperados del momento y, poco a poco, se apoderó de copias de películas de alta calidad mucho antes de su estreno o proyección privada; a veces, incluso, antes de que el director de dichas cintas las viera terminadas. Vendía cada una a cambio de una alta suma de dinero a los distribuidores «no oficiales» de material audiovisual y, más adelante, negoció con productoras de Hollywood que pagaban grandes sumas, mediante testaferros virtuales, para acceder al próximo material de la competencia.

Comerció claves secretas de Hotmail, Yahoo y AOL. Rompió las seguridades de cuentas bancarias y nóminas de pagos. Hizo rica a mucha gente mientras multiplicaba sus propios ingresos.

Después, empezó a extorsionar y cobrar por su silencio a todo nivel. Se daba el lujo de amenazar a políticos de países lejanos con revelar sus más oscuros secretos. Secretos que, a veces, ni siquiera entendía. Tenía cuentas de banco en diferentes partes del mundo, donde recibía pagos de altas sumas sin siquiera molestarse en comprobarlos. Todo lo hacía con extrema facilidad y una velocidad increíble. La naciente banca virtual estaba todavía atrasada con relación a sus habilidades.

Amaba esta nueva vida, este nuevo mundo diferente al anterior, instantáneo, impalpable, incuantificable. Esto le permitía controlar todo. Todo lo que no se podía ver. Todo lo que era como él: invisible. El único contacto humano que tenía era con su madre, el único ser de importancia en su vida y al que le había dedicado todo el tiempo que goteaba de sus horas frente a la computadora. Se había asegurado de darle todo lo que necesitara y más. Trataba de compensar la vida tan amarga y difícil que tuvo que llevar. Ella jamás cuestionó el origen de los fabulosos ingresos de su hijo. Se limitaba a admirarlo y quererlo como siempre.

Una tarde se planteó como meta romper las seguridades de los 20 bancos más grandes del mundo. Para su satisfacción lo logró en menos de dos días. No transfirió ni un solo centavo, se contentó con haberlo logrado. Hacía mucho que tenía más dinero del que podía gastar. Sentía que nada lo podía detener y esta sensación se hacía más clara con cada día que pasaba.

La velocidad de su crecimiento económico empezó a inquietarlo y se preocupó aún más por su tranquilidad y la de su madre. Cambió su pequeño departamento por una casa a las afueras de la ciudad, donde la paranoia por ser encontrado, capturado o procesado estaba menos latente. Este nuevo inmueble se convirtió en su centro de operaciones y refugio. Él mismo diseñó el sistema de seguridad con cámaras y sensores de movimiento que mantenían la casa vigilada y monitoreada todo el día. Blindó su habitación e hizo instalar un sistema de acceso por código alfanumérico que él mismo programó. Poco a poco, contrató personal para su servicio no sin antes tomarse el tiempo para investigarlos a fondo, entrando a sus cuentas bancarias, *e-mails*, *chats*, computadoras personales e información de seguridad social.

Una vez contratados, les proporcionó una lista de reglas estrictas sobre las labores diarias, la asistencia a su madre y el mantenimiento. Pasaba revista de sus actividades y se apersonaba de su desarrollo profesional diario. Les tenía categóricamente prohibido el ingreso a su dormitorio-estudio, donde estaban sus computadoras, discos duros y demás equipos que facilitaban su trabajo. Eran apenas ocho personas entre seguridad, mantenimiento y limpieza: más que suficientes. El tiempo multiplicaría este número por razones diversas, pero en un inicio, estos ocho fueron seleccionados entre cientos de currículums a los que pudo acceder entrando ilícitamente a la base de datos de la agencia de empleos más importante de Rusia.

Cuando recibieron la extraña llamada que los invitaba a una entrevista de trabajo, su sorpresa era mayúscula al darse cuenta de que quien llamaba sabía tanto acerca de ellos y sus aspiraciones laborales. Los escogió minuciosamente. Era gente de diferentes partes del país, sin relación, sin familia, sin tendencias marcadas ni antecedentes conflictivos. Así fue conformando, con extremo cuidado, un grupo personal de colaboradores. Nunca dejaba de vigilarlos. Diseñó programas que se conectaban diariamente a sus correos electrónicos y buscaban palabras específicas para asegurarse de que no compartiesen información o comentasen algún detalle sobre su trabajo. Pero además de estas precauciones, tomó una todavía más importante y efectiva. En un naciente país lleno de pobreza y desigualdad, se aseguró de pagar a sus empleados cantidades de dinero que no hubieran ganado en ningún otro lugar del territorio ruso por su trabajo. Se preocupó por hacerlos sentir cómodos económicamente y esta comodidad, eventualmente, se convertiría en lealtad y, más adelante, en veneración. Sus empleados eran sorprendidos con detalles económicos por parte de su empleador que «adivinaba» sus necesidades. No sabían su verdadera identidad y mucho

menos su actividad. Tampoco preguntaban, era parte de su trabajo. Lo veían solitario, retraído, pero muy inteligente y generoso. Era suficiente. Así, antes de cumplir los 30 años, Andrei aprendió que el dinero era el verdadero y omnipotente Estado, dios y ley. No existía otro más poderoso, querido ni obedecido.

—Tengo sed —dijo la niña a su lado, con voz ronca.
Estas palabras lo alertaron de repente. No sabía que había despertado, sus cavilaciones lo habían adormecido una vez más.
—Adelante —le respondió secamente mientras señalaba el minibar al otro lado de la cama.

Ella apretó con su mano infantil la sábana de seda blanca haciendo un nudo revuelto alrededor de su muñeca y se levantó arrastrándola por el piso. A cada paso descalzo, que la alejaba, sus movimientos develaban un brillo húmedo de sudor sobre su espalda. La luz tenue que entraba por la ventana resaltaba los rellanos impredecibles de su cuerpo. De nuevo sintió esa excitación de antaño y la sangre empezó a bombear frenética. La distancia le permitía verla aún más apetecible y deseable. Sin embargo, su cerebro volvió a minar sus intenciones con el simple temor de volver a sentir que no era el mismo, que ya no tenía el ímpetu de antes.
—¿Quieres? —preguntó enseñándole un tarro de jugo de naranja, alumbrado por la luz de la refrigeradora.

Negó con la cabeza y solo escuchó el sonido del jugo entrando por la boca de la chica, humedeciendo su trayecto y enfriando su estómago. Pudo aislar el sonido del líquido por encima del resto de ruidos casi imperceptibles que le entregaba la noche.
—¿Vives aquí solo? —preguntó mientras ojeaba los libros de matemáticas que dejó en el piso por la mañana—. ¿No te gusta la compañía?
—No siempre.
—Yo no puedo estar sola. Necesito siempre gente conmigo. Tal vez porque me crie con mi familia tan grande y bulliciosa. Esperando siempre arrancar una conversación en la cena o contarnos los problemas las tardes de domingo. No entiendo cómo puedes…

Él nunca tuvo a nadie. Sus apegos pasaron a segundo plano y su interacción social solo se concentró en su madre y sus empleados. Conforme el grupo de colaboradores crecía, su vida personal se retraía, mientras su carrera progresaba y su fortuna aumentaba, tenía cada vez más gente a su alrededor con la que se comunicaba cada vez menos.
La mayoría del tiempo la pasaba solo, encerrado, diseñando algún nuevo plan o definiendo una nueva estrategia. Sentía una fragilidad

incómoda que lo perseguía constantemente. No podía establecer un diálogo adecuado con la gente ni comunicarse de manera abierta; menos aún con el sexo opuesto. Nunca supo cómo.

Varios años atrás, un día de verano decidió, por alguna razón olvidada, salir a caminar por el centro de la ciudad. Paseó sin guardias, sin compañía; completamente solo. Deambuló por las calles y se sorprendió al ver, después de tanto tiempo, una concentración tan grande de gente. El capitalismo y la tendencia occidental se asentaron por completo en la sociedad rusa de inicios de siglo. La comunicación global arrasaba con cualquier vestigio de cultura tradicional y estaba convirtiendo su ciudad en una copia barata del modernismo americano, impregnándola de su estilo de vida.

Después de una corta caminata, dejando de lado sus contradictorios sentimientos nacionalistas, encontró un café agradable, donde buscó la mesa más lejana y solitaria que pudo y pidió una bebida. No pudo decidir cuál; la mesera se apresuró en enumerar las posibilidades y en cuanto él asintió con la cabeza ella se alejó hacia la cocina para traer la orden.

En ese momento, mientras revisaba el menú con nerviosismo para pasar el tiempo, escuchó un conjunto de risas desde el otro extremo del local. Era un grupo armonioso de hilaridades frescas y graciosas. Tres niñas, de no más de 15 años, festejaban y conversaban airadamente. Sus voces eran púberes, pero ya dejaban entrever las inflexiones femeninas de la adultez. De esos tres seres angelicales, uno lo miró durante un segundo, un ínfimo instante.

Lo miró a los ojos, fija, invariable, inflexible... altiva.

Después, como para cerrar el telón del acontecimiento, le sonrió. Dulce, juguetona, aprensiva, delicada. Una sonrisa luz, sol, *flash*, vida.

En seguida, le llamó la atención esa belleza tan pura y cándida. Le atrajo el movimiento torpemente coreografiado de sus hombros, cabello y pecho. En los brazos desnudos se dejaban ver pequeños vellos rubios, casi blancos. La tira de su formador escapaba a veces de la seguridad de la blusa sin mangas, resbalando por el hombro para ser rescatada de inmediato por la mano de uñas pintadas y anillos plásticos. Sus piernas eran delgadas, huesudas y largas, cortadas por rodillas todavía traviesas, todavía inofensivas; la falda, reveladora y cauta, como un amago de inocencia con intenciones de tentar.

Ya no lo miraba. Se había distraído, se había disipado. Ahora reía con sus amigas. Guardaba un cuaderno, sorbía su bebida, levantaba su mano. Pedía la cuenta.

¿Cuánto tiempo estuvo ahí sentado observándola? No lo sabía.

No importaba. Su bebida empezaba a calentarse. El papel de la cuenta reposaba sobre su mesa, mojado por el sudor del vaso cansado de esperar. Sus ojos se posaron sobre las gotas perfectas que se habían acomodado en grupos exactos de acumulaciones líquidas que desafiaban la gravedad de la inclinación del vidrio. Levantó la mirada. La buscó. La gente que pasaba cubría su rango visual, escondiéndola, alejándola. Pasó la mesera haciendo malabares con los platos y vasos sobre una bandeja. Pasó una pareja que también cubrió el panorama. Él se movía inquieto, tratando de mejorar su punto de visión e intentando esconder su ansiedad.

Por fin, vio la mesa otra vez. Los vasos estaban vacíos; los sorbetes, mordidos; la cuenta, pagada con monedas contadas con exactitud; las sillas, desordenadas y vio a la misma mesera acomodándolas. Sintió una gran desilusión.

De repente, su corazón dio un salto. Escuchó la risa de nuevo, esta vez alterada por el choque de las ondas contra el vidrio de la ventana del café que daba a la calle. Se puso de pie decidido, convencido, valiente. Podía ver que las tres chicas seguían de pie a la entrada del local. Todavía estaban contentas, festivas, animadas. Todavía no se habían marchado. Puso un billete que triplicaba el valor de la cuenta sobre la mesa. También se mojó. Recogió la chaqueta que había sacado innecesariamente de casa. Caminó tres pasos determinados y escuchó que las risas paraban y se convertían en pequeños murmullos asistidos por respuestas de otras voces adolescentes… masculinas.

Se volteó hacia la ventana y vio a tres jóvenes, besando y abrazando a las tres chicas. La que lo miró fijamente ahora acariciaba la nuca de su novio, mientras este recorría atrevido el interior de su falda con la yema de sus dedos. Andrei se detuvo en seco. Su determinación quedó herida de muerte y su cabeza giró diametralmente para alejar la mirada de semejante espectáculo. En seguida sus ojos se encontraron con la imagen de un hombre adulto, de apariencia descuidada, con piel blanca en extremo, que sostenía una chaqueta en la mano totalmente inapropiada para el clima, que lo miraba con tristeza desde un espejo que ocupaba toda una pared del café.

Ya tenía 34 años. Había ganado mucho, pero había perdido demasiado. Ya no podía volver el tiempo atrás.

—Vete —le dijo desde la cama, mientras su amante de turno cerraba la nevera del minibar—. Vete ahora.

CAPÍTULO 4

La mañana estaba radiante. El aire trasladaba ese aroma dulzón del campo cuidado y bien mantenido. Los árboles a la distancia bailaban delicados, mecidos por la brisa. Los sonidos, colores y olores eran armoniosos y amables con los sentidos; complementarios, precisos, perfectos. La Aldea estaba organizada exactamente igual que las otras que Marco había visitado. Los caminos eran de piedra perfectamente pulida; las casas, equidistantes; las veredas, impecables; los corredores, inmaculados. Todo estaba depurado y delimitado.

A breves rasgos, nada rompía con la monotonía. El blanco de las paredes, las puertas de madera tallada y las estructuras grises eran consistentes. Sin embargo, si se afinaba la observación, era fácil reconocer el carácter individual de cada vivienda. Cada una revelaba, de alguna manera, algún detalle que caracterizaba a sus ocupantes. No solo se trataba del sello de su oficio grabado en la puerta de entrada, sino también de algo más: una tela que colgaba de una ventana, un ramo colorido en el buzón de correspondencia o alguna flor que sobresalía de un jardín particular o que adornaba una pared, como en la morada de Magda.

Las calles empezaban a llenarse de habitantes y paseantes, todos sonrientes y animados. Era día de fiesta. Coincidían la visita anual del Emisario y el día de descanso. Además, la mañana se había confabulado con los acontecimientos, entregándose brillante y espléndida. Al final de la larga calle principal, se encontraba el centro de la Aldea: el encuentro de todas las vías y caminos. En su superficie, como eje central, se alzaba el Foro Público: un gran edificio circular y lugar de reunión multitudinario, perfectamente diseñado y construido para albergar muy cómodos a todos los habitantes.

Las medidas y cálculos de su arquitectura permitían dotar de excelente y unificada posibilidad de visibilidad, audición y participación a cada uno de los asistentes. La naturaleza se evocaba en su diseño, simetría y formas. Vistas desde el cielo, las graderías semejaban a un

gigantesco caracol blanco. El centro y punto de inicio se ensanchaba conforme se alejaba del lugar de emisión sonora. Las paredes cóncavas, milimétricamente edificadas, aumentaban su altura con cada circuito que formaban. De esta manera amplificaban, en una compleja reflexión de ondas, el sonido, permitiendo así escuchar y ser escuchado con asombrosa claridad desde cualquier lugar. Además de ser un prodigio acústico y arquitectónico, la edificación era imponente y cómoda. Su acceso era completamente abierto desde cualquier punto y esto lo ventilaba de manera natural, manteniéndolo fresco.

Desde los contornos exteriores del Foro, nacían las demás calles y rutas de acceso. Las despensas, los talleres, la clínica: todos tenían el mismo estilo de construcción y todos estaban dispuestos simétrica y organizadamente a los lados de las vías. A la altura de la escuela, el camino se ensanchaba y se poblaba de una vegetación que marcaba uno de los senderos hacia las áreas naturales del parque, el área de deportes y el bosque.

Por el sendero superior, justo al otro lado, se podían ver claramente las laderas donde se asentaban las edificaciones de tratamiento de agua y reciclaje. Arriba de estas, el destello del sol centelleaba en el reflejo de los paneles solares, apostados en la superficie que se abría un espacio en el monte. Coronando la ladera, arriba de los paneles, en lo más alto del campo visual, sobresalía el observatorio, edificio cilíndrico completamente blanco, con un millar de incisiones de distintas formas en las paredes y rematado por una terraza desde la cual se podía observar el firmamento y se alcanzaba con la mirada toda el área.

Algunos habitantes del pueblo llegaron al Foro temprano. Llevaron escobas e implementos de limpieza para darle un último retoque y alistarlo para el evento del día. Mientras tanto, los niños jugaban, reían y correteaban por las calles aledañas. El ambiente se engalanaba acercándose al mediodía, hora acordada para el encuentro. Magda estaba lista y recostada en el umbral de la puerta de entrada de su casa para mirar cómo la gente empezaba su trajinar del día. Marco salió de su habitación también listo. Alisaba su ropa con las manos.

Magda vestía un conjunto liviano y cómodo que delineaba su figura. La falda larga caía delicadamente sobre sus canillas, flotando casi sin tocar su piel. La blusa sencilla se ceñía sin dificultad, dando espacio para el movimiento del torso. Las caderas mostraban el centro del conjunto rematado en un simple pliegue de tela a manera de cinturón.

Marco la observó durante unos segundos desde el interior de la casa, en silencio, admirando sus mechones de pelo que gravitaban hasta la espalda con destellos castaños y que se confundían con filamentos

grisáceos que adornaban el conjunto. Apenas dio un paso, ella volteó. Sabía que la miraba e hizo su mejor esfuerzo por mantenerse esbelta y erguida. Al verse en evidencia, el hombre sonrió también y se acercó.

—Hermosa... hermosa mañana.

—Hermosa definitivamente —contestó ella—. ¿Te apetece un paseo? Todavía tenemos tiempo hasta el mediodía.

Marco asintió con la cabeza y extendió su brazo como invitación para que salieran a la calle. A su paso, los vecinos de las casas contiguas saludaban con un movimiento de la mano y una sonrisa abierta. Marco y Magda devolvían las atenciones de igual manera.

—Tú me guías —pidió Marco.

—No vayamos en dirección al Foro, seguro no podremos charlar tranquilos.

—Vamos hacia el bosque por este sendero —dijo señalando el camino.

El sendero que escogió Magda estaba menos transitado que la vía central y conducía con rapidez hacia la sección norte del bosque. Mientras se alejaban del caserío, vieron frente a ellos una inmensa arboleda que bordeaba una gran llanura de pasto cortado y cuidado. En diferentes puntos se veían grupos de gente que cumplían disímiles actividades. Al fondo, se divisaba el campo de deportes y los sembríos del pueblo que formaban grandes recuadros de colores sobre el terreno según el fruto. La vista era imponente; todo ese espacio abierto, lleno de color, de vida. Marco sentía una gran paz y la compañía de Magda se sumaba a esta sensación convirtiéndola en una felicidad extraña.

Cuando empezaron a caminar sobre la hierba, Marco tomó el turno de las preguntas. Esto sorprendió a su anfitriona.

—¿Cómo te sientes hoy?

—Estoy feliz. Es una sensación muy grata saber que ha llegado este día —le dijo animada.

—¿Este día? —preguntó desentendido.

—Sí, el día en que llega el Emisario y compartimos nuestras inquietudes y dudas. Es un día de luz para todos. Cualquier desánimo, cualquier tristeza siempre se disipa.

—Qué bueno escuchar eso. Siento que la razón del viaje se ha confirmado. Es eso precisamente lo que tengo que traerles, es el propósito final.

—Sí, pero debes saber que varias veces la convicción y la determinación flaquean, se amilanan.

Marco lo sabía. Conocía sobre la debilidad humana por buscar más allá de su entendimiento y estaba consciente de sus variables, pero

prefirió no profundizar en el tema, sino indagar más sobre su anfitriona.

—¿Paseas mucho por aquí?

—Casi a diario —contestó la mujer agarrando la mano de Marco.

—¿Sola?

—Sola. Casi siempre sola —dijo Magda intuyendo el trasfondo de la pregunta.

—Qué paradójico. Hubiera adivinado que compañía es lo que menos te falta.

Magda lo tomó como un cumplido y lo miró coqueta. Marco aprovechó para continuar con sus preguntas.

—¿Hace cuánto fue tu última unión?

—Hace ya tres años.

—¡Lo siento! No quería incomodarte con mi pregunta —dijo Marco interpretando la expresión de la mujer.

—No me incomoda. Es solo que me entristece un poco. Nada más.

—Lo siento mucho. No lo sabía. Si prefieres podemos hablar de otra cosa.

—No, para nada. Me hace bien hablar —expresó con un atisbo de sonrisa.

Marco esperó que la mujer rompiera el silencio.

—Pregúntame lo que quieras. Solamente quiero saber si esto es parte de tu trabajo, es decir, si estoy hablando con un Emisario o con un amigo.

—Un amigo —se apresuró a decir—. No estoy grabando nada de nuestra conversación. Este es un paseo de amigos.

—Me gusta eso. Me gustan los nuevos amigos.

—¿Cómo ocurrió?

—¿Cómo ocurrió qué?

—El fallecimiento.

—No falleció. Se marchó.

Marco se extrañó.

—No recuerdo haber visto en los reportes ninguna deserción de hace tanto tiempo. La última ocurrió hace un poco más de dos años, si no me equivoco.

—Sí —contestó Magda con amargura—. Pero antes de dejar la Aldea, ya me había dejado a mí.

—Lo siento.

—No hay por qué. Ya estoy más tranquila. Él hacía que todo fuera más complejo y eso me tenía nerviosa siempre.

—¿Cómo se llamaba?

—Jonás. Seguro está en los reportes —le contestó la mujer con un poco de tristeza.

—El reporte no tiene nombres y, además, no estoy registrando esto. Es simplemente curiosidad de amigo.

Magda sonrío.

—¿Tu oficio viene de familia o lo escogiste? —preguntó Marco tratando de cambiar el tema.

—De familia. Todos hemos sido cocineros. Mis padres, mis abuelos… Aprendí todo de ellos.

Marco estaba a punto de preguntar si quería continuar con la tradición y tener hijos en un futuro, pero prefirió no arriesgarse a entristecerla con sus preguntas.

—Lo haces muy bien. Todavía no he olvidado el sabor del desayuno.

—¿Y es así como debe ser? —preguntó Magda con ironía y curiosidad.

—Nada «debe ser» de alguna manera. Es un conjunto de preferencias comunitarias las que definen eso. No sabría decirte, pero yo lo disfruté.

—Pero, ¿en otras Aldeas encontraste el mismo sabor?

Marco la miró benevolente. Magda viró los ojos traviesa, coqueta.

—Lo sé… No debo preguntar cosas que no puedes responder.

—Gracias —dijo Marco y acarició su mano.

Ya estaban bastante adentrados en la planicie de pasto y se sentaron uno junto al otro mirando hacia el bosque. Magda se inclinó un poco para acomodar su cabeza en el hombro de Marco. Él sintió una corriente placentera recorrer su cuerpo.

—¿Conoces bien el bosque? —preguntó señalando los primeros árboles que se mostraban en frente.

—Bastante. Durante mucho tiempo estuve, con un grupo, encargada de la alimentación del observatorio. Todos los días caminaba cargando viandas por el bosque.

—¿Y los senderos?

—A veces estaban mojados y resbalosos. Fue en la época en que estaban hechos de piedra oscura. Entonces, aprendimos nuestro propio camino pasando por entre los árboles.

—¿Y ahora?

—Ahora no es necesario. En el observatorio hay una cocina y una familia se hace cargo de todo.

—Así que si necesito un guía para pasear por el bosque…

—Yo soy tu mejor opción.

La mañana avanzaba y los temas de conversación se alternaban con soltura. Charlaban como viejos amigos. Marco se puso de pie e invitó a Magda a levantarse. Su contextura era delgada, como la de casi todos los hombres de su edad y su estado físico impecable. Marco estiró su brazo e impulsó a la mujer para incorporarse. Ella se puso de pie, dejando su cara a pocos centímetros del hombre que volvió a sentir una descarga eléctrica de excitación recorriendo su cuerpo. Magda lo miró directamente a los ojos y, con expresión grave, susurró.

—Por favor, no me tengas lástima. Hablo en serio cuando te digo que estoy bien. He encontrado oportuna compañía en estos años. Amo mi vida. No pienso en Jonás. No siento resentimiento ni dolor ni amargura. No soportaría que alguien me mirara con lástima.

—No te tengo lástima. Descuida. Te miro con admiración más que con pena.

—¿Admiración física o intelectual? —le preguntó coqueta y con afán de romper la seriedad del momento.

—Ambas —contestó Marco con seguridad.

—Entonces ya somos dos.

En ese momento Magda dio media vuelta caminó hacia el caserío. Marco se quedó unos segundos asimilando la conversación.

—¿No vienes? —preguntó juguetona y levantando un poco la voz para que lo pudiera escuchar—. Mira que a quién esperan allá abajo es a ti, no a mí.

Marco reaccionó y aceleró el paso para alcanzarla. Se sentía contento, renovado.

—¿Entonces qué sientes? —le preguntó el hombre mientras se acercaban al sendero de piedra más próximo.

—¿Por ti? —preguntó Magda alzando las cejas, exagerando su sorpresa. Marco rio de buena gana.

—No. Sobre la partida de Jonás —apagó la risa.

—Nada. No siento nada.

—¿Ni siquiera curiosidad de saber dónde o cómo está?

—Seguro estará mejor. Aquí nunca estuvo bien.

Marco la miró de reojo mientras casi llegaban a las primeras casas. Ella lo advirtió, se detuvo un segundo y dio vuelta para mirarlo de frente.

—Ni siquiera curiosidad —mintió.

CAPÍTULO 5

La adolescente se vestía con determinación. Las palabras de su acompañante habían sido lo suficientemente claras y contundentes como para dejar lugar a dudas. De todas formas, había terminado su trabajo y era hora de marcharse.

—Abajo te espera alguien que te llevará a tu casa.

—¿Y si te digo que no tengo casa?

—Entonces te llevará donde quieras, pero aquí no te quedas.

Las palabras de Andrei eran impersonales, huecas. La chica recogía sus pertenencias mientras se acomodaba el atuendo. Ni siquiera la miraba. Estaba otra vez perdido en sus pensamientos, con la vista hacia el infinito, concentrado en algún juego de luz frente a la ventana circular que adornaba la pared de su habitación. Observaba los destellos de la ciudad, de su ciudad todavía inquieta y apenas conciliando un sueño leve y desigual.

Desde ese lugar privilegiado, en el punto más alto de su mansión, en el corazón de Kropotkinskaya, el barrio más exclusivo y opulento de Moscú, podía ver todo el movimiento y el trajinar de la calle y la avenida contiguas. Veía las luces que se apagaban y prendían conforme alguien pasaba de una habitación a otra en alguna casa lejana. Veía la sincronía de los semáforos que se alternaban ignorados en una exposición de reflejos constantes, bañando de color las calles congeladas. Observaba al guardia de seguridad de alguna casa cercana que sorbía un café mientras esperaba ansioso el cambio de turno de las cinco. Era su punto de observación, un lugar invisible donde se sentía seguro y resguardado. Su acceso estaba completamente restringido y su ubicación estaba bien protegida.

Cuando con su madre dejó la casona a las afueras de la ciudad para comprar ese inmueble, pagó por él una suma equiparable al valor de una isla en el Caribe. Sin embargo, cuando en el primer encuentro con el

agente de bienes raíces que contactó por *e-mail*, le entregó el maletín con el valor total en efectivo, Andrei ya sabía perfectamente lo que adquiría. No fue por su construcción, diseño, decoración y amplitud, sino sobre todo hubo dos razones por las que la seleccionó de entre cientos de opciones. Ambos factores tenían que ver con su ubicación, pero por motivaciones distintas.

El barrio donde se encontraba estaba plagado de mansiones y casas lujosas, muestra clara de la opulencia de fines de siglo XIX que la revolución bolchevique quiso erradicar. Su residencia era probablemente la menos ostentosa de toda la calle y pasaba completamente desapercibida al compararla con las propiedades de sus vecinos. Sin embargo, era la más grande y la que mejor aprovechaba el espacio. El segundo factor era más importante aún y contribuía a sus planes: la mansión se encontraba en un barrio lleno de embajadas y consulados internacionales. En un país donde la apertura universal era la nueva bandera de expansión económica, este, probablemente, era el lugar más seguro para vivir. Sabía que los tentáculos de sus nuevos amigos y viejos enemigos no podían tocarlo sin afectar la imagen que la «nueva Rusia» quería proyectar al mundo.

Ahí trató de reproducir la paz y la tranquilidad que había disfrutado en su casa a las afueras de la ciudad, pero nunca lo logró. No solo por el paisaje citadino que copaba su vista o la cantidad de personal adicional con el que tuvo que convivir, sino también porque cualquier sosiego que pudo alcanzar se rompió irreparablemente la mañana en la que, al abrir su *e-mail*, encontró, por primera vez, una comunicación de Alex. Su «nuevo amigo».

Antes del inicio de esta relación indeseada, Andrei vivía la vida que siempre soñó. Sus diferentes trabajos alrededor del mundo lo habían convertido en un hombre inmensamente rico. Su fortuna en dinero contante y sonante, depositado en diferentes cuentas bancarias en varios países, era incuantificable. Mediante diversos nombres e identidades, podía darse el lujo de manejar imponentes sumas y transferirlas sin ser molestado. Además, ya contaba con empleados a los que nunca había conocido en persona, en diferentes ciudades, que hacían las veces de representantes de sus intereses a cambio de grandes sumas de dinero. De esta manera, empezó a invertir en otro tipo de actividades mediante empresas fantasmas alrededor del mundo. Su grupo de colaboradores cercanos todavía era reducido y se ocupaba de cosas mucho más pequeñas y siempre fraccionadas para no obligarlo a confiar demasiado en nadie. Su madre, que era la única a la que quería complacer, disfrutaba al máximo sus últimos años de lucidez, orgullosa de su hijo. Todo caminaba como siempre quiso.

Un día, de improviso y sin piedad, su vida cambió. Todos sus temores se hicieron realidad y se condensaron en las cuatro líneas que manchaban ese *e-mail* que nunca olvidaría.

«Hola Andrei...
Yo sé quién eres.
¿Quieres saber quién soy yo?
Álex33»

Sintió un líquido gélido bañar apresuradamente el interior de su cuerpo. Sintió que el piso se movía y que su cerebro tropezaba con una serie de ideas, pensamientos y sinrazones que taponaban ansiosamente su lógica. No salía del laberinto de preguntas y cuestionamientos. No lograba comprender ni asimilar lo que leía. ¿Cómo podía alguien haberlo encontrado? ¿Cómo podía alguien saber su dirección de *e-mail*? Tenía que ser un error. Era imposible pensar que un extraño pudiera romper sus seguridades. En seguida, revisó frenético sus otras direcciones electrónicas. Todas en diferentes servidores, en diferentes partes del mundo, algunas inclusive abiertas hace pocos días. En todas encontró el mismo *e-mail*, las mismas palabras que cambiaron su vida para siempre.

El remitente tenía una dirección de Hotmail. Parecía sencilla de rastrear e ingresar. Sin embargo, a diferencia de los cientos de direcciones de correo electrónico que había vulnerado, esta era particularmente esquiva. En cuanto corría el programa que rompía el código para acceder al contenido del buzón electrónico y este arrojaba los resultados de claves y contraseñas, algo lo detenía. Parecía como si alguien, en ese preciso momento, también hiciera un cambio de contraseña en la cuenta de *e-mail*. Lo intentó más de 20 veces con iguales resultados. Estaba atónito, paralizado de miedo y, a la vez, intrigado por ese sistema tan veloz y eficaz de bloqueo que contrarrestaba su técnica, hasta ese momento, infalible.

Pasó casi 30 horas sin dormir, sin comer, sin hablar con nadie, completamente frustrado y alterado por la situación. Revisó cada código, cada número, cada clave. Repasó una a una sus conexiones, computadoras, accesos, *routers* y servidores... todo. No descubrió nada extraño, nada fuera de lo normal, nada que pudiera explicar tamaña intromisión, tamaña vulneración de su espacio, de su tranquilidad, de su seguridad, de su vida.

Cuando empezó a darse por vencido, cuando empezó a sentir la necesidad de aceptar su derrota y replantear completamente su existencia, cuando su cuerpo empezó a darse cuenta de la incontrolable corriente de adrenalina y su respiración cortada empezó a doler, llegó el segundo *e-mail* como un cuchillo que movía su hoja afilada entre sus entrañas.

«Andrei…
No te dejes llevar por la ansiedad.
No te desesperes tratando de encontrarme.
Yo soy invisible, como tú.
Alex33»

Esta segunda misiva se multiplicó instantánea, punzante, incisiva. También, como la anterior, se abrió paso irreverente, rompiendo intrusivamente cualquier seguridad que Andrei procuró. Pero, sobre todo, dejando quebrantada y herida de muerte su confianza, su seguridad y su tranquilidad.

Finalmente, abatido, se durmió.

Fue un sueño pesado y largo, no como los que acostumbraba tener. Fue tal vez el primer sueño profundo desde la época en que dormía con su madre en el catre de la habitación húmeda y fría de su infancia. Dio mil vueltas en la cama. Las visiones lo atormentaban pero no lo despertaron. Sus pesadillas le mostraban una cantidad de eventos incomprensibles pero relacionados. En ellas era perseguido por calles y pasadizos exactamente iguales. No podía ver la figura que lo acechaba. Ni siquiera podía mirar hacia atrás. Solo sentía que le pisaban los talones y, mientras él corría a toda velocidad para no ser alcanzado, se daba cuenta de que los caminos y callejuelas se hacían cada vez más angostos, cada vez más difíciles de transitar. Cada vez sentía más cerca a su perseguidor.

Despertó sudando, boca arriba en su cama. Se incorporó súbitamente solo para ser testigo de la llegaba del tercer *e-mail*. Esta vez se levantó, se sentó frente al computador y respondió.

Alex33 era realmente Anton Golovanov, director del grupo élite del Servicio Secreto de Inteligencia ruso, parte del famoso Servicio Federal de Seguridad bajo órdenes directas del presidente. A pesar de no haber intercambiado jamás una sola palabra personalmente con Andrei, él y sus compañeros del departamento de seguridad e investigación informática del Gobierno lo conocían a la perfección. Lo descubrieron años atrás y estuvieron a punto de apresarlo en una de las múltiples redadas, allanamientos e incautaciones que hicieron a mediados de 2007. Estas detenciones, publicitadas y difundidas mundialmente, fueron más que nada una respuesta casi orquestada a la creciente presión internacional con relación a la apatía del Gobierno ruso sobre el control de los *hackers* que operaban desde su país y volvían loco al mundo occidental.

La razón más importante por la que Andrei no fue detenido, procesado o molestado en esa ocasión, fue porque Golovanov y varios de sus compañeros del grupo de inteligencia reconocieron su inmenso

talento e ingenio. Pero también, al haberlo vigilado de cerca durante tanto tiempo, advirtieron su paranoia y fragilidad. Consideraron la posibilidad de asustarlo o intimidarlo y concluyeron que solo lograrían coartar su genialidad y detener su expansión. Además, el blanco de sus ataques no era ruso; dirigía las principales agresiones internautas a los intereses norteamericanos o de la comunidad europea. Por lo tanto, entre el grupo de fervientes nacionalistas que conformaban el equipo de inteligencia, varios sentían una cierta afinidad ideológica. Los americanos, después de todo, fueron los grandes protagonistas del declive de la antigua Unión Soviética y fueron los que más se beneficiaron durante la transición.

La Oficina de Inteligencia veía a Andrei como un arma de desfogue contra toda la antipatía que Occidente les producía y frente a la que no podían hacer nada. Por lo tanto, se limitaron a intervenir sutil e impecablemente en todas sus operaciones y lo observaron con paciencia, sin interponerse. Recibían, en tiempo real, toda la información que pasara, se originara, llegara o saliera de sus computadoras. En varias ocasiones, inclusive, le facilitaban las cosas: destinaron un presupuesto para darle un poco de campo de acción y manejo cubriendo los «problemas» que pudiera ocasionar.

Después de varios meses de monitoreo, determinaron la personalidad de Andrei. Y esto, en lugar de preocuparles, los tranquilizaba y, a la vez, los maravillaba. Lo descubrieron obsesivo, paranoico y desconfiado, pero también inteligente, astuto, creativo y ambicioso. Para Golovanov se convirtió en una misión mantenerlo vigilado. Sabía que tarde o temprano le sería de utilidad, sabía que pronto llegaría el día en el que necesitaría de su pericia.

Ese día al fin había llegado, era hora de poner en marcha la segunda parte de la operación «Hijo Pródigo». Así, en cuanto recibió la respuesta de Andrei, Golovanov se dio cuenta de que pisaba terreno seguro.

Andrei: Quiero saber quién eres y qué sabes de mí.

Alex33:   Soy Alex33. Conozco bien tus talentos y quiero que seamos buenos amigos.

Andrei: Yo no tengo amigos.

Alex33:   Uno no puede vivir sin amigos. Sino imagínate, ¿quien te sacaría de los apuros?

Andrei: ¿Qué quieres de mí?

Alex33:   Quiero que seamos amigos. Eso ya te lo dije.

Andrei estaba devastado. El intercambio de *e-mails* que conformaba esa conversación tan básica lo atormentaba. Percibía un tono paternalista y fastidioso en las líneas de Alex33 y le costaba escoger con claridad las palabras. Sentía como si mantuviera un diálogo con una persona que lo observaba, que lo vigilaba y eso lo hacía sentir incómodo y en desigualdad de condiciones. Intentó tranquilizarse y no demostrar su ansiedad ni su furia. Trató de jugar el mismo juego.

Andrei: ¿Qué se supone que hacen los amigos, según tú?

Alex33:   Los amigos se ayudan.

Andrei: ¿Entonces tú me quieres ayudar?

Alex33:   Claro. Pero también quiero que me ayudes. Así equilibramos la amistad y esta puede ser duradera. Si dicho equilibrio se rompe, entonces puede llegarse a cortar abrupta y a veces hasta trágicamente.

Andrei: ¿Me estás amenazando?

Alex33:   No, los amigos no amenazan, los amigos comunican.

Andrei: Pero entonces podría yo romper esta supuesta amistad y no volver a responderte.

Alex33:   Claro que podrías. Pero eso la dañaría. ¿Sabes qué es lo contrario a un amigo?

Andrei: No tengo cinco años.

Alex33:   Lo sé. Precisamente. Es una terrible idea tener enemigos que lo conozcan tan bien a uno. ¿No crees?

Andrei temblaba. Se sentía amenazado. Quien quiera que fuera estaba logrando su cometido: estaba dejándolo desarmado y desamparado. Movía ansiosamente el *mouse* sobre el escritorio. Escribía y borraba frases en el *e-mail* de respuesta. Por último, se animó a seguir un poco más con el juego.

Andrei: Puede ser. ¿Tú tienes enemigos?

Alex33:   Tengo, claro. Los tenemos todos. Pero eso es precisamente lo que me hace pensar que tú y yo podemos ser tan buenos amigos. Mis enemigos y tus enemigos son los mismos. Es un hecho histórico: los enemigos comunes unen más que los amigos comunes. ¿No lo crees así?

Andrei comprendió el razonamiento y lo encontró lógico. Sacudió la cabeza inquieto por la idea de que Alex33 estaba llevando la conversación como quería, hacia un terreno específico. Andrei era solo parte de un plan previamente establecido.

Andrei: Puede ser. Y entonces, ¿quiénes son «nuestros enemigos»?

Alex33:   Nuestros enemigos son los que nos quieren dañar, los que nos pueden dañar. A pesar de ser los mismos, su poder puede afectarnos de formas diferentes a ti y a mí.

Andrei: ¿Diferentes?

Alex33:   Sí, porque a ti nuestro enemigo te llevaría a una cárcel internacional por todas las travesuras de estos últimos 20 años. Y a mí, en cambio, me mataría sin piedad con la indulgencia del resto del mundo. Pero lo peor es lo que le haría a nuestro hermoso país. Lo invadiría con alguna justificación inconsistente, lo sometería, le quitaría su identidad, su valor y sus riquezas, y lo conquistaría como conquista, poco a poco, al mundo entero.

Alex33 había llegado al punto que quería, con la velocidad esperada. Sabía qué debía decirle a Andrei para tocar su fibras sensibles, para hacerlo reaccionar. Había funcionado. El *hacker* de repente entendió todo lo que tenía que entender. Tenía una conversación con alguien, en algún lugar de su propia ciudad, que tenía el poder de observarlo y la ventaja de conocerlo. No eran tantas las opciones.

Andrei: ¿Policía?

A pesar de que Golovanov nunca le reveló a Andrei su verdadera identidad, no tuvo empacho en exponer sutilmente su relación con el Gobierno. Sabía que Andrei temía por su detención y que mantenía todavía intacto su respeto y temor al eje de mando impregnado en los años del comunismo.

Alex33: No precisamente. Somos colaboradores muy cercanos.

Andrei: Entonces, ¿por qué no me han detenido aún por mis travesuras?

Alex33: Porque, como te dije, los amigos se ayudan.

Andrei estaba confundido, pero por lo menos ya sabía un poco más sobre su situación. Sin embargo, sentía un dolor en el pecho, una sensación profunda de derrota y desazón. Él se pensaba infalible, único, intocable. Esta conversación rompía en pedazos su vida y pisoteaba su ego infamemente. Quería llorar. No había mucho por hacer. Todo esto pasaba en tiempo real y cada contestación era rápida y precisa. Se sintió desnudo y en evidencia. Sin embargo, su intelecto se hizo cargo de la desesperación y, con un poco más de claridad, completó la idea que necesitaba establecer sobre estos inesperados acontecimientos.

Andrei: ¿Qué es lo que quieren de mí?

Golovanov sonrió ampliamente. Sus compañeros ubicados frente a otras computadoras en la Oficina de Inteligencia también reaccionaron con satisfacción ante el mensaje. El hecho de que haya pluralizado a Alex33 con la palabra quieren era una señal de que entendía que estaba frente a una organización y no ante un demente que trataba de timarlo. Además, la velocidad de las respuestas era lo que esperaban. Buscaban incomodarlo y hacerle sentir la urgencia de deshacerse de la comunicación cuanto antes. De esta manera, podían contar con que Andrei haría lo que le pidieran con tal de no saber más de ellos.

Alex33: Todavía no es momento de pedirte nada. Solo me aseguraba de que podía contar contigo.

Andrei: ¿Y si no quisiera que cuenten conmigo?

Alex33: Los amigos nunca se defraudan. Si eso llega a pasar entonces significaría que no eres mi amigo. Por lo tanto, serías más cercano a nuestros enemigos. Yo no haría más que compartir con ellos todo lo que sé de ti. Sencillo, ¿no?

Andrei se movió incómodo en la silla. Ahora sí veía el fondo de esto. No quería seguir respondiendo. Medio minuto después llegó otro mensaje.

Alex33:   Pero no hablemos de cosas tan negativas. Estoy seguro de que me vas a ayudar con mucha voluntad. Y para que veas que yo sí soy tu amigo te voy a dar una muestra de mi amistad. Disfrútala. Estaremos en contacto.

El *e-mail* incluía una imagen digital anexa. Era una foto nocturna, con mala iluminación. Sin embargo, la reconoció de inmediato. Reconoció el vaso de agua sobre la mesa, el libro abierto, la alfombra de pelo alto, las pantuflas en el piso, las cobijas corridas, el pelo gris recogido. Reconoció la cara de su madre, plácidamente dormida en su habitación al otro extremo de su propia casa. Se le heló la sangre.

Tan solo con recordar todos estos acontecimientos sentía de nuevo el temor que lo abrazó hacía tanto tiempo. Habían pasado ya varios años, pero todavía se sentía incómodo y no se acostumbraba a interactuar con el Grupo de Inteligencia. Si bien era cierto que ahora todo era más sencillo para él, la ruptura de su anonimato le afectó profundamente.

—¿Nos volveremos a ver? —preguntó la chica a sus espaldas, lista para salir.
—No lo creo —respondió Andrei secamente.
En ese momento presionó un botón junto a su escritorio y la puerta se abrió haciendo un ruido de sistema hidráulico. La plancha metálica con cobertura de madera tallada se retiró pesadamente y, por la abertura, entró un haz de luz que llegaba desde el corredor donde los guardias la esperaban para escoltarla. La luz cegó a la chica que caminaba indignada en dirección al corredor mientras mascullaba en voz baja una especie de despedida molesta. Andrei ni siquiera la escuchó. Se limitó a hacer una pequeña señal con la mano para que uno de los guardias cerrara la puerta de nuevo. Se escuchó al sistema eléctrico que activaba las seguridades.
Otra vez estaba solo, aislado del mundo.

CAPÍTULO 6

Conforme el sol de mediodía se ubicaba en lo más alto del cielo, la gente del pueblo llenaba los graderíos del Foro organizadamente. Las familias unidas se acomodaban para dar espacio a quienes venían detrás. Las calles, poco a poco, se vaciaron y adquirieron un aspecto más pulcro que el usual. El brillo consistente del astro hacía que los campos que se divisaban a lo lejos se mostraran sosegados y coloridos. El lago, también a la lejanía, se exponía como un espejo intacto y reflejaba las pocas nubes blancas que adornaban el firmamento.

Marco llegó casi a la hora, acompañado por Magda. Al entrar al local, ella se ubicó en un espacio que le fue cedido por alguien de las familias de las primeras filas con quien saludó con amabilidad. Él se ubico tras un púlpito donde se había dispuesto un vaso de agua cristalina. En cuanto estuvo listo para empezar, el silencio contagió a los asistentes, todos atentos y profundamente concentrados en los acontecimientos por venir. Puso a un lado su bolso tejido, tomó un sorbo de agua y dio inicio al encuentro anual con la Aldea, como representante de los emisarios del Comité Central o Aldea # 1.

A pesar de que nunca había estado en ese lugar y nunca antes había visto a esas personas, se sentía como si estuviera frente a gente cercana, familiar. Dicha sensación lo acompañaba en todas los Foros que había visitado y, en cierta medida, le hacía sentir más seguro y, por ende, más eficiente a la hora de exponer las ideas e intercambiar puntos de vista con los locales.

Las familias de estructuras uniformes se conformaban de tres elementos —padre, madre e hijo—, cuyas miradas eran vivaces y sanas; sus cuerpos, esbeltos; sus caras, limpias y agradables; sus sonrisas, constantes, y su actitud, siempre atenta y apacible. Se veía en sus ojos la tranquilidad, la conformidad, la paz.

Alguna vez, como parte de su entrenamiento, vio fotografías de archivo de los habitantes del Mundo Antiguo. Reservadas estrictamente para los futuros emisarios, para efectos de comparación y análisis, estas impresiones mostraban un grupo de personas en los últimos días de la anterior era. Lo que más le sorprendió, y quedó registrado en su retina, fue justo sus caras abatidas y derrotadas, sus miradas inequívocamente vencidas, sus hombros caídos, su piel marchita, las cuencas hundidas de sus ojos. No percibió una chispa de vida en esos seres, ni siquiera los reconoció como sus semejantes. Siempre le dieron la impresión de pertenecer a otra especie, a otro grupo vivo diferente al humano.

A pesar de que las visitas a los pueblos ocurrían cada año, siempre las realizaba un Emisario distinto. Acorde con una estricta organización determinada por el Comité Central, cada pueblo recibía a un Emisario nuevo que le traía las novedades del mundo, las enseñanzas e inventos de otros lugares y revisaba la información común de la civilización que luego exponía, recordaba y discutía con los lugareños. Salvo los nuevos aportes que podía compartir con el pueblo, el resto era información que los niños aprendían en la escuela y se repetía con insistencia durante cada nueva reunión anual en el Foro. Sin embargo, cada Emisario la explicaba de manera diferente y la contaba con matices y expresiones personales. Cada año nacían nuevas preguntas y dudas por parte de los habitantes y eran intercambiadas en amable debate entre los 2 500 asistentes, la población total del lugar. De esta manera, tal como mencionó Magda, se renovaba la voluntad y la convicción de la multitud. Se consolidaba la confianza en el sistema del que todos eran partícipes y que todos habían escogido.

Antes de empezar, Marco sintió una pequeña gota de sudor que recorría sus cejas grises. El calor externo era abrazador, pero la ventilación natural del lugar permitía un clima llevadero. Sacó un pañuelo blanco y se limpió la frente. Levantó la mirada, guardó el pañuelo y empezó el discurso que tantas veces había repetido.

—Es un honor estar frente a ustedes el día de hoy, trayendo tantas buenas noticias. Es un gusto compartir con gente tan amable e inteligente; ver su crecimiento, ser partícipe de su constante aprendizaje y testigo de su avance. Me anima e ilusiona verlos unidos, organizados, coherentes con la naturaleza y estructurados dentro de esta existencia consumada que compartimos todos. Veo niños felices, veo jóvenes felices, veo adultos felices. Veo un mundo ideal, una armonía perfecta y exacta como el centro de nuestra vida. Lo veo en sus calles, en sus casas, en sus alimentos, en sus caras. Veo el crecimiento sano, la mente despierta, la coherencia en sus actos. Veo esto y los felicito. Felicito al pueblo y a

cada uno de sus integrantes que han hecho de esta la única forma de subsistencia y coexistencia exitosa y completa. Consistente y consecuente. Acertada y eficaz. Los felicito de corazón por ser felices todos los días, y así hacer felices a sus hijos, los hijos de sus hijos y las generaciones por venir.

Todo el lugar explotó en un aplauso ensordecedor. Las palabras, repetidas casi de memoria, eran su discurso inicial de apertura. Lo había diseñado hacía varios años, cuando empezó su recorrido, con elementos de su forma de hablar y comunicarse. Sin embargo, causaba en su audiencia y en él una reacción de júbilo contagiosa, una emoción que exigía una explosión corpórea de acciones celebrativas. Los aplausos, vítores y gritos eran muy similares en cada una de las reuniones en las Aldeas que había visitado, y daban siempre un emotivo punto de inicio para continuar con el discurso.

—Y lo que más me alegra es saber que esto se repite en cada lugar que visito. En cada sitio donde me detengo para compartir, veo siempre con sorpresa el avance de la civilización, la profunda madurez del ser humano que se aleja así de errores pasados y dificultades futuras. Veo el éxito de esta Nueva Era de la mano del raciocinio del hombre y la mujer, de la lógica de sus acciones y, sobre todo, de la sensatez de sus intenciones. Veo el mundo como un logro de adaptación y como el verdadero hogar que debemos tener.

Estalló otra ronda de aplausos ensordecedores. Esa última línea completaba las frases de rigor con las que solía empezar sus discursos. Consiguió la completa atención y aprobación de los asistentes, y el silencio absoluto que, después de los aplausos, era un lienzo blanco que esperaba las profundas pinceladas que estaba a punto de ejecutar.

—Hoy hablaremos un poco de nosotros. Reviviremos los esfuerzos que hemos hecho como especie para convivir con el mundo que nos rodea, para enmendar los traspiés históricos y para salir airosos de las vicisitudes del pasado. Mañana escucharemos las dudas y puntos de vista de todos y podremos saber lo que nos inquieta. También me hablarán del pueblo y me mostrarán qué nuevos avances se han logrado. Después, antes de irme, les dejaré los nuevos aportes que he traído para ustedes. Podremos así compartir el avance de la civilización y colaborar con nuestros propios ingenios.

Cuando los emisarios empezaron a viajar y visitar las Aldeas, encontraron diferentes reacciones por su llegada. En muchos lugares, inclusive, no fueron muy bien recibidos. Algunos grupos se sentían encarcelados por este sistema de organización y, por lo tanto, veían en los emisarios un equivalente a los guardias de sus puertas. Pero poco a poco, conforme entendieron lo conveniente y eficaz de su paso, reconocieron el

sentido lógico de dichas visitas. El resultado fue que cada año se reportaba menor resistencia, menor inconformidad y, por lo tanto, menor disidencia, hasta el punto en que casi desaparecieron como fenómeno social en la mayoría de los pueblos.

Marco fue Emisario prácticamente desde el principio de su vida. Tuvo la suerte de nacer en la Aldea # 2, la comunidad especializada en el manejo administrativo y brazo organizacional del Comité Central o Aldea # 1. Como en casi todas las familias de las Aldeas de la Nueva Era, heredó el oficio de sus padres desde su nacimiento. Sin embargo, no todos sus amigos de barrio tuvieron la suerte de ser llamados para ser emisarios. Muchos tuvieron que formar parte de las actividades típicas del pueblo durante toda su vida, pero él y otros fueron entrenados y luego preparados para tan importante cargo.

Su momento se dio cuando cumplió 40 años. Después de toda una vida de adiestramiento, por fin, lo llamaban para recibir las últimas indicaciones sobre su futura labor. Cuando llegó ese día, tal como rezaban las instrucciones, caminó un día entero hacia la frontera norte de su Aldea hasta la puerta del refugio. Frente a ella, pronunció su nombre como le enseñaron y colocó su mano sobre la superficie de la pantalla lateral para que fuera escaneada. Acto seguido, se abrió la puerta y entró a las instalaciones donde recibiría el aleccionamiento necesario durante los siguientes 40 días.

Lo que ocurrió durante esos días todavía se mostraba como una serie de imágenes borrosas y recuerdos incompletos en su cabeza. Recordaba con claridad la aguja en su brazo, pero después casi todas sus remembranzas se extraviaban. Al salir, el sol golpeó con fuerza sus ojos y sintió una sensación extraña en todo su cuerpo. Físicamente, sentía que tenía más fortaleza y determinación que nunca. Un dolor en el cuello, debajo de su quijada, le acompañó por algún tiempo, pero no lo detenía. Había salido de ahí preparado para cumplir una misión para la que se había capacitado toda una vida. Estaba listo para ser Emisario. Estaba listo para recorrer el mundo y visitar lugares lejanos. Estaba listo para comunicar y llevar información al resto del planeta. Había llegado la hora de empezar su labor.

Mientras las últimas personas salían del Foro, la noche caía apresuradamente. Todos los asistentes caminaban en dirección a sus hogares con caras iluminadas de alegría y satisfacción. Las familias unidas conversaban y comentaban, mientras la tarde arrancaba los últimos rayos al sol en el poniente. Poco a poco, las calles se vaciaron de nuevo. Nada más quedaba la danza de luz del resplandor de las velas y de las chimeneas saliendo por las ventanas de las casas.

Magda, que se había adelantado a Marco, estaba en su cocina ultimando detalles para la cena cuando el Emisario tocó con delicadeza la puerta. Cuando ella abrió, el hombre fue recibido por el aroma envolvente de la comida y la sonrisa siempre cálida de su anfitriona. No podía creer la velocidad con la que Magda había organizado todo en su casa. Inclusive, pudo refrescarse y cambiarse de ropa. Según él, no había pasado tanto tiempo desde que la vio alejarse del Foro, mientras se despedía de algunos lugareños. Le parecía increíble que ya tuviera la mesa puesta, la cena preparada y la chimenea encendida.

—¿Tardé mucho en llegar? —preguntó sorprendido mirando a su alrededor.

—No. La verdad imaginé que tardarías más. La gente estaba eufórica con tu presencia; pensé que todavía tenían ganas de estrechar tu mano, por eso me adelanté.

—Sí, te vi. Pero no imaginé que me esperaba tan agradable sorpresa al llegar a la casa —le dijo señalando la mesa.

—Es una sorpresa diaria, Marco —bromeó Magda desestimando su comentario—, que con toda felicidad comparto contigo. Recuerda que cocinar es mi oficio. En mi labor casi siempre el tiempo apremia y la destreza se hace cada vez más necesaria.

—De igual manera, para mí sigue siendo una grata sorpresa.

—Es en tu honor, no lo dudes —le dijo sonriente—. Ponte cómodo que estamos casi listos para cenar.

Marco se apresuró a su habitación y dejó ahí su bolso tejido. Después fue al cuarto de baño y se refrescó. Había sido una jornada larga y el cansancio llegaba de a poco. Retomó fuerzas y salió al comedor con su mejor semblante. Estaba ilusionado por compartir tan deliciosa comida y tan exquisita compañía.

CAPÍTULO 7

Con el eco del mecanismo de la puerta todavía rebotando en las paredes de la habitación, Andrei se volvió hacia el minibar. Dirigió su cuerpo a medio envolver en una bata de seda para ubicarse frente a la estantería de licores y abrió la botella del whisky más costoso. Empuñó dos hielos, se sirvió un vaso completo y lo vació de un solo sorbo. Miró el reloj, eran las 4:45 de la mañana. En un par de horas toda la ciudad se alborotaría: era el primer día del año. Había despachado a la mayoría de sus empleados la noche anterior, así que esperaba no ser molestado. Su madre realizaba una de sus visitas acostumbradas a algún familiar de provincia, a quien siempre llevaba dinero y al que él prefería evitar. Prometía ser un domingo tranquilo para él.

Se sirvió otro vaso de whisky, pero esta vez no se lo tomó. Lo llevó hasta el escritorio que ocupaba el fondo de su espaciosa recámara. Sobre él, tenía una gran cantidad de pantallas, computadoras, discos duros, cables y demás implementos electrónicos en tal desorden, que parecía como si nunca nadie hubiera arreglado, ni siquiera una vez, sus cosas. Era así. Andrei jamás dejaba que nadie tocara su escritorio ni las conexiones de su habitación. Era el área prohibida para todos los que tenían el extraño honor de pasar por el umbral de su puerta. No parecía ser un espectáculo demasiado tecnificado como para tratarse de la sala de trabajo de uno de los *hackers* más poderosos del mundo. Los cables saltaban a la vista sin previo aviso, el polvo se apoderaba de los pocos espacios libres en el escritorio; los monitores no eran de última generación ni de gran tamaño. En general, parecía más la mesa de trabajo de un grupo de estudiantes de Informática que la de un multimillonario internauta.

Asentó el vaso de whisky en uno de los pocos espacios que había sobre el escritorio sin la invasión del cableado o algún artefacto adicional. Movió un poco el *mouse* y, de repente, volvieron a la vida, uno por uno, los cuatro monitores que tenía frente a él. La luz emanada inundó la habitación gloriosamente. En todas las pantallas aparecía un recuadro

con una celda lista para recibir información. Un cursor titilaba ansioso al lado de la palabra PASSWORD. Escribió la contraseña de acceso, que jamás había revelado a nadie. En seguida, se abrieron otras cuatro pantallas con celdas que esperaban el ingreso de datos numéricos: preguntas aleatorias de información muy compleja que solo él podría saber. Respondió las cuatro preguntas y el sistema se desbloqueó. A pesar de la aparente complejidad del acceso, él sabía que no era suficiente, en cierta medida, por su paranoia y, en otra, por la facilidad con la que Alex33 y su equipo la habían vulnerado hacía ya casi cinco años.

En cada monitor se veía una actividad diferente. En cada uno, un programa corría o reportaba cifras y procesos. Él observaba cada uno con breve detenimiento y murmuraba números y combinaciones ininteligibles. Después de un momento, cerró un par de ventanas y abrió una nueva. Todos los programas que abría o manipulaba tenían una presentación gráfica muy pobre, pero parecían ser muy complejos. Todos habían sido creados por él. Una de las cosas que más sorprendió e intrigó a Golovanov y sus compañeros fue, precisamente, que ninguno de los programas que Andrei usaba para sus actividades, incluyendo el sistema operativo, eran comerciales o programados por alguien más. Todos eran de su autoría y, por lo tanto, de su uso exclusivo.

Alguna vez Nicolai, uno de los agentes más nuevos en el departamento de inteligencia, lo comparó con un genio que hubiese sido igual o inclusive más rico y exitoso si hubiera desarrollado su carrera en alguna empresa de programación o computación a nivel mundial. Golovanov le recordó, mientras asentaba paternalmente la mano sobre su hombro:

—Eso es lo malo de ser ruso a ojos de Occidente. El Tercer Mundo no piensa, solo consume.

Entre las cosas que había ganado desde que se alió con la Oficina de Inteligencia informática rusa estaba el hecho de tener a su disposición un pequeño ejército de programadores y genios internautas sobre los que tenía total control. También tenía la posibilidad abierta de, prácticamente, quebrantar cualquier ley, sin ser molestado. Tenía acceso a todo tipo de negocios informales en los que el Gobierno poseía alguna participación, muchos relacionados con el narcotráfico, la trata de blancas y el crimen organizado.

Este nuevo poder con el que contaba lo fue cambiando día tras día. Lo hundió de a poco en vicios que antes no frecuentaba y preferencias que siempre ocultó. Sin embargo y, a pesar de todo, era protegido por la propia Oficina de Inteligencia como si fuera un miembro más del Servicio Federal de Seguridad.

Contaba, para su cuidado y el de su casa, con un grupo armado de guardianía, además de sus propios hombres. Tenía claro que era muy importante para Alex33 y compañía y había aprovechado al máximo su parte del trato. Estiró los límites de sus ofertas hasta niveles que ni él mismo creía posibles.

Fue así que participó en un sinnúmero de negocios que lo hacían cada vez más rico y poderoso; tanto que, muchas veces, nacieron cuestionamientos dentro del Gobierno sobre la continuidad de la operación «Hijo Pródigo» por considerarla altamente riesgosa y, en muchos casos, excesiva. Sin embargo, estas detracciones se veían coartadas con rapidez cuando se balanceaban los resultados conseguidos. Andrei era, sin lugar a dudas, el mejor y más eficiente espía que jamás hubiesen tenido los servicios de Inteligencia rusos en toda su historia. La mecánica era sencilla, según explicaba Golovanov a sus superiores en los reportes anuales de la operación. Alex33 enviaba a Andrei un mensaje encriptado desde una dirección variable y diferente cada vez. En este mensaje le hacía una petición específica: informar sobre el paradero de una persona, eliminar las seguridades de algún sistema, acceder a la información de computadoras en cualquier lugar del mundo, claves de seguridad, claves consulares, planos, fotos, etc. Básicamente tenía que perseguir y aclarar cualquier sospecha que tuvieran.

En la respuesta a los *e-mails*, Andrei solicitaba alguna cantidad o retribución por el trabajo y, a veces, información o un trámite adicional que pudiera necesitar para cumplir la misión. Jamás se negó a hacerlas. Nunca tuvieron que negociar los términos del acuerdo. Después del tiempo especificado en los *e-mails*, Andrei enviaba la información solicitada, completa y detallada. Todo sin salir de su casa, sin derramar ni una gota de sangre o sudor, sin haberse visto la cara jamás. Era para todos una situación perfecta y, a pesar de los esfuerzos, una de las operaciones de espionaje más económicas que habían gestionado. Sin embargo, el Gobierno no podía confiar tanto en una sola persona, sobre todo, tratándose de un delincuente cibernético. Así que lo tenían vigilado todo el tiempo: intervenían y monitoreaban todas sus operaciones. Además, habían logrado insertar agentes en su propia casa, cercanos a su madre, para que dieran cuenta de todas las actividades en la mansión en tiempo real.

Andrei sorbió un poco de whisky y rescató con la lengua un hielo a medio deshacer. Entró al programa que manejaba el registro de sus cuentas bancarias. Una a una se abrían y respondían al ingreso automático de códigos y números de cliente. Masticó el hielo y le hizo trizas en su boca. Después de una rápida revisión de sus cuentas más importantes, se

reclinó en el asiento con tranquilidad. Suspiró y se levantó dejando que el programa continuara con la revisión y comparación de resultados. Caminó unos pasos, terminó su trago de un solo sorbo y dejó el área principal para entrar al baño, el único lugar de su casa sin cámaras de seguridad. Cerró la puerta a su entrada y esta dejó un golpe seco a su emparejamiento.

El monitor de la oficina de inteligencia, que transmitía la señal de las cámaras de seguridad, dejó ver un cuarto solo con el resplandor de las pantallas encendidas y, al fondo, una línea de luz que salía por el filo inferior de la puerta del baño.

Boris, uno de los agentes encargados de la vigilancia durante la madrugada de fin de año, llegó con dos tazas de café humeante y se sentó frente a los monitores. Uno de ellos mostraba las imágenes del circuito cerrado de vigilancia que intervenían y otro, el reporte de los movimientos de la computadora central de Andrei. Se acomodó y extendió una de las tazas a su compañero:

—Seis de azúcar. Te vas a morir pronto.

—Como mucha sal para equilibrar —respondió Nicolai sonriendo.

—¿Dónde está? —preguntó Boris señalando con la taza las imágenes de video.

—Baño. Así que a esperar con paciencia.

Boris se acomodó y balbuceó algún improperio. No podía creer que su carrera en el Servicio de Inteligencia se escarchara sentado frente a un computador, mientras registraba los movimientos de un tipo que no salía jamás de su propia casa. Para Nicolai, en cambio, experto en programación y admirador declarado del talento de Andrei, ver en tiempo real al genio en acción era mucho mejor que el sueldo más tentador al que pudiera aspirar. De hecho, se le hacía extraño que el *hacker* no se hubiese percatado aún de que lo vigilaban todo el tiempo e intervenían su sistema entero. O, tal vez, sabía que era así, pero simplemente no le importaba. En ambos casos le parecía fascinante ser testigo de tanta destreza informática.

Andrei se acercó a la tina, abrió la llave del agua caliente y se inclinó un poco para comprobar la temperatura. Después, se sentó en la taza del baño sin levantar la tapa. Se inclinó hacia la parte trasera del mueble y, apoyado con una mano en la estantería de mármol, sacó del pequeño y casi imperceptible espacio que quedaba entre el cajón de las toallas y el filo de la base del lavabo un pequeño paquete rectangular envuelto en un pedazo de franela del mismo color del mueble. Retiró la tela con cuidado y descubrió un pequeño ordenador portátil, una elegante computadora extra delgada, gris, liviana. La abrió con rapidez, la encendió

y en seguida se enlazó vía WI-FI a la conexión de red de una de las embajadas vecinas, blindando así la posibilidad de ser intervenido por sus «nuevos amigos».

Usando un sistema instalado en una partición paralela dentro de la computadora, insertó media docena de códigos de seguridad para acceder, por fin, al contenido. Debido a las férreas seguridades que había instalado en el sistema operativo original del computador, un error en la inserción de las claves hubiera sido motivo para que el disco interno se borrara automáticamente. Una vez pasadas estas barricadas de seguridad, la computadora se apagó y en seguida se volvió a encender. Esta vez el sistema que inició era completamente diferente y mostraba un diseño minimalista y con una sola posibilidad de interacción. En el centro de la pantalla se observaba un pequeño ícono de forma circular. Encima, una palabra: CAOS.

Andrei miraba con orgullo la pantalla mientras el programa empezaba a correr. CAOS era, sin duda alguna, su obra maestra. Creado a escondidas, en intervalos limitados de tiempo, encerrado, a espaldas de la constante vigilancia de la que se sabía preso, el programa era una respuesta inspirada en todos los desasosiegos, desagrados y resentimientos que experimentó a lo largo de su vida. Se basaba en una de sus teorías favoritas: la teoría del caos.

Él mismo se sentía una muestra viva de esta teoría. Había empezado siendo un punto constante. El profundo golpe de la muerte de su mejor amigo de infancia había desviado prematuramente su camino. Luego, cuando empezó a interactuar con las presiones del poder y accedió a ciertas ventajas, dichas variables cambiaron el trayecto programado de su vida y alteraron las posibilidades de predicción, desviando de esta manera nuevamente y para siempre su destino. Poner a su madre como moneda de cambio y a su ego como sacrificio anunciado solo aumentó el resentimiento, que se convirtió en otra variable a considerar que aceleraba el proceso. Por último y para completar la fórmula irrepetible, la presión psicológica de sentirse observado, analizado e invadido las 24 horas al día, por tanto tiempo, empezó a afectar la referencia que tenía sobre la realidad y los verdaderos alcances de su genialidad.

El programa, como tal, era un ejemplo de sus habilidades, pero sobre todo de sus rencores. Estaba diseñado en contra de todos y todo. Estaba diseñado para proyectar y amplificar el caos en el que se convirtió su vida hacia el resto del mundo. Él sabía a la perfección que hacía mucho tiempo sus movimientos eran vigilados y que no era precisamente libre en sus acciones. Sabía que muchas de sus destrezas eran maquilladas por el Servicio de Inteligencia y que, en cierta medida, él era un títere

de sus necesidades. Pero sobre todo, durante todo este tiempo, se dio cuenta y aprendió que todo el dinero, todo el poder, todas esas cifras que adornaban sus numerosas cuentas de banco no eran más que píxeles en el monitor, excesos incontables, absurdos impracticables. Esas cantidades podían perfectamente no existir y eso no alteraría su vida, no cambiaría su amargura ni se llevaría su dolor. En los retoques finales de su obra maestra, Andrei le añadió un elemento que definía su carácter y lo conectaba aún más a su creación. CAOS estaba programado en función a su insuperable pero justificable paranoia. El programa, sin ser activado, solo se limitaba a mantener una puerta abierta a diario en los sistemas informáticos bancarios del mundo. Nada más. Sin embargo, estaba condicionado para exigir que Andrei se conectara todos los días e ingresara un código de seguridad. Si esto no pasara, si por alguna razón el *hacker* no lo hiciera sea por voluntad propia o ajena, el programa empezaría la labor para la que en realidad fue preparado. Andrei había insertado en el programa un retorcido seguro de vida.

Boris se había perdido la entrada de Andrei al baño y eso lo incomodó un poco, aunque no sabía bien por qué. Había tenido acceso preferencial al espectáculo que dio cuando se subió sobre una adolescente muy bella de no más de 15 años hacía pocas horas, cuando la expulsó indiscriminadamente de su casa, cuando bebió sin saborear dos vasos del whisky más caro que el dinero podía comprar, cuando se sentó frente a la computadora. Hasta ahí, todo estaba bien. Pero había algo extraño en el hecho sutil, casi imperceptible, de que no cerrara el programa de revisión de sus cuentas antes de ir al baño, como si no le importara. Tal vez era una tontería. Tal vez Boris estaba muy cansado o simplemente paranoico. Tal vez el sueño y el frío no hacían una buena combinación para trabajar un día festivo. Pero decidió dejarse llevar por su instinto.

—¿Qué haces? —preguntó Nicolai mientras miraba a Boris levantar el teléfono.

—¿Qué está pasando en la computadora? —preguntó.

—Nada. Sigue corriendo el programa de revisión, está por terminar. Este tipo ya es billonario —le respondió abriendo exageradamente los ojos.

—¿No te parece extraño que haya dejado el programa corriendo y haya ido al baño? —le preguntó mientras marcaba un número en el teléfono.

—Mmmm. Tendría dolor de estómago. No lo sé. No entiendo, porque eso sería...

—Sigue revisando —interrumpió Boris.

En ese instante, alguien contestó desde el otro lado del auricular.

Era Denis, uno de los agentes infiltrados en la mansión.

—Es B118. Necesito que subas al templo y despiertes al dragón. Es urgente.

Denis, un exmilitar de casi dos metros y 250 libras de músculos, se restregó los ojos y se puso en pie de inmediato. Había sido una noche muy tranquila y esa orden lo molestó un poco. No entendía muy bien cuál era la emergencia, pero tomó en serio las palabras del teléfono.

—Entendido. Pero... ¿qué excusa será buena esta vez?

—Ruidos extraños, olor a humo, lo que sea.

—Comprendido. De inmediato.

De repente, Denis vio a la adolescente, que había estado no hacía mucho en la habitación de Andrei, saliendo de uno de los cuartos de servicio, seguida por uno de los guardias de la primera planta que se abrochaba el pantalón. En seguida, se le ocurrió una idea que justificaba molestar al jefe. Se acercó al intercomunicador pegado a la pared junto a la puerta de seguridad y presionó la clave que conectaba una cámara y un micrófono con la habitación superior.

Andrei estaba a punto de ingresar su clave personal en la computadora portátil cuando escuchó el sonido del intercomunicador privado resonar en el cuarto. Lo iba a dejar pasar pero, a los pocos segundos, volvió a escuchar el llamado y decidió salir a apaciguar cualquier sospecha que pudo ocasionar. Cerró la computadora y la guardó rápidamente en su lugar de modo que las cámaras ubicadas en la habitación no la vieran cuando abriera la puerta. Se acomodó la bata de seda y salió apresurado hacia el intercomunicador.

—¿Qué? —levantó la voz Andrei sin ocultar su enfado.

—Lo siento señor, solo necesito instrucciones de traslado para la señorita.

—Pero, ¿no se ha ido ya?

—No señor, en este momento estamos...

—No me importa. Quiero que se vaya. Que la lleven donde ella quiera ir, pero que salga ya.

Antes de que Denis pudiera contestar, la comunicación se cortó. Mientras tanto, Boris miraba las acciones y movimientos de Andrei en la pantalla frente a él. Todo parecía en orden. Se lo confirmó Nicolai.

—Todo está bien, nada extraño en la red tampoco.

—Sí... parece que sí, veamos.

Andrei se dio cuenta de que el programa de revisión de cuentas apenas había terminado de hacer su recorrido. Se percató de su evidente despiste y quiso enmendarlo. Se sentó nuevamente a en su escritorio y cerró la sesión antes de levantarse otra vez.

—Ahora sí, todo normal —dijo Nicolai mientras sorbía un poco

de café.

—Sí. Falsa alarma —repitió monótono.

—Y para colmo molestaste a Denis. Ojalá no se enoje, no quisiera ver enojado a ese gorila.

Boris sonrío de mala gana y contestó el teléfono para escuchar lo que ya sabía.

—Todo en orden B118. El dragón no reporta problemas —aseguró Denis molesto.

—Gracias. Buenas noches.

—Buenos días —comentó sarcástico Denis antes de cerrar.

Andrei entró al baño de nuevo. Cerró la puerta y se sentó otra vez en la taza del baño para acceder al computador. El agua caliente que seguía saliendo llenó todo el cuarto de baño de un vapor blanquecino. La humedad había empañado la ventana y se apoderaba de todas las superficies del lugar. Andrei cerró del todo el grifo. El sudor húmedo formaba amontonamientos líquidos sobre las piezas de mármol del lavabo y el piso. Toda superficie se convirtió en una pequeña trampa de tropiezo. Se arrimó nuevamente en el mueble para alcanzar la computadora poniendo su mano de soporte. Pero esta vez, las yemas de sus dedos hicieron contacto inmediato con las gotas de agua y no con los poros microscópicos del mármol. La piedra esquiva se resistió al agarre natural de la piel del *hacker*.

Su cuerpo creó el contrapeso necesario para que su mano resbalara incontrolablemente anulada, dejándolo sin equilibrio. El antebrazo siguió a la mano; el hombro, al antebrazo; el pecho, al hombro; el cuello, al pecho, y la cabeza, al cuello que se convirtió en el punto límite de la incontenible contorsión y la pirueta de la humanidad de Andrei dando media vuelta en el aire, los pocos centímetros que voló, en enérgica dirección hacia el suelo. Todo el peso de su cuerpo azotó con fuerza el occipucio contra el filo más incisivo del mueble de mármol. La muerte fue casi inmediata.

Al cabo de unas pocas horas, el programa que no recibió las claves de su creador, empezó su proceso incontenible, invisible y agresivo. Antes de la llegada del amanecer de ese terrible 1 de enero, los sistemas bancarios del mundo entero, controlados o resguardados en plataformas informáticas a nivel mundial, tenían un solo número en común: el cero.

El caos había, silenciosa y circunstancialmente, empezado.

CAPÍTULO 8

A Marco le costaba mucho reconocer los sabores de los platos que Magda preparaba. Por momentos, creía identificar algún ingrediente y, de repente, el sabor se amalgamaba con otro gusto o aroma. La interesante combinación de condimentos y especias que armonizaba la mujer era, hasta cierto punto, imprevisible y novedosa para sus papilas. En realidad le resultaba fascinante el hecho de cenar con ella estas noches y el placer que sentía era extrañamente adictivo, embriagador, hasta cierto punto erótico, en cierto grado escandaloso. El aderezo más placentero del que disfrutaba como comensal era precisamente la compañía de su anfitriona siempre dulce, risueña, vivaz, sensual, reflexiva, aguda y complementando sus pensamientos o retando su inteligencia. Llegó un punto en el que se cuestionó si el sabor y el gusto estarían directamente relacionados con la sensación de alegría que le contagiaba Magda.

Sus conversaciones eran tan interesantes que a veces se dejaba llevar con una facilidad que a él mismo le sorprendía. No le incomodaban sus preguntas y le sorprendían gratamente sus respuestas.

—¿De dónde nació la idea de los «emisarios»? —le preguntó Magda mientras terminaban la cena.

—La existencia de personajes similares se remonta a diferentes épocas en distintos lugares del Mundo Antiguo. Dependiendo del caso o los temas que difundieran en los lugares que visitaban, tenían distintos nombres. En algunos, se los llamaba trovadores; en otros, apóstoles o evangelistas. Pero el modelo más parecido es el de los «habladores», miembros importantes de una comunidad antigua llamada Machiguenga. Ellos tenían una figura social que pasaba de aldea en aldea contando la historia del pueblo y sus antepasados.

—¿Con qué objetivo? —preguntó la mujer completamente inmersa en la historia.

—Con el objetivo de mantener los conocimientos frescos, constantes y sobre todo intactos, sin manipulación. Ellos eran responsables

de preservar los datos importantes de la sociedad para compartirlos con sus integrantes.

—Pero, entonces, ¿ellos decidían qué era importante y qué no?, ¿acaso ellos iban filtrando la historia?

La pregunta sorprendió un poco a Marco que de inmediato se dio cuenta de que Magda tenía claro el panorama y sus dudas bien sustentadas.

—Básicamente. Pero por esa razón, eran personas preparadas y que tenían esta como su única misión en la vida —respondió Marco.

—¿Cómo tú? —preguntó coquetamente Magda para romper la severidad de su pregunta anterior.

—Como yo —rio Marco—. La diferencia es que yo no decido qué es importante y qué no. Yo comparto con las Aldeas lo que el Comité Central considera conveniente en función a las necesidades de la sociedad.

—Y, ¿cómo ocurre ese proceso? —preguntó ansiosa.

—Los Emisarios solo llevan la información a la frontera de la Aldea que dejan. Desde ahí, la transmiten al Comité Central. Pero antes de continuar reciben una cantidad de nuevas instrucciones sobre invenciones, aportes o consejos para la siguiente Aldea —respondió señalando su bolsa tejida llena de documentos.

—¡Qué interesante! Es decir que, en cierta medida, tú lo puedes filtrar.

—No entiendo a qué te refieres —aseguró Marco con auténtica curiosidad.

—Claro, tú podrías decidir no registrar algo en particular sobre tu paso por una Aldea y de esa forma no le das la opción al Comité Central de evaluarlo.

—Es probable. Pero el siguiente año, cuando llegue un nuevo Emisario, seguramente no pasará por alto mi omisión —dijo sonriendo.

—Muy inteligente sistema. Muy inteligente —murmuró Magda.

Marco sabía que Magda tenía razón. De hecho él conscientemente había dejado de lado varias cosas por reportar. En muchos casos porque le pareció innecesario y en otros porque sabía que podrían ser consideradas superficiales a ojos del Comité Central. Llevaba muchos años haciendo su trabajo, sabía lo que el Comité identificaba como un verdadero aporte para los pueblos.

—¿Tú podrías decidir, algún día, no continuar con tu labor? —preguntó Magda.

Marco sintió que su corazón se aceleraba un poco. Había pensado varias veces en esa posibilidad, pero nunca tuvo las razones suficientes para considerarlo seriamente.

—Sí, podría. La libertad es un derecho que todos tenemos.

—Y… ¿lo has pensado? ¿Está en tus planes?

—Alguna vez… alguna vez lo hice —respondió casi para sus adentros.

—Qué mala anfitriona soy, te he incomodado con mis preguntas.

—No, para nada —respondió Marco exagerando el ánimo—. Me parecen muy interesantes. Es solo que a veces siento que, inclusive para mí, las respuestas son novedosas.

Magda se puso de pie para levantar los platos de la mesa. En sus movimientos había una carga de encanto y picardía premeditada. Marco lo había notado desde la noche en que llegó, pero ese juego lo entretenía mucho y no quería detenerlo. Sentía que era parte de un proceso y prefería dejar que siguiera su curso.

—¿Te gusta esta Aldea más que la anterior? —le preguntó coqueta Magda mientras se llevaba los platos.

—Me gusta mucho más esta —respondió Marco admirando su cuerpo.

—¿Por qué? —preguntó la mujer sorprendiéndolo.

—Porque en esta me siento mucho más feliz —dijo tratando de zanjar el tema por el lado dulce.

Marco recordó su breve convivencia con la mujer que hizo las veces de anfitriona en la Aldea anterior. Durante esa semana de visita, no existió ni un ápice de atracción comparada con la que sentía hacia Magda. La conexión que había establecido con ella lo hacía sentir extrañamente seguro y sorpresivamente maravillado. La anterior mujer que lo había recibido le parecía menos graciosa y, sobre todo, menos interesante. La personalidad traviesa y a la vez profunda de Magda lo atraía hasta niveles que no recordaba haber experimentado antes. Magda dio media vuelta y sonrió. Marco le quiso devolver la sonrisa pero, de repente, sintió un pequeño devaneo y se agarró la cabeza. Un mareo lo atacó sutilmente. Le asaltó una sensación de incomodidad física. Sentía que su actividad cardiaca se aceleraba por segundos y que la seguía un pequeño ataque de ansiedad que daba paso inmediato a la normalidad de su presión arterial. No sabía qué pasaba, pero sentía como si su cuerpo tratara de combatir un malestar fortuito.

—¿Estás bien? —le preguntó Magda al verlo indispuesto.

—Sí. Solo que he tenido una sensación extraña. Debe ser el cansancio.

Magda asintió y, en seguida, le acercó un vaso con agua. Marco bebió un par de sorbos y se sintió mejor. Ella se sentó frente a él y retomó la conversación.

—¿Encontraste gente inconforme en la anterior Aldea? ¿Algún

posible disidente? —se aventuró.

Marco dudó un poco sobre cómo responder, pero se sentía extrañamente débil para razonar demasiado.

—La verdad no. Nadie de quien me haya percatado.

—Y si así hubiera sido, ¿lo hubieras mencionado en el reporte? —preguntó un poco más atrevida.

—Supongo que sí. Es mi obligación —Marco sintió la boca y la lengua un poco adormecidas, pero la sensación duró solo unos segundos.

—Y ¿qué piensas de la disidencia? ¿Qué piensas de los que se marchan?

—Es un derecho. Es incomprensible desde mi punto de vista, pero sigue siendo un derecho, una decisión personal.

Marco articulaba las palabras con dificultad; sin embargo, Magda parecía cada vez más interesada en extraerlas de su interlocutor. Las preguntas se hacían más rápidas, agresivas y exigentes.

—Y... ¿qué piensa el Comité Central sobre la disidencia?

—Para el Comité Central —empezó Marco mecánicamente, casi sin reparar en sus palabras— la disidencia es un fenómeno...

De repente, Marco se calló. Algo llamó poderosamente su atención, pero se le hacía muy difícil concentrarse, no podía coordinar sus ideas apropiadamente. Magda se sentó de inmediato, pues cayó en cuenta de que la trayectoria visual de Marco iba en dirección a sus pies. Un poco confundido, iba a hacer un comentario, pero la mujer se adelantó.

—Creo que estamos muy cansados.

—Sí —reconoció el hombre sacudiendo un poco la cabeza—. Creo que no me siento muy bien.

—Mejor ve a descansar, ha sido un día largo y mañana nos espera otro similar.

—Tienes razón —aseguró haciendo un esfuerzo extremo para erguirse—. Me vas a tener que disculpar por tener que abandonar tan hermosa velada, pero creo que necesito dormir —sonrió.

—Por favor, no te disculpes. Para mí ha sido una cena fantástica en tu compañía. Mañana tendremos más tiempo para departir —dijo Magda imitando el tono solemne de Marco y, mientras acentuaba las últimas palabras, le guiñó el ojo.

Marco seguía mareado pero se las arregló para hacer una pequeña reverencia jocosa y dar media vuelta hacia su habitación. Con pasos arrítmicos e irregulares llegó a la cama y se acostó de inmediato. A los pocos segundos estaba profundamente dormido.

Magda esperó unos minutos antes de ponerse nuevamente de pie. Se mordió el labio molesta consigo misma por su falta de cuidado, por lo evidente de su descuido. En seguida, se dirigió a la puerta trasera en

silencio y se quitó los zapatos para limpiarlos con cuidado y retirar toda la tierra mojada que se había pegado en ellos durante su apresurada y secreta excursión por el bosque.

CAPÍTULO 9

Golovanov caminaba intranquilo por el corredor de la tercera planta de la gran mansión. Había visto tantas veces las imágenes de ese lugar que lo conocía casi de memoria, sin jamás haber puesto un pie en él. Los golpes que escuchaba lo atormentaban. A pesar de ser domingo, tenía la preocupación constante de que tanto alboroto alarmara a los vecinos y paseantes del exclusivo barrio donde se encontraba la casa; sobre todo, porque recientemente la ciudadela se había convertido en punto de asentamiento escogido por embajadas internacionales con marcadas discrepancias sobre la forma de manejo interno en Rusia.

Los impactos del martillo de metal no despedían la resonancia que él impaciente aguardaba. Esperaba ansioso escuchar un sonido hueco, con un acompañamiento de fragmentos de ladrillo roto y pequeños residuos terrosos disparados hacia todas las direcciones. Mas se tenía que conformar con ese sonido muerto y conciso que solo podía significar el fracaso del golpe frente al concreto sólido que bordeaba la estancia amurallada y que se resistía a ceder con facilidad. Un grupo de agentes y guardias armados trataban de abrir un boquete en la pared lateral del cuarto de Andrei. Habían agotado todas las posibilidades de desbloquear los sistemas de seguridad que protegían la puerta de su habitación.

A pesar del supuesto control que tenía sobre el *hacker*, Golovanov se dio cuenta de que Andrei era mucho más astuto de lo que suponían los agentes de la Oficina de Inteligencia y que guardaba algunas sorpresas que supo esconder magistralmente. Como prueba fehaciente, se las había arreglado para instalar un programa fantasma que bloqueaba los sistemas de seguridad si se digitaba la clave incorrecta o se presentaban ciertas variables previamente establecidas. Todo esto en sus propias narices. Ahora, con la frente llena de sudor y los nervios de punta, trataba de averiguar cuanto antes qué había pasado con su hombre, el sagaz programador bajo su custodia, que no daba señales de vida desde hacía casi seis horas.

Golovanov había visualizado su día de descanso muy diferente o, por lo menos, en compañía de los suyos y no de un grupo de agentes especiales que irrumpían en la casa de uno de los criminales cibernéticos más importantes que el mundo hubiera conocido. Había preparado un día de festejo familiar, uno de esos momentos escasos de esparcimiento que su reciente asenso a jefe de Operaciones Especiales del Servicio de Inteligencia le permitían. Sin embargo, las atropelladas y descontroladas palabras de Nicolai por el teléfono lo obligaron a cancelar sus planes y a replantear completamente su día. Nicolai siempre fue un poco nervioso y Golovanov lo sabía, pero no lo interrumpió mientras recitaba frenéticamente un recuento sobre los hechos, ya que el mismo no daba lugar a dudas. Algo inusual pasaba en el «templo».

Eran las ocho de la mañana y Golovanov estaba a punto de salir de casa con el auto cargado de obsequios para su familia política en las afueras de Moscú. Sus dos hijos y su esposa esperaban sentados con la calefacción encendida para combatir el frío traicionero de las mañanas de invierno. El sonido de su celular lo sorprendió mientras cerraba la puerta de su casa. Tardó en contestar debido a la torpeza que le causaban los guantes. Cuando vio el número en el identificador de llamadas, le recorrió un breve escalofrío: no podían ser buenas noticias.

Según la versión de Nicolai, que Boris, uno de sus hombres de mayor confianza, corroboraba, alrededor de las 4:30 a.m., Andrei había entrado al baño. De acuerdo a los itinerarios que desarrollaron sobre sus actividades rutinarias durante los últimos años, figuraban largas estancias en la ducha o el cuarto de baño. La lista de medicamentos que adquiría constantemente incluía laxantes livianos y recetas para mejorar la digestión, por lo que sus tardanzas eran pronosticadas y no generaban ninguna sospecha.

A las 5:00, las cámaras de seguridad registraron al agente Denis que se comunicaba por el intercomunicador del «templo».

A las 5:20, Boris empezó a preocuparse por la demora. Antes de alertar a los agentes de seguridad de la mansión, se aseguró de revisar los indicadores de uso del agua caliente y electricidad que también intervenían y monitoreaban.

A las 5:45, el agente Denis reportó haber hablado brevemente con Andrei por el intercomunicador del baño, lo que tranquilizó los ánimos, temporalmente, de Nicolai y Boris.

A las 6:55 de la mañana, el agente Denis reportó haber tenido exactamente la misma conversación con Andrei por el mismo intercomunicador: era una grabación.

A las 7:20 varios agentes intentaron abrir manualmente la puerta o establecer contacto con el interior de la habitación que se había

convertido en un verdadero búnker.

El reporte de las 7:40 daba cuenta de su fracaso y de la advertencia sobre seguridades adicionales que no estaban registradas en los planos de monitoreo de la construcción. Temieron alguna trampa que involucrara explosivos.

A las 8:20 Boris solicitó autorización del director encargado de la Oficina para el uso de la fuerza en la vulneración de la puerta y la desconexión de la energía eléctrica.

Para las 9:00 la autorización escrita todavía no llegaba. Era digno de esperarse: era día festivo. Nicolai decidió seguir sus instintos y pasó de la burocracia llamando de inmediato a quien había sido su jefe directo desde que entró al Servicio Federal de Seguridad.

Cuando terminó de escuchar el reporte telefónico, Golovanov estaba de acuerdo con su apreciación y, por lo tanto, no tuvo empacho en enviar a su mujer e hijos rumbo al festejo familiar. Condujo, acelerando al máximo, en dirección hacia la mansión en Kropotkinskaya. Con una desesperación custodiada por su corazón que latía casi al borde de su garganta, hizo las llamadas necesarias para mover todos los hilos y contactos que sus 20 años de servicio le proporcionaron, para saltar todas las trabas burocráticas y conseguir una aprobación de la policía municipal y el cuerpo de bomberos que le permitiera irrumpir en la casa... por cualquier medio.

Sus nervios eran comprensibles no solo por la secuencia de acontecimientos por demás alarmantes, sino también porque la exitosa misión que catapultó su carrera en los últimos años se podría convertir perfectamente en una bomba de tiempo y su carta de retiro. Solo bastaba perder el control de la situación y dejar que Andrei se les fuera de las manos. Exactamente, eso era lo que ocurría. Todavía no recibía la llamada de sus superiores, por lo que asumió que la situación aún estaba controlada y podría limpiarse con relativa facilidad. Agradeció que fuera día de año nuevo: todo estaba más disperso que de costumbre.

Por fin, un estruendo demoledor inundó la mansión. Los agentes habían logrado romper la pared y abrieron una brecha lo suficientemente grande para que cupiera una persona. Golovanov se abrió paso entre sus hombres apresurado por entrar. Su nerviosismo se había convertido en rabia y frustración. La ansiedad lo estaba matando. Al dar el primer paso en la habitación, la reconoció de inmediato. La oscuridad, el desorden, la mesa de trabajo con computadoras y monitores perpetuamente encendidos, todo era como siempre lo había visto, aunque desde una perspectiva diferente. Era un poco más pequeño de lo que imaginó, un poco más opaco y, paradójicamente, se le hizo un poco más irreal.

Al ver el baño cerrado, estuvo a punto de levantar la voz para pedir asistencia, pero se animó primero a probar la cerradura. La luz salía desde el interior por debajo de la puerta como una cuchilla. Lo atacó una sensación extraña. A pesar de que esperaba lo peor, tenía la esperanza de encontrar a salvo a ese hombre que conocía tan bien y que se había convertido en el centro de su carrera durante el último lustro. En cierta medida, desarrolló una especie de afecto por ese excepcional personaje que le había dado tantas preocupaciones y, a la vez, un sinnúmero de satisfacciones profesionales.

A pesar de ser apenas unos pocos años mayor, sentía hacia él una consideración casi paternal, ya que fue él quien los descubrió y el primero que apostó por su talento. Dicha relación y aprecio —le constaba definitivamente— no eran recíprocos. Era obvio: él vigiló cada paso del *hacker* durante casi cinco años, pero su existencia era invisible para Andrei.

Cuando por fin abrió la puerta del baño, una luz cegadora invadió la habitación. Golovanov solo necesitó mirar medio segundo el interior para descubrir el charco de sangre que formaba una mancha irregular y contrastante en el piso. El cuerpo, evidentemente sin vida, yacía tendido boca arriba con los ojos abiertos y el semblante extraviado. Una tristeza profunda invadió al agente que se limitó en hacer una señal para dar paso al grupo de hombres que esperaban una orden para proceder. El médico no hizo más que confirmar el deceso y, en menos de dos minutos, el resto del personal empezó a registrar fotográficamente los detalles del lugar. El equipo, con un movimiento casi coreografiado, empezó a inspeccionar el inmueble con una pulcritud y meticulosidad extremas. Boris y Nicolai, de pie junto a su jefe, observaban todo, visiblemente afectados por el acontecimiento.

A Golovanov le costaba mucho mirar el cuerpo sin vida de Andrei. A sus subalternos todavía les parecía una situación irreal. Había fallecido el eje de su trabajo, el centro de sus operaciones diarias. La confusión, la angustia y, en cierta medida, el desconsuelo se apoderaron de los tres hombres.

Segundos después, uno de los agentes investigadores explicó a un Golovanov distraído y con la mirada extraviada su hipótesis sobre la posible cadena de acontecimientos. Claramente se trataba de un desafortunado accidente.

De repente, los hombres interrumpieron su labor distraídos por el sonido de un celular. Todos miraron en dirección al lugar desde donde se generaba el pitido. Golovanov miraba por la ventana circular mientras el barrio tomaba vida iniciando la mañana fría. Después de unos segundos,

al percatarse de la miradas curiosas de sus subalternos, reaccionó y sacó el teléfono, que todavía resonaba, del bolsillo de su abrigo.

El identificador mostraba el número del jefe del Departamento de Inteligencia. La mañana no prometía mejorar. Parecía que la muerte de Andrei había llegado a sus impacientes oídos más rápido de lo planeado. Ahora era cuestión de esperar los consiguientes gritos, los desplantes y las reprimendas típicas de su gestión como jefe administrativo. Cuando dio paso a la llamada su sorpresa fue mayúscula. La voz de su jefe, un general retirado y actual asesor de seguridad del presidente, sonaba abatida, consternada. Jamás había escuchado al general Remyga, militar de vieja escuela, emitir un hilo de voz tan evidentemente preocupado.

—Ha surgido algo importante. Necesito que vengas a Lubyanka ahora mismo. ¿Estás en Moscú?

Por la pregunta, era obvio que el general no estaba al tanto de los acontecimientos de la madrugada y, tomando en cuenta la severidad de sus palabras, parecía que había problemas aún mayores de los cuales preocuparse. Decidió no revelarle aún la situación en la que se encontraba con la seguridad de que tendría tiempo de hacerlo después.

—Sí general, estoy en Moscú. Voy para allá en este instante.

CAPÍTULO 10

Sudamérica, 31 de diciembre de 2011

Las cordilleras son un fenómeno geográfico cautivador. Rompen la hegemonía y disposición del suelo y, a veces, inclusive del cielo. Dividen prados, crean laderas, definen valles, impregnan paisajes que, en otro caso, serían solo una extensión sin estructura, sin carácter. La naturaleza, con sabiduría infalible, reparte la vegetación frondosa, exuberante y ecuánime por ambos lados de las montañas y nevados que se alzan como colmillos hambrientos, a punto de morder las nubes. Esta vegetación sedienta y generosa se asienta gustosa en la tierra, afianza sus raíces en el suelo y lo hace suyo. Entrega y recupera alimento y abrigo en una simbiosis perfecta y balanceada. El agua, que el calor del sol desprende, desciende desde los glaciares y tropieza con la base de árboles y plantaciones que esperan esta visita acuosa como un elixir milagroso y vital. El proceso consagrado a los seres vegetales se completa con exactitud y precisión, devolviendo a la atmósfera lo que espera y necesita para recuperar su ciclo y redimir su acción.

En medio del interminable verdor de este lienzo natural, unos ojos negros observaban extasiados el bosque en plenitud y un cuerpo sentía la brisa apacible que arribaba con murmullos frescos y delicados.

—Es perfecto —dijo absorto Damián mientras admiraba frente a él un valle rodeado de hermosas montañas. Sus dedos aferraban el libro de turno que había llevado a ese lugar tan apacible.

Después suspiró al ver sus pies descalzos que colgaban a escasos centímetros sobre el suelo; estaba sentado en la rama del manzano al que siempre visitaba cuando necesitaba reflexionar o recordar. Árbol que derramaba su sombra sobre la última morada de su difunto padre.

Hacía casi 15 años su padre había fallecido y lo había dejado como el único responsable del futuro de su familia. Su madre, sus abuelos

y ahora casi toda la aldea dependían, en gran parte, de su carácter a la hora de asumir esta responsabilidad. Al morir, no solo le dejó un vacío intenso para siempre, sino que le encargó, sin mediar palabra, el peso de sus enseñanzas y sus ejemplos: le dejó un testamento invisible que consistía en una lista nunca escrita de razonamientos y reflexiones.

Su progenitor, el único maestro que tuvo la comunidad, fue un hombre bueno. Todos en la aldea lo respetaban y admiraban y esto había sido, en cierta medida, una forma de influenciar sin quererlo en la manera en que su joven hijo era preciado. Con él aprendió a leer, cuestionar, razonar y analizar: herramientas vitales para su futuro.

Su llegada a la aldea donde vivió sus últimos años siempre estuvo envuelta en el misterio. Se decía que había venido desde la capital, huyendo de persecuciones políticas con la única intención de esconderse; algunos chismeaban infundadamente que venía desde España, donde había sido profesor universitario envuelto en líos de faldas; no faltó quien, en un inicio, lo tachara de delincuente en fuga y hasta de sacerdote arrepentido. Lo cierto es que llegó, casi en el ocaso de su vida con dos inmensas cajas repletas de libros y un universo de ideas, pensamientos y enseñanzas en su cabeza, como único equipaje. Se casó con una joven mucho menor que él y se estableció como un forastero sin pasado en un caserío olvidado. Al poco tiempo, su carisma, cultura y modos le ganaron el cariño de todos.

Los recuerdos más vivos que Damián mantenía de él eran las incontables horas en las que le habló de millones de cosas y le contó miles de historias que le hacían olvidar su existencia apartadamente campesina.

Si bien nunca antes se había visto a sí mismo como un marginado o un excluido, cuando la incontenible enfermedad iba consumiendo a su padre, Damián sentía, cada vez más, una profunda soledad. El dios sobre el que había aprendido tan solo una retahíla de frases, sin mucho sentido, no se hizo mágicamente presente para curar la agonía de su padre, peor aún para resucitarlo. Durante las semanas que duró su enfermedad y en las que no tuvo posibilidad de ayudarlo a sanar ni siquiera con las costosas medicinas que consiguió en el pueblo cercano, presenció cómo la vida se extinguía sin poder detener su huida. Se dio cuenta de lo frágil de la existencia humana y de lo absurda que podía ser cualquier postura, interés o cuantía frente a la irreverencia de la muerte.

En su lecho final, la víspera de ese sombrío día de mayo, su padre le hizo el mejor regalo que recibió jamás. Lo acercó a sus labios ya moribundos y, sujetando su cabeza con la poca fuerza que le quedaba en sus brazos, le dijo al oído una frase que jamás olvidaría:

—Sé cabal, sé sabio, sé feliz.

Si bien estas palabras no cerraban una idea completa en su cabeza todavía joven, con el tiempo serían su principal motivación y aspiración, su manual de uso y manejo, su única razón y entendimiento.

Al poco tiempo, Damián ya se había encargado del trabajo de docencia que tuvo que asumir y las labores de labranza que mantenían a la familia. Empezó a sentir entonces, a los 20 años, aún más el aislamiento del mundo. En la soledad y olvido que marcaban la existencia de su comunidad, empezó a dedicar incontables horas a escapar —por lo menos con su mente— de esa cárcel aislada que era su realidad. Empezó a absorber cuanta información pudo mediante la lectura atenta y constante de los libros que le dejó su padre como parte de su austera herencia. Selectos escritos de historia, filosofía, teología, geografía y biología entraron a su mente, y se anidaron en su memoria. Luego, agotó las posibilidades de lectura de toda la aldea y, durante varios años, realizó largos viajes para poder visitar librerías de pueblos apartados donde llegaba con el único afán de gastar sus pocos ahorros en nuevos textos.

No solo estaba consciente de que la naturaleza se había encargado de esconder su aldea estratégicamente, en medio de dos cadenas montañosas que parecían un gran muro impenetrable, sino que también se había dado cuenta de que su terruño parecía carecer de valor político e incluso humano para el resto del país y, no se diga, del mundo. No era ni siquiera paso esporádico de campañas políticas o censos ciudadanos. No estaba en los planes de construcción de los ministerios de obras públicas, alcantarillado o agua potable. Su nombre no constaba en los mapas de caminos vecinales. Su existencia era casi invisible para el común denominador. Su contacto con el pueblo cercano era lo único que, en cierta medida, la mantenía viva. Sin embargo, sus accesos y caminos dependían completamente de las inclemencias del tiempo y los caprichos del clima.

Una tarde el generador, que daba luz eléctrica solamente durante dos horas al día, dejó de funcionar y, a pesar de los esfuerzos de Damián y otros vecinos, no consiguieron ni un mínimo interés por parte de los representantes parroquiales del área. Al poco tiempo, algunos habitantes decidieron emigrar a otros pueblos y dejar atrás una vida tan desatendida. Pero Damián no podía irse: ahí estaba su familia, su casa, sus animales, sus sembríos, su vida. Sentía que esa era su tierra y su único hogar.

Un día, al volver sobre su mula desde el pueblo, frustrado tras otro intento fallido de buscar soluciones para las necesidades básicas de la aldea, desmontó y dejó que su animal se entretuviera en un pequeño arroyo que corría por el remedo de zanja junto al camino. Durante esos minutos en que estuvo sentado en soledad, analizó su entorno. La vegetación, las

aves, los riachuelos y afluentes, las montañas en el horizonte, el cielo limpio y claro, el sol amable y las nubes cómplices, todo estaba diseñado y dispuesto en armonía, todo era presente e inacabable, todo era suyo y de nadie. Reparó en su mula que, ya cansada de beber, degustaba feliz los frutos de una planta a pocos centímetros de la vera del camino. La miró curioso, atento. Después de un rato, la mula dejó de comer visiblemente satisfecha, se acomodó en la mitad del camino y esperó.

De repente, como un rayo que ilumina el cielo, como un destello implacable, lo comprendió todo. Entendió el mensaje de su padre, el razonamiento que se había hecho esquivo y nublado. Decantó la idea que andaba rodando por su cabeza y esbozó un plan sencillo, lógico y coherente. Llegó a la aldea con la cabeza llena de ideas. Se durmió dando vueltas inquieto. Despertó ilusionado y motivado.

En cuestión de un algunos de meses, la otrora aldea carente, inconforme, olvidada y necesitada se había convertido en un grupo humano sólido, unido y completamente autosuficiente: feliz, sonriente y sano. Nada había cambiado en su entorno. Seguían rodeados de la misma naturaleza, con la misma falta de servicios básicos tradicionales, con la misma carencia de comercio y cualquier actividad económica o comunicación. Pero algo había cambiado profundamente en el interior de sus habitantes, algo había evolucionado en el punto más íntimo de cada uno de ellos, empezando por Damián quien, en una verdadera campaña, persona por persona, habló con franqueza sobre lo que la lógica le dictaba y la coherencia predicaba: el ser humano, como cualquier otro espécimen del planeta, estaba diseñado para adaptarse y ser parte de la naturaleza. A su alcance estaba todo lo que pudiera necesitar para subsistir y ser feliz. Solo le hacía falta la madurez y la reflexión para diferenciar lo necesario de lo superficial.

De cada viaje al pueblo, Damián traía algo que la aldea necesitara. Intercambiaba productos que la tierra de su comunidad producía y el trueque le permitía conseguir implementos específicos o medicinas a las que normalmente no tenía acceso. Se aseguraba de ser muy estricto a la hora de seleccionarlos, ya que no podía transportar demasiados por el estado deplorable de los caminos; supervisaba las adquisiciones y de esta forma consiguió depurarlas y optimizarlas.

Convenció a su comunidad, a sus vecinos, un grupo de no más de 200 personas, que era necesario subsistir, no dejarse vencer, no bajar la guardia y darse cuenta de que el mundo les brindaba todo lo que pudieran requerir, a cambio de que tomaran solo lo necesario.

Había pasado ya casi una hora en el árbol, era tiempo de volver.

Tenía todavía varios pendientes y era víspera de viaje. Debía descansar. Sin embargo, siempre que se aislaba a la sombra del árbol de su padre, se sentía renovado.

Saltó de la rama pero sin el vértigo de su niñez, cada vez esta se acercaba más al suelo. De regresó a la aldea, contento por el tiempo que pasó solo con sus reflexiones, se encontró con gente que lo saludó con una sonrisa; todos estaban ocupados en su labor, pero proyectaban una tranquilidad notoria, una felicidad evidente. Cerca de su casa, encontró a su madre, su abuela y otras mujeres en el comedor central, que preparaban la mesa para la cena. Las saludó desde lejos y continuó su camino. Al llegar a la entrada de su casa, vio a su vieja mula, la misma que lo acompañó desde la adolescencia, que lo esperaba lista para el viaje. La acarició y le alcanzó un poco de agua. Ella respondió con un movimiento delicado que Damián identificaba como una muestra de gratitud.

Durante la noche, durmió un sueño pesado y profundo. La aldea sosegada recibía el cobijo de un manto impresionante de estrellas. Los últimos días del mes de diciembre se habían mostrado amables y despejados.

El caserío se confundía con la espesa negrura de la noche. En lo alto el brillo insaciable de los astros y la presencia solemne de la luna eran lo único que diferenciaba la tierra del cielo.

CAPÍTULO 11

Marco abrió los ojos de repente y la lucidez lo invadió mientras aceleraba su conciencia. Salía rápida e inusualmente de un sueño muy reparador y profundo, sin imágenes, sin quimeras, sin absurdos; solo la ausencia completa de vigilia y luz. No recordaba los últimos minutos de la noche anterior, pero se sentía muy bien y recapitulaba haberla disfrutado mucho. Se alistó, se vistió y salió a la sala ilusionado por ver a Magda: su sola presencia lo animaba.

Para su desazón no había nadie en la casa. La pequeña vivienda de una sola planta estaba completamente desolada. A diferencia del día anterior, la mañana estaba un poco nublada, por lo que la luz del sol hacía esfuerzos por colarse dentro del lugar. Todo estaba organizado con pulcritud.

Caminó entre los muebles tocando las flores con su mano. El aroma del lugar se mantenía tal como lo recibió dos noches atrás. Era una combinación del olor de las plantas incrustadas en la pared, las especias que Magda usaba tan sabiamente en la comida y la fragancia que su cuerpo desprendía. Una exaltación de hormonas inquietas intentaba conquistar el ambiente y lo ensimismaba. Cerró los ojos y disfrutó ese banquete sensorial: extrañaba la compañía de su anfitriona.

Se detuvo en la línea imaginaria que dividía los ambientes de la casa. Tentado por conocer la alcoba de Magda, se aseguró de que la mujer no estuviera en algún lugar sin haberse dado cuenta y repitió su nombre en voz alta. Al no obtener respuesta, caminó hacia la puerta de la que jamás había cruzado, excitado por lo que podría encontrar.

Para su asombro, encontró algo distinto a lo que esperaba. El cuarto de la mujer, a diferencia del resto de la casa, presentaba un sorpresivo desorden: la cama estaba deshecha; las sábanas, casi en el piso, y la ropa desordenada indistintamente alrededor del perímetro del dormitorio. Un par de sandalias abandonadas frente al baño hacían las veces de barricada y, en el fondo, se dibujaba una maraña de toallas y

telas cuya utilidad no llegaba a comprender.

Tampoco entendía cómo alguien que mostraba tal nivel de organización y pulcritud, en el resto del área social, tuviera tal grado de desorganización en su espacio más privado. Era como si viera el dormitorio de otra persona o como si, en realidad, no la conociera.

Después de observar el lugar, se animó a una última infidencia. El aroma de la mujer, aún más notorio en su habitación, lo llenó de un deseo incontenible y se dejó llevar por él: abrió uno de los cajones confiando en encontrar los atuendos íntimos que imaginaba desde que la conoció. Descubrió una prenda hermosa, delicada, tocada por el perfume natural que tanto disfrutaba. La acarició, la palpó, la olió. Cerró los ojos para amplificar la sensación y aprisionar el momento.

Guardó la prenda en su lugar asegurándose de dejar todo tal como lo había encontrado. Cuando daba los pasos necesarios para salir, algo en el panorama llamó su atención sutil pero inobjetablemente. El ojo veloz y atento alertó al cerebro que detuvo el cuerpo en seco. Marco se volteó de inmediato tratando de deducir lo que creía haber visto. Sus años especializados en la observación de distintos elementos le habían dado la habilidad para reconocer discrepancias y contrastes por más tenues que estos fuesen.

En la mesa de noche, un vaso cristalino a medio llenar de agua hacía las veces de lente de aumento. Así comprendió por qué había podido visualizar, a esa distancia, algo que en otro caso hubiese sido imposible. Justo detrás del vaso, se advertía un montículo diminuto de un polvo de color verde, un casi imperceptible rastro de algún derrame premeditado o fortuito de una especie de ceniza de color vegetal. Era extraña, no tenía la certeza de qué era exactamente, pero tenía la seguridad de no conocer algo similar.

Se acercó cautelosamente a la mesa y, cuando el ángulo de visión ya no alcanzaba el vaso, se dio cuenta de lo insignificante del rastro polvoriento. A cada paso, la contemplación se agudizaba y se generaba una idea más concreta de lo que presenciaba. Estiró la mano para alcanzar el vaso y retirarlo, pero escuchó una voz familiar y unos pasos que se acercaban a la puerta de entrada de la casa. En seguida, víctima de un breve ataque de nervios, dejó su interés investigativo y dio dos largas zancadas hacia la puerta con el único afán de no ser sorprendido en su clara intromisión y falta de delicadeza hacia su anfitriona.

Magda, que ya había abierto la puerta, miraba hacia el exterior mientras terminaba una conversación con su vecina. En cuanto ingresó a la vivienda, vio a Marco que caminaba hacia ella animado y contento. Lo saludó devolviendo su alegría.

—Buenos días Marco, espero que hayas descansado.

—La verdad sí. Dormí exquisitamente. Sin embargo, inclusive eso se puede mejorar con la compañía adecuada.

Magda dejó pasar su insinuación con una mirada cómplice y le mostró una pequeña canasta con frutas frescas.

—¿Desayunamos?

Marco asintió y se aproximó para ayudarla con lo que traía. Magda lo siguió hacia la cocina, pero en seguida se dio cuenta de una discordancia en el panorama. Hubiera jurado que cerró la puerta de su habitación por la mañana, antes de salir.

Cuando caminaban hacia el Foro, fueron testigos de la repetición casi exacta de los acontecimientos del día anterior: la gente los saludaba amablemente, todos organizaban sus quehaceres para llegar a tiempo a la reunión popular y todos se sentían motivados por volver a reunirse con el Emisario de turno. Durante la caminata tuvieron la posibilidad de conversar más.

—Ayer me sentí un poco indispuesto. Te suplico me perdones —dijo Marco con una mueca de inconformidad.

—No tienes por qué disculparte. Creo que fue un día muy largo y cansado, y te pasó factura al final. Además, era tarde cuando fuimos a dormir.

—Sí, pero la verdad no recuerdo bien nuestros últimos minutos. Es como si me hubiese quedado dormido antes de poder acomodarme.

—Qué extraño. Yo vi que llegaste bien a la cama.

—Sí, debe ser solo el cansancio. De todas formas, fue una velada lindísima. La cena estuvo deliciosa.

—Qué bueno que te haya gustado. Yo también la disfruté mucho.

—Te debo advertir que empiezo a encariñarme mucho con tu cocina.

—¿Solo con mi cocina? —preguntó Magda mirándolo de reojo con actitud coqueta. Marco quedó completamente desarmado y sorprendido.

—No... es decir, con todo —respondió balbuceando con nerviosismo. Magda rió de buena gana.

—¿Te puedo hacer una pregunta? —indagó la mujer.

—Claro —aseguró Marco y tragó saliva.

—¿Estuviste en mi habitación esta mañana?

Marco se dio cuenta de que quedó en evidencia. Se sintió un poco incómodo y culpable por unos segundos. Bajó la mirada y se disculpó.

—Estaba buscándote. Lamento mucho haber abusado así de tu confianza.

—No te preocupes —pidió Magda rompiendo la seriedad y

alivianando el momento——. No es un problema. Tan solo fue curiosidad.

—De todas formas no debí…

—Ya te digo: no es un problema. Pero la próxima vez preferiría invitarte yo misma.

Marco sintió un alivio profundo seguido de una emoción memorable. Miró a Magda de reojo que conservaba su sonrisa, mientras dirigía su atención hacia el prominente edificio del Foro.

—Además, antes de invitarte, me gustaría arreglar un poco ——le dijo mirándolo de nuevo con una graciosa y exagerada vergüenza.

Ya casi llegaban y Marco tenía el mejor ánimo que esperó almacenar. El día no era soleado como el anterior, pero sentía la buena disposición de todos los vecinos que arribaban y, sobre todo, se sentía en armonía y conexión con su amiga, y eso lo regocijaba. Justo cuando estaban dando los primeros pasos dentro de la gran edificación blanca y a punto de separarse, Marco adoptó un tono extremamente amable.

—Espero que hoy aproveches y preguntes cosas en voz alta y compartas tus brillantes dudas con el resto de la aldea.

—No te preocupes Emisario. Hoy no te van a faltar preguntas. Créeme, hay gente aquí que ha esperado todo un año para poder preguntar o reafirmar lo que ya saben.

—¿Debería preocuparme?

—No. Ya te lo dije. Lo único que todos necesitamos es tu palabra. La información ya la tenemos, pero nos gusta recordarla, refrescarla. Y quién mejor que tú para compartirla.

—Cuidado, lo tomaré como un halago.

—Es exactamente eso: un halago. Buena suerte ——le dijo Magda y se dirigió a la entrada destinada para el resto de asistentes.

Marco se adelantó y otra vez encontró el mismo lugar desde donde habló la tarde anterior. El mismo púlpito y un vaso de agua lo esperaban. Puso sus documentos frente a él y empezó así el segundo día de reuniones. La gente, después de la exitosa reunión del día anterior, estaba ansiosa y anhelaba su inicio.

Cuando Marco empezó, un profundo silencio acompañó sus palabras. El sonido de su voz viajaba vertiginoso y resuelto, y resonaba en cada espacio de la construcción. Cada frase irrumpía sin obstáculos en la mente de los asistentes que las recibían con predeterminación y las aceptaban sin complicaciones ni trabas.

Una vez que la intervención de Marco sobre la necesidad de establecer un diálogo constante acerca de los fundamentos de la sociedad

terminó, dio paso a la posibilidad de preguntas y debate entre los asistentes.

A pesar de que este era un ejercicio que repetía en todas las aldeas que visitaba, había comprobado reiteradamente que las preguntas siempre eran las mismas o similares. Fue entrenado para responder los cuestionamientos más complejos, visitó mentalmente todos los posibles escenarios de inconformidad; sin embargo, nunca tuvo la necesidad de preocuparse o alterar el proceso normal de diálogo. Durante sus años de experiencia, jamás lo sorprendió una pregunta inoportuna ni una situación comprometedora. Las reuniones en otros foros siempre se desarrollaban sin sobresaltos y las dudas solo reafirmaban las explicaciones impartidas en otros lugares que había visitado.

Las escuelas de la Nueva Era se aseguraban de enseñar las nociones básicas de la estructura social y modos de convivencia a cada uno de los habitantes para dejar que los padres reafirmaran este conocimiento, una vez que sus hijos cumpliesen diez años.

En las escuelas, los niños iniciaban un proceso de razonamiento y pensamiento práctico. Antes de cumplir los cuatro años, ya entendían profundamente la diferencia entre lo que el cuerpo necesitaba y lo que la mente prefería. Repasaban el aparentemente básico pero sensible concepto de trabajo en equipo incluso antes de que pudieran caminar por sí solos. Todos aprendían a analizar y racionalizar, a entender e investigar, a actuar con criterio y responsabilidad ante las necesidades individuales y comunitarias. No dañar los intereses ajenos mediante acciones personales era una de las primeras cláusulas de un código de comportamiento que deducían por propia reflexión. Antes de cumplir los diez años, aprendían a leer, escribir, calcular, observar y averiguar, y también manejaban conocimientos básicos de urbanismo, reciclaje, aprovechamiento de recursos, medioambiente, alimentación, salud y astronomía. Una vez que alcanzaban dicha edad, pasaban a manos de sus padres y familiares para continuar con el aprendizaje de su oficio, que les ayudaba a ser parte integral del desarrollo de la aldea.

Durante todo el proceso de formación, tanto en la escuela como en la casa, repasaban constantemente los aspectos de la vida en la sociedad de la Nueva Era; sin embargo, los emisarios los repetían en sus visitas anuales. Por tanto, las preguntas formuladas durante el segundo día de reuniones solo requerían respuestas previamente establecidas y expresadas de manera diferente.

—¿Cuál es la raíz de las inconformidades en algunas personas? —preguntó un hombre que se puso de pie y miraba a su hijo de corta edad como haciendo la pregunta en su nombre.

—Es muy difícil definir exactamente lo que pasa dentro del cerebro —respondió Marco con tranquilidad—. Sin embargo, las herramientas para lograr la plenitud humana están ahí, frente a nuestros ojos, en cada paso que damos, en cada bocado que probamos, en cada segundo que respiramos. La inconformidad, según mi manera de pensar, y podemos conversar como amigos al respecto, viene de la falta no de recursos para saciar nuestras necesidades, sino del entendimiento sobre los verdaderos requerimientos del hombre y la mujer, que a veces es causada por la duda, la curiosidad o tal vez la palabra inoportuna de alguna persona cercana.

—Y ¿está mal la curiosidad? —planteó una voz femenina en los pisos superiores.

—Yo no puedo saber qué está bien o mal. Cada uno debe plantearse si su curiosidad o sus cuestionamientos son buenos o malos. Las respuestas que están a nuestro alcance, como emisarios, también están al suyo. El mundo es claro, transparente y obvio. La curiosidad es fácil de solventar. Nos basta con imaginar el escenario y sacar nuestras conclusiones basadas en el sentido común, información y apreciación. No veo nada de malo, particularmente, en ser curioso. De hecho yo soy muy curioso.

Esta última frase consiguió la aprobación y una risita general. Marco buscó a Magda con la mirada y le regaló una sonrisa cómplice. Ella le devolvió brevemente el gesto. Las preguntas continuaron.

—Eso quiere decir que los que se marchan, los disidentes, no están obrando mal, ¿cierto? —preguntó un joven desde el extremo derecho de la sala.

—Tal como les he dicho, solo ellos pueden saber si su partida les ha traído más inconformidades que aciertos. A los que deciden irse —continuó Marco tras una breve pausa— no se les puede prohibir ese derecho. Todos podemos escoger nuestras acciones. Todos tenemos, desde niños, esa posibilidad. Pero si tú sabes que el fuego te va a quemar, ya sea porque has experimentado una quemadura o has visto su acción en algún momento, ¿necesitas prenderle fuego a tu casa para salir de dudas?

—¿Por qué pierden contacto definitivo entonces? ¿Por qué no pueden regresar a la aldea de la que se fueron? —formuló una mujer en el fondo de la sala.

—La disidencia no es un castigo, tampoco el aislamiento. Este último más bien es una de nuestras ventajas para sobrevivir como especie. En el caso de la disidencia nosotros tenemos que resguardar nuestro hábitat. Lamentablemente el Mundo Antiguo, por varias razones de orden organizacional que todos conocemos, tiene demasiados focos de contaminación, procesos innecesarios de daño social y afecciones que no

podemos combatir. Al limitar este acceso, nos alejamos del agua que nos puede ahogar. Existen Aldeas que reciben a hombres y mujeres que vienen del Mundo Antiguo, tal como al inicio de la Nueva Era, y los preparan para establecerse según esta nueva forma de vida. Todos somos libres de vivir donde queramos, pero por esa razón escogimos esta libertad sin dañarnos ni afectar al resto. La libertad propia termina donde empieza la libertad ajena. Además, cuando alguien deja la aldea, su lugar en la sociedad queda vacío. La forma de coexistencia y comunidad que nosotros vivimos apura esfuerzos para llenar ese espacio. Si un disidente volviera a la misma aldea, lo más seguro es que su casa, su oficio y su espacio ya estuviesen ocupados por alguien que sí lo supo valorar.

—¿Cómo se llega al Mundo Antiguo? —preguntó la misma mujer.

—Como ustedes saben, los puntos de frontera, edificaciones construidas antes que esta aldea y que limitan su territorio, están al norte y al sur. Ahí, hay dos puertas. Por una de ellas, destinada a los Emisarios, se accede a un salón donde reciben nuevas instrucciones por parte del Comité Central y comparten sus experiencias en el lugar que dejan. La siguiente puerta es para los disidentes o personas que quieren emigrar. Al atravesarla, son censados, registrados y pasan a una cápsula que los transporta al Mundo Antiguo. Yo solo he podido llegar hasta ese punto. El resto del viaje es algo que solo los que se van conocen.

—Y, ¿es peligroso este viaje? —preguntó un hombre mayor.

—No, no lo es. Como les dije, todos los días llegan a otras Aldeas cientos de personas. La mayoría disidentes del Mundo Antiguo que se dieron cuenta de la diferencia. Son bien recibidos y se fundan nuevas comunidades con la asistencia del Comité Central.

—¿Y en el Mundo Antiguo también vive mucha gente? —preguntó una niña de 12 años.

—No hay un censo o datos recientes. Hay que tomar en cuenta que no han adoptado, hasta donde sabemos, un control efectivo de la natalidad. Uno de los avances más importantes de la Nueva Era es justamente la planificación de la población en busca de mejorar la calidad de vida comunitaria e individual del ser humano. Se incentiva a que cada pareja conciba cuando prefiera y que sea consciente de que su hijo será una pieza importantísima de la comunidad. En el Mundo Antiguo, antes de la Nueva Era, millones de mujeres traían al mundo niños indeseados, sin estar listas para hacerlo, sin estar preparadas para compartir con ellos. Millones morían por un intento de deshacerse de los bebés durante la gestación. Al momento, me imagino que los números siguen altos, pero también sabemos que su planteamiento de convivencia sigue siendo deficiente y poco efectivo.

—Y, ¿por qué los habitantes del pasado no tenían técnicas de planificación? —preguntó su madre.

—Porque el razonamiento de la época antigua estaba viciado y nublado por miles de paradigmas y planteamientos ilógicos. Un sinnúmero de creencias infundadas e incongruentes, basadas en la ignorancia y usadas para concentrar poder, circulaban por las tradiciones, enseñanzas y la convivencia del Mundo Antiguo. Por mucho tiempo, los seres humanos sometían sus acciones a las ideas disparatadas de un grupo de control que inventaba todo tipo de fantasías para juzgar, limitar y alterar el normal desarrollo del pensamiento humano, restringiendo así su desarrollo y su avance. Entre estas teorías absurdas, muchas se relacionaban al sexo y el contacto entre los integrantes sociales. Por alguna razón, que ahora no cabe en el entendimiento, algunas organizaciones que controlaban el comportamiento prohibían el contacto físico y, por tanto, cualquier planificación o planeamientos que lo involucraran eran descartados. Estas organizaciones fueron la principal razón de la casi aniquilación humana y el declive del Mundo Antiguo.

CAPÍTULO 12

El asfalto mordido por el hielo daba la sensación de haberse convertido en una improvisada e irregular pista de patinaje. El auto derrapaba en las curvas y escapaba, gracias a destellos de reflejos atentos, de perder el control. La mañana de domingo se veía bastante tranquila. Solo la aceleración del trayecto y el ruido apremiante del motor rompían la fría serenidad de las calles. El auto atravesaba vías cada vez más concurridas, preparadas para la jornada de primer día de año nuevo. El viento, que solía ahuyentar la circulación peatonal, parecía benevolente; invitaba a los habitantes a caminar por las aceras.

El apuro y la presión de los acontecimientos no permitieron a Golovanov un análisis más profundo, necesario para darse cuenta de que todas las personas que miraba desde su auto se dirigían a los mismos puntos con atuendos improvisados y más apropiados para la cama: vestimentas apuradas y emergentes.

Anton Golovanov nunca fue un hombre de acción, sino más bien de ciencia y pensamiento que se vio, como otros tantos, enredado en la maraña y los bríos nacionalistas del partido de Gobierno de los últimos tiempos del comunismo en la Unión Soviética. Durante su etapa de estudios superiores, se esforzó mucho por sobresalir. Sus notas y reportes demostraban que era un estudiante ejemplar y muy capaz, con una gran disciplina. Esos años rindieron sus frutos y, en cuanto su educación secundaria terminó, fue contactado por los servicios de reclutamiento del partido y engrosó las filas de los futuros agentes a órdenes del régimen.

Debido a su trabajo y a la operación, había repasado varias veces el expediente de Andrei, y encontró grandes similitudes entre las aptitudes estudiantiles y la adolescencia de ambos. Al revisar su paso por la escuela, se vio reflejado: eran similares las calificaciones, los libros, las fotos, los uniformes, el modo de sobrellevar la dureza de los años escolares en una Rusia en perpetua recesión.

Evidentemente, no se consideraba tan inteligente como el *hacker*, tomando en cuenta que este calificaba tranquilamente como un genio a ojos del más estricto experto; pero sí muy afín a él en cuanto a su nivel de entendimiento, abstracción y disciplina. Sin embargo, siempre notó que Andrei optó por un comportamiento distinto y se preocupó por mantener sus virtudes debajo de la mira. Ocultó su inteligencia con un propósito: evitar servir al Gobierno y aportar al sistema que tanto lo incomodaba. Esa era la diferencia fundamental. Andrei no tuvo maestros lo suficientemente inteligentes para darse cuenta de su valía o explotar su potencial. Tampoco fueron tan sensibles como para notar su profundo resentimiento hacia todo y todos.

Golovanov se veía muy similar al *hacker*, a pesar de que sus procesos y caminos fueron completamente diferentes. Tomaron rumbos distintos y eso cambió el resultado. El único denominador común en ambos casos fue el sistema. El Gobierno ahuyentó a uno, pero acercó a otro. El régimen desperdició por completo una mente brillante, pero encaminó y vanaglorió otra, la de Golovanov, simplemente por su poca voluntad para decir no.

Cuando recordaba sus días de entrenamiento, se daba cuenta de que muchas situaciones de las que fue testigo le incomodaban y le hacían sentir menos orgulloso de su país. No tuvo la valentía que tuvo Andrei, a temprana edad, para negarse a formar parte de dichas injusticias o atropellos. Sin embargo, gracias a esa actitud pasiva y selectivamente indiferente, logró escalar en su carrera. Obvió el sentido común y antepuso su conveniencia sobre la supuesta razón de su trabajo y las instrucciones de una misión por encima de sus propios principios. No fue sino en los meses recientes —tal vez por una reflexión ocasionada por la edad u otras variables de su vida personal— que empezó a darse cuenta de que ser testigo de una injusticia y no impedirla lo convertía en cómplice, en un secuaz cobarde.

Conforme se acercaba a la plaza Lubyanka, Golovanov sentía su corazón aún más inquieto y la expectación cada vez más viva. A lo lejos, se veía el imponente edificio del Servicio Federal de Seguridad, donde siempre tuvo su oficina y sus reuniones organizativas. Nunca lo consideró como su lugar de trabajo, ya que cumplía su labor siempre desde distintas locaciones lejos del ojo público o la posible intromisión extranjera. El edifico se había convertido en el ícono de las fuerzas de seguridad e inteligencia rusas, pero albergaba en sus instalaciones al cuerpo administrativo en lugar de a los agentes. Los verdaderos gestores de las misiones estaban resguardados por las públicas pero a la vez desapercibidas fachadas del anonimato.

Una llamada del general desde la oficina no tenía que significar problemas necesariamente, pero que la hiciera el domingo festivo quería decir que algo estaba mal… muy mal. Golovanov trataba de atar cabos, pero no deducía la posible emergencia. Eso lo intranquilizaba. Además, cualquiera fuera esta novedad, no haría más que empeorar la reacción ante el reporte sobre la muerte de Andrei que redactaría al día siguiente. Por más que intentaba, no podía recordar una peor celebración de nuevo año en toda su vida.

No fue necesario bajarse del auto para darse cuenta de que la situación era peor de lo que podía imaginar. Reconoció en seguida al equipo de guardia personal del director general, Alexander Bortnikov, de pie junto a su vehículo. Varios autos oficiales adornaban el panorama y numerosos militares cuidaban la entrada en un pequeño operativo completamente inusual.

Golovanov caminaba de prisa, tratando de esconder su nerviosismo. Tuvo que mostrar su identificación varias veces para acceder al piso de las oficinas centrales. Mientras se acercaba al despacho de la dirección, donde lo esperaban, se acomodó el abrigo negro para disimular su vestimenta de domingo. No estaba acostumbrado a visitar el lugar en tal informalidad, pero las circunstancias no le dieron otra opción.

Al entrar, sintió que se dirigía hacia el paredón de fusilamiento con los ojos vendados. A sus espaldas, la puerta de madera sólida fue cerrada de súbito por el militar que la resguardaba. En seguida, las miradas de todos los personajes ahí reunidos apuntaron hacia él. Saludó rápidamente al general Remyga, a dos militares de alto mando y de cara severa, a un par de militares sentados frente a una computadora y, por último, a quien presidía la reunión: Alexander Bortnikov, el célebre y controversial director general del Servicio Federal de Seguridad.

En seguida Remyga le hizo una señal para que se sentara. Los militares de alto mando se acomodaron atentos. El director, que atendía una llamada, cerró el teléfono y carraspeó. El general Remyga empezó:

—Anton, ¿cuánto dinero tienes en tu cuenta de banco?

Golovanov se inquietó con la pregunta. ¿Acaso investigaban sus finanzas? ¿Dudaban de su integridad? No supo responder.

—¿Perdón? ¿Creo que no entiendo?

—Pregunto si recuerdas tu último saldo bancario.

—Sí… aproximadamente. Pero…

—No me lo tienes que decir —le interrumpió Remyga—. Por favor, solo revísalo en la computadora.

Golovanov no entendía nada. Se sentó frente al computador que Remyga le mostraba e intentó acceder a su cuenta de banco.

—Tú vas a poder ingresar al servidor bancario, porque lo haces desde esta computadora que tiene acceso preferencial por tratarse de nuestra oficina —le decía uno de los militares más jóvenes, mientras él ingresaba sus datos—. El resto de usuarios del país seguramente recibirán un mensaje de disculpa, aduciendo fallas en el sistema, mantenimiento o interrupción momentánea.

Golovanov lo miró brevemente mientras en el monitor se desplegaban los datos de su cuenta bancaria. La leyó con incredulidad y abrió los ojos de par en par: su cuenta corriente y de ahorros tenía un saldo de cero rublos.

—¿Tienes cuentas en el exterior? —preguntó uno de los militares.

—No, no tengo —replicó Golovanov torpe y consternado.

—Da igual. Es exactamente la misma situación.

—¿Qué? ¿No comprendo?

El general Remyga lo miró con gravedad. Bortnikov se puso de pie y asintió con la cabeza, autorizando que se revelara información sensible al agente.

—Las cuentas bancarias de todos los usuarios privados y públicos del país y, asumimos, del mundo entero, están en cero. Desaparecieron del registro virtual y las bases de datos de los bancos desde esta madrugada.

Golovanov miró el reloj que estaba colgado de la pared: eran las 10:28. Puso atención al militar que le daba la información.

—Hemos contactado a los directores de los bancos que tienen oficinas y servidores en Moscú y todos han confirmado la situación. Establecimos contacto con China e India. Todo exactamente igual. Por el momento, la mayoría de clientes no se han percatado de la situación y, cuando intentan retirar dinero de los cajeros automáticos o acceder a la banca virtual, reciben un mensaje de disculpas por interrupción de servicio, pero muchas personas con familiares y amigos en otros países han empezado a hablar del tema en foros, *chats* y redes sociales. La sospecha empieza a generalizarse y eso puede ser caótico.

—P... p... pero, ¿cómo es que...? —Golovanov estaba completamente atónito.

—Precisamente eso es lo que queremos entender, Anton —dijo el general Remyga—. Queremos saber cómo se pudo generar esta situación, qué fue lo que pasó y cómo solucionarlo.

Golovanov y su equipo eran los expertos en Informática en el Servicio Federal de Seguridad. Cuando los ataques informáticos y las vulneraciones se convirtieron en un problema mundial, las autoridades

rusas consideraron el potencial de la informática para fines políticos y aprovecharon la oportunidad para crear un departamento especializado. Dispusieron de un presupuesto anual y lo unieron al Departamento de Inteligencia para poder integrar los esfuerzos de espionaje, contraespionaje y antiterrorismo con el control y manejo de las plataformas virtuales y la web.

—Necesitamos descubrir si se trata de un ataque de un grupo terrorista cibernético o un desafortunado accidente de proporciones catastróficas.

—¿Los bancos americanos?

—No hemos confirmado ni con directivos ni con los servicios de seguridad. Es probable que lo logremos en los próximos minutos pero, mientras tanto, los usuarios rusos no pueden ver más números en sus cuentas que el maldito cero.

Golovanov se quedó paralizado, en blanco. Solo imaginar las posibles repercusiones de una situación como la que se gestaba lo estremecía.

—A trabajar Golovanov —gritó Bortnikov rompiendo sus pensamientos—, estamos al borde de una emergencia mundial sin precedentes.

—De inmediato, señor —se apuró el agente para en seguida ponerse de pie y dirigirse veloz hacia la puerta.

Golovanov pensaba lo que tendría que hacer para convocar a todo su equipo y todos sus recursos de inmediato, cuando escuchó la voz del general Remyga a sus espaldas empeorando aún más, con sus palabras, la situación.

—Y... Golovanov. Creo que es un buen momento para poner a trabajar a ese payaso ermitaño que tanto nos cuesta mantener.

Sintió que el mundo se abría bajo sus pies. Sintió un dolor extraño en el estómago y una molestia indescriptible. Dio la vuelta y, con la mirada un poco perdida, se dirigió intentando la imposibilidad de solamente ser escuchado por Remyga.

—General... Andrei falleció la madrugada de hoy.

Un silencio pesado y espeso se cernió sobre el lugar. Remyga cerró los ojos y movió la cabeza con decepción. Golovanov aprovechó la oportunidad para tranquilizar la situación con alguna frase hueca y salir así cuanto antes del despacho.

—Descuide general, vamos a hacer todo lo que podamos para solucionar esto.

Con el eco de estas palabras el lugar se quedó colgado en un minúsculo silencio lo suficientemente duradero para darle tiempo a

Golovanov de volver a girar sobre sí y apresurarse a la puerta justo en el momento en que sonaba el teléfono de la dirección. Uno de los militares anunció en voz alta:
—Es el Izvestia.
—Maldita prensa. Ya se han enterado —gritó Remyga—. Esto se va a convertir en una puta pesadilla.

CAPÍTULO 13

La llegada del amanecer siempre era bien recibida en el valle. Sin importar lo fría que fuera la mañana o lo duro del camastro, el alba se presentaba como un manto dominante que recorría los rincones y los recovecos de la caprichosa geografía, y bañaba, absoluta y luminosa, todo el lugar. Apenas moría la madrugada, Damián se alistaba para su viaje semanal.

Mientras acariciaba el lomo de la vieja mula que tantas veces lo acompañó, ajustaba los costales de yuca que, en esa ocasión, le servirían como moneda de cambio. En una bolsa, con mucho cuidado, acomodó dos botellas que preparó para transportar los retoños de orquídea que también intercambiaría en el pueblo.

El suave paso de la mula hacía un sonido apagado en la tierra empañada de rocío que entramaba el sendero. El sombrero de Damián sobresalía de los arbustos del bosque en un vaivén constante.

Los viajes regulares que Damián hacía al pueblo más cercano eran la única manera de comunicación entre su aldea y el resto del mundo. Él, que mantenía un constante diálogo con su comunidad, logró convencerla de que mientras menos intercambio y relación existiera con las comunidades vecinas, podría desarrollarse y progresar mejor. Basaba su teoría en la autosuficiencia y autogestión pues, gracias a ellas, logró su propia estabilidad y tranquilidad. Además, responsabilizaba a las influencias externas de generar necesidades superfluas que no hacían más que confundir el verdadero rumbo que se debía seguir para lograr el bienestar.

El aislamiento fue difícil en un principio. A la gente le vencía la curiosidad y el anhelo de vivir otras experiencias; sin embargo, la pobreza y el olvido que reinaban en toda la región les hizo valorar su comunidad y las ventajas de ser parte integral de ella. Al cabo de un par de años, todos los habitantes estaban comprometidos con un modelo de convivencia único

y efectivo que no necesitaba reglas ni exigencias, sino sentido común y cuyas directrices se establecían de forma natural.

Conforme Damián avanzaba por el camino, notó que las nubes blancas y esparcidas se convertían en manchas grises y abrasadoras. Sentía el viento recargado y se resignó a regresar, al anochecer, bajo una lluvia torrencial. Su predicción se cumplió anticipadamente; tanto que lo sorprendió antes de llegar al pueblo. Había apretado el paso para llegar primero que la lluvia, pero esta lo esperaba con grandes ráfagas de viento helado y el golpeteo incesante de las gotas que se rompían sobre el tejado de las casas.

Juan recorría con rapidez un camino invisible sobre un pedazo de plástico anaranjado con el *mouse* de su computadora mientras escuchaba cómo la tormenta golpeaba fuertemente el techo de zinc de su casa. El bullicio metálico se convirtió en un enredo sonoro de insoportables proporciones; sin embargo, sus audífonos lograban rescatar la música estridente del ruido exterior. En la pantalla una ventana de Messenger se abrió con un mensaje de Heather, una pecosa pelirroja de Carolina del Norte que creía practicar su español mientras se enamoraba de Antonio, un exitoso abogado argentino que prefería ser llamado Tony, mediante *chats* virtuales. Personaje nacido de la imaginación vivaz acorde con los 18 años de Juan.
—Hola. Cómo estás? Me extrañaste?
—Hola, mi preciosa. Claro que te extraño. Si vos sos mi alivio, mi salvavidas cuando quiero escapar de la rutina de mi oficio.
—No entiendo todo. *But wait.* Estoy buscando.
—Te espero todo lo que querás, me banco la eternidad por vos, si para eso vivo.
Juan copiaba estas frases de los diálogos de las telenovelas argentinas que veía, en un afán de darle vida a su personaje. Y ahora le daban tiempo para entrar a su cuenta de Facebook. En esta también había optado por crear una personalidad paralela: incluyó una foto retocada y datos falsos, con el único interés de conocer mujeres a las que conquistar. Virtual pero efectivo.

El internet para él, y para la mayoría de sus amigos, era un universo atrapado en una pequeña caja plástica. Se convirtió, para ellos, en un vicio insalvable y un modo de vida en el que cualquier persona, por más aislada que estuviera, podía comunicarse de mil maneras con el mundo y visitar lugares, momentos e ideas que en otras circunstancias hubiera sido imposible conocer.

Juan tenía una apretada agenda cibernauta. Después de recorrer hasta el hastío cuanta página pornográfica era publicada, comenzó a visitar otro tipo de lugares virtuales y, así, dominó el uso de las redes sociales y los *blogs*. Ya no era solo un talento, sino una necesidad de supervivencia social. En su grupo de amigos, no existía otro medio de interacción válida que no fuese mediante una computadora.

Al cabo de un tiempo, aburrido de su realidad y frustrado por los pocos beneficios de su perfil de usuario a la hora de las conquistas virtuales, se animó a crear distintos personajes e incrementar, de esa manera, sus probabilidades. Así, dio vida a Silvio, un inversionista mexicano que residía en varios países de tres continentes; Aldo, modelo brasileño que, debido a un exigente contrato con una supuesta empresa de manejo, no podía publicar fotos de su rostro; Claudio, interesante entrenador personal y maestro de baile cubano-americano, cuyos puntos de vista sobre el uso de su cuerpo frente a una cámara eran casi filosóficos, y por último, su preferido, Antonio o Tony, un excéntrico abogado argentino que estaba a punto de convencer a la ingenua Heather de enviarle fotos de ella desnuda.

—Ya entendí todo. *I Google translate it.* Palabra por palabra.

—Eres una belleza. Por eso me encantás :)

—Tu eres *bellezo too*. Me haces me sonroja. La cara. Roja :)

Juan estaba consciente de que no aportaba demasiado en el progreso del español de Heather, pero le divertían sus errores y sus intentos de comunicarse usando todas las herramientas que el Internet le brindaba.

—¿Qué pasó con mi regalo?

—Ya lo tengo listo Tony. Pero no me gusta. Estoy fea.

—Pero cómo vas a estar fea. Si sos hermosa. Una divina.

—Pero nunca había visto yo en una *photo* desnuda. *OMG.*

—Tranquila nena. Seguro que me van a encantar. Yo te enviaré las mías también.

Cuidando de no poner su pantomima en evidencia o que ella exigiera sus fotos primero, decidió presionarla para que le enviara las imágenes que le tenían tan anhelante.

—Nena… me tenés ansioso.

—Ansioso? *Wait… Google translate. BRB.*

Juan se dio cuenta del error que podía ser dilatar este momento y se arrepintió de usar palabras que Heather no entendía. Mientras esperaba que su pelirroja regresara, empezó a saludar sistemáticamente a todos sus contactos femeninos de Facebook que se encontraban «en línea». Aplicaba las teclas de «copiar» y «pegar» para repetir el mismo saludo para todas ellas. En pocos segundos, la pantalla se llenó de

conversaciones iniciadas con las mismas palabras y algunas respuestas. Sonrió. Sabía que iba a ser una buena tarde de sábado.

—Estoy aquí Tony —saltó la ventana de Messenger—. No poner ansioso. Tengo tu regalo.

De repente, la ventana de notificaciones del programa le invitó a «aceptar» la transferencia de un archivo de nombre IMG_012. La emoción lo inundó. Se quitó los audífonos para concentrarse en lo que veía. Eso lo convertiría en una verdadera leyenda entre sus amigos. No lo podía creer. Arrastró el cursor con el *mouse* y presionó el botón necesario.

En ese momento, se dio cuenta de que el sonido de unos golpes fuertes y constantes resonaban sobre el de la lluvia. Alguien golpeaba con insistencia la puerta de su casa que hacía las veces de despensa y tienda del pueblo. Parecía que su madre no andaba cerca o se había quedado dormida. Rápidamente, minimizó la ventada de Messenger, donde había escrito BRB para que Heather no se fuera antes de descargar las fotos.

—¡Mami! —gritó.

Su grito se perdió en el ruido diluvial. Por fin, se puso de pie y se aproximó a zancadas hacia la puerta. Entonces, recordó que su madre había salido a hacer algunas entregas de último minuto y presumió que esperaría a que el aguacero parase para regresar. Cuando abrió la puerta se encontró con la cara molesta de su primo Damián, empapado e impaciente. Hizo una mueca torcida a manera de disculpa por su distracción y demora al abrirle.

A pesar de que Damián doblaba su edad, mantenían una relación cordial. Se veían casi todas las semanas y Juan le ayudaba a vender los productos que llevaba. Siempre le pareció que la forma de vida de su primo, tan alejada, era un poco extraña; sin embargo, se había convertido en una presencia relativamente constante. Nunca habían conversado profundamente ni compartido detalles sobre sus vidas.

—Hola primo. Lo siento, no escuché que tocabas —dijo mientras ayudaba a Damián con los costales que traía sobre el hombro.

Damián cambió su expresión y sonrío amablemente. Entró al local y se quitó su poncho de lana de alpaca. La prenda chorreaba agua y lodo. Juan se sintió mal por haberle hecho esperar tanto tiempo; sin embargo, la punzada que sentía en el pecho no era solo culpa de eso sino que se relacionaba también con la foto que todavía no podía descargar en su computadora.

—¿Ocupado? —preguntó Damián señalando el monitor de la computadora con la mirada.

—No primo, solo saludaba a unas amigas… digo, amigos.

Damián sonrío y se sentó para quitarse las sandalias.

—¿Quieres tomar algo caliente?

—Gracias. No pienso demorar, ya voy atrasado.

—Pero está cayéndose el cielo, ¿vas a regresar ahora mismo?

Mientras conversaba con Damián, Juan se acercó al monitor y se desilusionó al ver que Heather había cancelado el envío y estaba desconectada. «Maldición», pensó.

—Tengo que hacerlo, si no, no voy a poder llegar al anochecer.

—Pero está muy fuerte la lluvia. Espera que pare un poco.

—Y, ¿mi tía?

—Salió a hacer repartos. Hoy es fin de año y la gente anda como loca tratando de tener la cena lista para sus familias. Imagino que ese es tu apuro por volver, ¿cierto?

Damián pensó qué contestar durante unos segundos, pero no tenía razones para engañar a su primo.

—No, Juan, la verdad es que nosotros no celebramos el fin de año.

Juan se sorprendió. Entendía que su primo era un poco extraño, pero no tanto como para obviar una festividad tan importante. Prefirió no adentrarse en el tema.

—Déjame llamar a mi mamá para ver dónde está o si dejó algo para ti —le dijo sacando el celular del estuche que colgaba de su cinturón con la misma velocidad y pericia que la de un vaquero del viejo oeste que desenfunda su revólver.

—Gracias —musitó Damián.

Mientras Juan conversaba con su madre, su primo recorría el lugar con la mirada. Era una casa que fue convertida en despensa y almacén. Tenía un mostrador bastante viejo con algunos productos expuestos, tras un cristal grasiento y descuidado. Al lado derecho, apostados uno junto al otro, reposaban varios costales abiertos con productos secos como arroz, frijoles y lentejas. Sobre el montón multicolor de habas, descansaba una taza que hacía las veces de medidor oficial de peso y porción para la venta. Contra la pared de ladrillo y sostenidos por vigas de madera, se encontraban varios canastos con verduras y hortalizas. Hacia el mostrador se veía una torre de cajas de refrescos y cervezas, un destapador adherido de un clavo a la pared y un cementerio de tapas en el piso. Una cantidad innecesaria de calendarios con paisajes europeos y mujeres nórdicas semidesnudas adornaba las paredes y la vieja refrigeradora de puerta celeste mostraba anuncios de bebidas con modelos voluptuosas que remataban el panorama sobrecargado de la dependencia. Al lado izquierdo, yacían la mesa con la computadora, un letrero de los precios del alquiler y el derecho a cinco minutos de navegación por Internet que el pequeño negocio ofrecía como

servicio adicional, debajo de ella. No era difícil deducir que quien más utilizaba dicha prestación era Juan.

—Dice mi mamá que te dejó las medicinas en una bolsita debajo de la caja. Ya te las busco —dijo Juan al cerrar el teléfono.

—Gracias.

—Pero también dice —comentó mientras buscaba el paquete— que la lluvia no va a parar y que hay deslaves, sobre todo, en los caminos del norte; que mejor te quedes aquí mientras se calma un poco el clima. Ni siquiera ella puede volver porque la calle de la iglesia está inundada.

Damián recibió el sobre y lo miró agradecido. Lo abrió de inmediato y encontró las medicinas que había encargado: antibióticos, jeringas y antiinflamatorios.

—También me dijo que, por favor, dejes la yuca en la entrada y que me entregues las flores.

—Claro —asintió Damián. Abrió la bolsa donde estaban las orquídeas y se las entregó a Juan que las miró extrañado y las puso en el refrigerador.

—Estas son las flores que compran los gringos esos que pasan por aquí. Yo no les veo tanta gracia.

—La naturaleza no tiene un precio, pero sí un valor. Son hermosas.

—Para ti. Yo no pagaría nada por eso. Pero… cada cual hace lo que quiere con su plata.

Damián sonrío pero escuchó intranquilo cómo la tormenta hacía cada vez más ruido, como si se ensañara con el pueblo.

—Qué terrible tormenta —comentó Juan.

—Sí, completamente inesperada —murmuró Damián.

—¿Cómo es eso de que no celebran el fin de año? —preguntó Juan intentando matar el tiempo mientras esperaba que Heather se conectara—. ¿Ahora me vas a decir que tampoco celebran la Navidad?

—No, no la celebramos —aseguró Damián risueño.

—Pero, ¿por qué? La Navidad se festeja en todas partes del mundo, se junta la familia y hay regalos. Nosotros siempre nos reunimos con la tía Laura y comemos…

—Lo sé —dijo Damián tratando de no sonar chocante—; sin embargo, no es una tradición que nosotros, en la aldea, mantengamos. Tenemos otras tradiciones que son un poco más acordes a nuestra forma de vida.

—No entiendo. ¿Otras tradiciones? ¿Halloween? ¿San Valentín?

Damián rio de buena gana y miró a su primo con paternalismo. Apenas se estaba dando cuenta, a los pocos minutos de estar en la presencia de alguien ajeno a su aldea, de lo diferentes que podían ser.

—Celebramos la siembra y la cosecha, los nacimientos, los logros y la salud. Celebramos las noches frescas y los momentos difíciles para hacerlos más llevaderos.

Juan lo observaba atento. A pesar de que no entendía del todo a qué tipo de celebraciones se refería su primo y de que no podía imaginar un cuadro más aburrido que el que le describía, no quería dejar de escucharlo. Su voz y sus palabras tenían un efecto encantador y atrayente. Su gesticulación, su entonación, la manera en que subrayaba las palabras importantes con sus manos, la sonrisa franca dibujada en su boca convertían su discurso en un imán para ojos, oídos y mente. Creyó entender entonces por qué su madre lo admiraba tanto y esperaba cada una de sus cortas visitas con tanta avidez.

—Y, ¿por qué no tener más celebraciones? —preguntó Juan dubitativo.

—Porque no son necesarias. Es muy difícil sustentar su existencia. Hay un momento y un recurso para todo lo que debe existir. Si no se tiene este sustento, entonces no se puede convencer a alguien que lo celebre o crea en su existencia.

—Pero si la Navidad es el cumpleaños de Jesús y de Papá Noel o algo así, ¿no?

—Puede ser, pero preferimos celebrar el nacimiento de nuestros hijos y no complicarnos con nacimientos ajenos —sentenció Damián con una amplia sonrisa—. Y ahora sí te acepto algo caliente.

Las tazas de latón humeaban. El frío se colaba por las hendiduras de la construcción y se sentía en el ambiente opaco de la tarde. Juan cerró el teléfono por tercera vez: su madre le avisó que un deslave había taponado la calle central y que no regresaría hasta que la lluvia parase. Sonrió de mala gana y asumió que la noche de fin de año no sería tan divertida como esperaba.

—Lo siento —dijo Damián.

—No, todo bien. Igual no ha sido un buen año. Ni siquiera recibí regalos en Navidad.

—¿Te das cuenta? No te hubieses desilusionado, si no te hubieras esperanzado en recibirlos en una fecha específica —antes de terminar la frase, Damián se arrepintió de decirla; sin embargo, para su sorpresa, Juan se interesó en su razonamiento.

—¿Es decir que sus fiestas también son con regalos?

—Algo así.

—¿Y por qué no tener más fiestas para tener más obsequios?

—Porque no son necesarios. Y en un tipo de convivencia con tantas carencias, es un poco más coherente escoger bien qué tanto de ese

regalo viene de la buena voluntad y qué tanto de la presión por la fecha. ¿No te has dado cuenta de que la gente se pone más tensa y nerviosa en estas fechas?

—Sí —musitó Juan reflexivo.

—¿Y no te has dado cuenta de que en estas fechas son más notorias las diferencias de acceso económico?, ¿que hay niños que sufren al ver otros niños con juguetes que ellos no pueden tener?, ¿que los padres se presionan por conseguir ese dinero que no existe para complacer los consumos innecesarios que se ven en la televisión?

—Sí —repitió Juan con los ojos completamente abiertos, sorprendido por la elocuencia de su primo—. Tienes razón.

—A mí, la Navidad en particular me parece la festividad más injusta. Por eso me alegra no celebrarla —concluyó Damián y sorbió su té de manzanilla.

Juan estaba completamente extasiado. Escuchaba boquiabierto este nuevo punto de vista que era cien veces más fuerte que todas las demás teorías que conocía de antemano sobre el festejo navideño. Si bien era cierto que nunca fue un católico activo y que cuestionaba el discurso del sacerdote de la parroquia, celebraba todas las tradiciones sin pensarlo demasiado. Lo que oía era revelador y completamente revolucionario según su pensamiento juvenil. Su inteligencia le permitía relacionar las posibilidades y darse cuenta de que, por más descabellado que sonara, eliminar la fiesta de la Navidad tal como se la conocía podía traer más felicidad a los hogares.

Durante las tres horas siguientes, Damián pudo conversar de forma abierta y sensata con su primo. Ambos lograron entenderse perfectamente, a pesar de la diferencia de edad y sus realidades tan distantes. Durante todo este tiempo, Juan olvidó por completo sus contactos de Internet y Damián se permitió abrir y compartir sus puntos de vista con el familiar más cercano que tenía fuera de la aldea.

—Pero todo esto es tan bueno. Tan... tan...

—Lógico —completó Damián.

—Exacto.

—Bueno, esa es precisamente la idea. Yo confío en que mis vecinos y amigos tienen la inteligencia suficiente para diferenciar la realidad de la mentira y la verdad de la incongruencia. Nos dimos cuenta de que era necesario actuar y tomar decisiones coherentes, en lugar de dejarnos morir por el olvido de las autoridades religiosas y del Gobierno. Todo está a nuestro alcance y, por eso, somos más felices, más sanos y más estables que nunca.

—¡Qué increíble! Deberías contar esto a todos. Seguro que serías

el nuevo presidente municipal en cuestión de meses. Son justamente las vainas de autogestión las que logran hacer famosa a la gente...

—Pero no tengo nada que contar. Lo único que podría decir a la gente es que usen el sentido común para tomar decisiones, que la tradición debe nacer de cada pueblo, de cada familia, de cada individuo, sin romper su bienestar.

La cuarta taza de té se había acabado y vaciaban un plato de habas tiernas con sal. Damián se había resignado a esperar a que escampara para emprender el retorno y la conversación lo había entretenido de sobremanera. Su primo había demostrado una madurez asombrosa y una apertura de criterio poco común. Damián sabía que su forma de vida y la de su aldea no eran precisamente bien vistas por los forasteros o viajantes y, por eso, evitaba hablar acerca de ella con extraños. Pero esta vez era distinto, pues era su sangre la que corría por las venas del muchacho. Sintió la necesidad de hacer una excepción y compartir sus puntos de vista con él.

—¿Nunca te ha interesado escribir lo que piensas y sobre la forma de vida que llevan en tu aldea? —preguntó Juan.

—Mmmm... la verdad, no.

—Pero, ¿no has querido compartir lo que sabes de la vida con el resto de la gente?

—Nunca lo he pensado de esa manera. Siempre lo he visto como un proceso al que cualquier persona podría llegar. No creo que sea yo el indicado para enseñar algo así.

—A lo mejor, pero te digo algo: mucha gente no razona, no piensa, no analiza. Tal vez una guía bastaría. ¿No crees?

—Puede ser, pero eso no es garantía de que la información les sirva. Por ejemplo tú, ahora que me has escuchado, ¿tienes ganas de dejar de comer lo que comes y vivir como nosotros? —preguntó Damián saboreando la respuesta.

Juan dudó.

—No, la verdad no. Necesitaría que mi madre pensara igual y desprenderme de muchísimas cosas —se sinceró.

—Precisamente. No se trata de adquirir más información. La lógica está allí, siempre ha estado. Es cuestión de eliminar información innecesariamente adquirida. He ahí lo difícil.

Juan lo miró fijamente y contuvo la respiración por unos segundos. Ese personaje tan familiar y a la vez hasta ahora desapercibido para él, de repente, se convirtió en un hombre admirable y digno de respeto. Sus palabras eran precisas, adecuadas y justas. Sus ideas eran lógicas, refrescantes y coherentes. Damián adivinó un brillo en los ojos de Juan.

Una sonrisa contagió la expresión del joven y juntó sus dedos índice y pulgar, haciéndolos tronar para celebrar la idea que le llegaba.

—Vamos a hacer un *blog*.

—¿Un qué? —preguntó Damián.

—Un *blog*. Es algo así como un registro de tus puntos de vista y comentarios. Así no se perderán y tal vez otras personas se identifiquen o algo así. Eso siempre funciona. Tal vez y hasta consigues que venga gente de otras partes a apoyarles como aldea... ¡Qué sé yo!

—Pero yo no tengo tiempo para escribir, además...

—No, tú no tienes que escribir. Yo lo hago. Tú solo me cuentas cosas como las de hoy.

—¿Y quién lo lee?

—Quien lo quiera leer.

Cuando Damián dejó la casa de su primo ya estaba por finalizar la tarde. La lluvia había pasado y la noche se avecinaba amable y despejada. Sabía que su regreso sería lento y cansado, debido a la oscuridad y el lodo en el camino; sin embargo, sentía que había sido una gran jornada: consiguió los medicamentos y sobre todo había establecido una interesante amistad con su primo. Sentía paz y una alegría particular.

Juan ponía las últimos signos de puntuación a la transcripción casi llegada la medianoche. Tardó varias horas en recordar y escribir lo que su primo había dicho, sobre todo porque tuvo que acceder a un diccionario en línea para comprender algunos términos que había usado. No se preocupó por conectarse nuevamente a su cuenta de Facebook o Messenger desde que se marchó. Quería aprovechar al máximo las palabras frescas y las ideas vivas que todavía rondaban por su cabeza. Finalizó el documento y en seguida lo preparó para subirlo a la red. Necesitaba ponerle un título. Escogió una de las frases que escuchó por la tarde y lo bautizó: «Lo necesario y lo superficial». El *blog* de Damián había nacido.

LO NECESARIO Y LO SUPERFICIAL
(fragmento)

¿Quién puede decirnos que el ser humano es el ser más feliz y completo del mundo? Tomando en cuenta la conquista de las necesidades, podríamos asumir que seres tan menospreciados como el tucán o la alpaca podrían ser aún más felices que nosotros.

Estos seres, al igual que muchos otros, entre los que no nos encontramos

los humanos, logran satisfacer, en el lapso de una vida, el 100% de sus necesidades. Logran vivir lo suficiente para crecer, desarrollarse, alimentarse, procrearse y, quién sabe, divertirse en ecosistemas perfectos y completamente autónomos, con posibilidades de expansión y de un sustento constante y equilibrado.

El ser humano, por el contrario, se ha preocupado por encontrar solución a sus necesidades, para así, casi de inmediato, crear nuevas y más exigentes metas completa y absurdamente innecesarias.

Si hiciéramos un análisis más objetivo y ecuánime, nos daríamos cuenta de que nuestra presumida «evolución» como especie ha sido más bien un proceso de involución, basándonos en el hecho concreto de que cada vez estamos más lejos de alcanzar nuestras supuestas metas. Desde este punto de vista, algunos seres, que consideramos inferiores, han logrado un nivel tan alto de evolución que desarrollan soluciones para sus necesidades básicas desde su nacimiento y, por eso, su paso por el mundo es menos miserable que el nuestro.

El resultado de este fenómeno es una constante sensación de desazón y carencia que no hace más que marcar diferencias entre los seres humanos y frustrar a la mayoría de los pobladores del planeta, pues no cuentan con lo que una minoría puede adquirir. Estas carencias, inventadas por el ser humano, nos diferencian y nos separan de los otros generando estratos y élites absurdas. El dinero, el arte, la religión, los sistemas económicos, las armas, las tradiciones... Cada día que pasa nacen cosas prescindibles que nos hacen olvidar las vitales.

Yo vivo en una aldea sin estos y muchos otros aditamentos de la mal llamada vida moderna. Sin embargo, puedo decir con orgullo que tenemos lo que millones de personas en el mundo no pueden alcanzar: seguridad, salud, alimento, tranquilidad, felicidad, familia. Todo funciona de acuerdo a un fin común y a la vez complementario. Nada está asumido sin una razón de ser. Todos estamos felices y no necesitamos más que nuestra tierra, nuestro alimento que nunca falta, nuestro aire y nuestro cuerpo para movernos. Somos felices sin reglas religiosas, olvidados por el Gobierno, pero siempre amparados por la naturaleza, a quien respetamos y nos respeta.

La base del bienestar radica en saber diferenciar y priorizar lo necesario sobre lo superficial.

CAPÍTULO 14

El regreso a casa fue más ajetreado que el del primer día. Muchas personas se acercaban a Marco con un genuino interés por estrechar su mano y agradecerle por visitarlos. Un grupo de nubes negras se tomaba el cielo de a poco, acelerando así las interacciones sociales que interrumpían el camino de la gente hacia sus respectivos lugares de vivienda u otras actividades. Marco y Magda también apuraron el paso en vista de la inminente lluvia y corrieron jovialmente y agarrados de la mano hacia la casa. El Emisario sentía una extraña sensación de alegría y un estremecimiento que recorría su cuerpo. No recordaba haber sentido antes algo similar.

Al llegar, con las primeras gotas de lluvia sobre sus hombros, Marco abrió la puerta con la naturalidad de sentirse entrando a su propio hogar. Normalmente, habría esperado a que la anfitriona lo hiciera, pero esta vez sintió el impulso de abrirse paso sin dudarlo. Magda no reparó en este detalle y entró de inmediato, pero él reflexionó durante breves segundos sobre el extraño y novedoso alivio que le ocasionaba llegar al resguardo de la vivienda en compañía de la atractiva mujer.

—¿Quieres un té caliente? —preguntó Magda mientras dejaba su abrigo en la percha.

—Sí, gracias.

Marco se quedó mirando las gotas de lluvia a través de la ventana. Veía un cielo ennegrecido que amordazaba las indefensas montañas con furia. Sentía que un gran monstruo negro, de temperamento apocalíptico, lo devoraba. Sin embargo, a sus espaldas, la calidez de la chimenea que Magda había encendido con una velocidad sorprendente y la ebullición del agua que se alistaba para recibir las hierbas y florecillas del té le hicieron ver el exterior como un mundo completamente aislado y separado de su apacible realidad.

El día fue pesado pero, misteriosamente, Marco no sentía cansancio ni agotamiento como la noche anterior. Sentía un ánimo renovado para seguir descubriendo a su nueva amiga. Ella le regalaba

miradas fugaces mientras preparaba la mesa. Marco la miraba sin esconder su admiración.

Cuando se sentaron con una taza caliente entre las manos, Marco se adelantó a la ronda de preguntas de su anfitriona:
—¿Puedo preguntarte algo?
—Ya lo hiciste —bromeó Magda imitando su seriedad.
—Me refiero… algo íntimo.
—Ya te dije que puedes preguntar lo que quieras. Pero debo advertirte: cada pregunta tuya puede inspirar una pregunta mía, así que ten cuidado de averiguar algo que no quisieras revelar.
Marco sopesó el reto y se alegró de reconocerla tan astuta. Pensaría dos veces antes de formular cada pregunta.
—¿Te sientes sola?
—¡Qué pregunta tan amplia! —dijo Magda levantando las cejas—. Ya verás lo que te pregunto yo, ¿eh?
—Digo… ¿te ataca a veces la soledad?
—La verdad no. Tengo un trabajo que amo, tengo gente, vecinos, amigos, amantes.
—¿Muchos?
—¿Vecinos, amigos o amantes?
—Amantes.
—Los suficientes. En la aldea hay muchas personas que no están unidas y eso hace que la conjunción sea más variada. Yo en particular trato de mantenerme tan activa como puedo.
Marco no podía dejar de imaginarla mientras le contaba sobre sus amantes. Trataba de visualizar el cuerpo que deseó desde que llegó, apretándose al suyo. Dejó escapar un leve suspiro mientras la escuchaba. Ella notó su excitación e interrumpió su relato para seguir con las preguntas.
—Y tú, gran Emisario, ¿te sientes solo? —Magda creyó intuir una respuesta afirmativa pero prefirió una explicación completa.
—A veces. Como Emisario tuve que renunciar a una vida familiar. Pero eso puede cambiar —respondió con una sonrisa.
—Y en tu paso por las aldeas, ¿tus anfitrionas siempre te acompañan?
—No siempre. Muchas veces no pasa de una amistad. La aldea anterior me regaló una amiga mas no una amante.
—Una amiga a la que no volverás a ver —dijo Magda seria.
—Una amiga a la que no volveré a ver —repitió Marco ausente.

El tema se diluyó en el té y sus ojos se encontraron sin

incomodidad ni alteración. Se observaron por unos segundos. La lluvia repicaba incesante sobre la calle y la vivienda. Un par de truenos huérfanos reforzaron el panorama auditivo, demostrando el poderío de una tormenta que moría de a poco.

—Hoy en el Foro dijiste algo que me dejó pensando —comentó Magda rompiendo el silencio.

Marco sonrió.

—Lo sabía… sabía que te habías guardado preguntas para hacérmelas en privado.

—Es una ventaja por ser tu anfitriona, ¿acaso no la merezco?

—Por supuesto. Soy todo oídos —le respondió con toda amabilidad. Magda agradeció con una mueca graciosa, sorbió un poco de té y continuó.

—Hablaste acerca de grupos que controlaban el destino humano. ¿Ya no existen?

—No, desaparecieron cuando se instauró la Nueva Era. Se desechó una serie de creencias sin fundamento e invenciones, cuyo único afán era engañar a la gente para mantenerla controlada.

—¿Y cómo terminó?

—Acabó cuando los seres humanos empezaron a imponer la lógica y las pruebas sobre los supuestos e imposibles. Hace casi 300 años. Al final de la Era Antigua.

La expresión de Magda se endureció. Marco había descubierto que siempre usaba esa mirada como antesala a una pregunta más profunda o más agresiva. Se preparó mentalmente para escuchar lo que venía. No se equivocaba.

—Pero entonces también podríamos catalogar al Comité Central como un grupo de control.

Magda no desvió la mirada y esperó a que sorbiera su té. Mientras lo hacía, Marco en su mente felicitaba su perspicacia: él también se cuestionó lo mismo hacía algunos años. Sin embargo, un Emisario estaba preparado hasta para sus propias dudas.

—La diferencia radica en varios puntos. Primero, el Comité Central no exige ni pide nada a cambio del servicio de organización que brinda a la sociedad. Segundo, el Comité Central no ofrece respuestas improbables ni sustentadas en la fe. El Comité comparte la información y las conclusiones son completamente relativas a la sociedad y cada uno de sus integrantes. Tercero, el Comité no ejerce ninguna presión sobre las acciones del ser humano. La libertad es el primero de los derechos. Y cuarto, el Comité no busca encontrar respuestas sino más bien ayuda a que el propio ser humano las encuentre. La verdad está al alcance de todos.

Marco recitó casi de memoria las frases que había aprendido y que resumían las diferencias entre el Comité y las iglesias y los Gobiernos del pasado. La respuesta sorprendió a Magda que esperaba una menos elaborada. La informalidad del momento se había roto, por lo que Marco añadió en seguida:

—Espero que mi respuesta no te haya asustado. Son temas que tengo ya aprendidos y anidados en mi cabeza. A veces me cuesta separar al Emisario del amigo.

—No te preocupes, me parece interesantísimo y respondiste ampliamente a mi pregunta. ¿Más té?

—No, creo que mi cuerpo ya volvió a calentarse.

—Bueno pues, espero que tu cuerpo requiera algo de alimento porque tengo en mente algo para la cena.

—Claro que sí.

La cena transcurrió como las anteriores. Marco saboreaba cada bocado. Se escuchaban risas, comentarios, palabras, frases... Ambos disfrutaban una velada tan o más amena que las noches previas. Se notaba una gesticulación exagerada y exaltaciones adornadas de carcajadas esporádicas. Él se sentía feliz. Ella se mantenía a la expectativa.

—Así que Marco... ¿Quieres tener un hijo? ¿Una familia?

—Me gustaría mucho. Espero encontrar el momento y la persona indicada.

De repente sintió un leve mareo, similar al del día anterior. Lo pasó por alto y cerró los ojos por una fracción de segundo para retomar el ánimo. Magda se percató de lo que sucedía y continuó:

—Marco, hoy hablaste sobre el control de la natalidad. Nunca he entendido cómo funciona el sistema de anticoncepción que nosotros usamos.

—El medicamento que las mujeres consumen durante su primera menstruación —empezó Marco casi incontrolable— no solo limita la posibilidad de embarazo, sino que también deposita nutrientes que se almacenan en el cuerpo y se reactivan cuando empieza la gestación.

—Y entonces, ¿por qué hay niños que no nacen? —preguntó Magda intentando obtener información a la fuerza. Marco sentía que las preguntas de Magda eran poderosas, incontenibles.

—Estos nutrientes funcionan como las vacunas: fortalecen el feto si es sano, pero lo debilitan si presenta algún defecto. En muchos casos, esto produce que el ovario expulse el embrión y el niño no nazca.

Marco sentía que todo daba vueltas a su alrededor. Veía que Magda estaba horrorizada y visiblemente molesta, pero no podía ordenar bien sus ideas. No lograba concentrase.

—Entonces —preguntó angustiada—, ¿estos medicamentos inducen un aborto en caso de que los niños no sean perfectos? ¡Eso es terrible! Causan la muerte de un ser vivo con premeditación.

Marco trató de incorporarse pero no pudo. Sonreía sin razón, mientras Magda lo miraba desde el extremo opuesto de la mesa.

—Me tengo que retirar, es momento de ir a dormir —trató de decir Marco pero sus palabras se atropellaron.

—No —aseguró Magda cambiando radicalmente la expresión en su rostro y adoptando una más conciliadora y un poco coqueta. Se puso de pie, se ubicó a espaldas del hombre y empezó a acariciar el cabello de Marco con sensualidad—. Conversemos un poco más.

—Sí… claro —dijo Marco afectado y con la mirada extraviada.

Ella retomó sus preguntas sin dejar de acariciarlo. Él entró en un trance de pesadez y somnolencia, pero tenía una sensación de absoluta paz y entrega. Escuchó las preguntas de Magda y respondió de inmediato, tratando de ser explícito sin saber bien por qué.

—¿Dónde queda el Mundo Antiguo? —susurró Magda con delicadeza.

—En otro continente, en una masa de tierra separada por agua de la nuestra.

—¿Qué contacto existe con sus habitantes?

—El contacto es nulo. No pueden llegar ni siquiera a nuestras costas, peor a nuestras fronteras.

—¿Cómo están? ¿Los has visto?

—Jamás. Pero sé que es una sociedad muy pequeña que está a punto de sucumbir. Tienen enfermedades, tienen problemas imposibles de solucionar. Tienen el cerebro lleno de odio y rencor. No podemos establecer contacto con ellos.

—¡¿Es decir que todo lo que dijiste hoy en el Foro fue mentira?! ¡¿No sabemos si están bien o no?! ¡¿Pueden estar muriendo ahora mismo y no hacemos nada?! — gritó Magda indignada deteniendo súbitamente las caricias.

—¡Eso no importa! —le respondió Marco levantando el tono y con una clara falta de coordinación en sus palabras—. ¡¿No te das cuenta de que lo que importa es que nosotros estamos bien!? ¡Ellos han decidido vivir la vida que viven, nadie los obligó!
Magda lo miró con lágrimas en los ojos.

—¡Magda! Date cuenta de que Jonás fue quien te dejó, tú no lo empujaste a tomar esa decisión. Fue él quien decidió marcharse.

—¡Tú no sabes nada! ¡Todo es una mentira! —dijo Magda amargamente.

Marco se tranquilizó un poco y trató de enfocar la mirada, pero

fue imposible.

—No… no es una mentira.

—¡Claro que lo es!

—Magda, no me siento bien. Estoy diciendo cosas sin sentido.

Marco, tambaleante, intentó ponerse de pie. Magda se alejó un poco y lo miraba indignada. El hombre empezó a caminar hasta el cuarto, pero no pasó del corredor. Su cuerpo fue vencido por el vaivén del movimiento de su cabeza y cayó de bruces sobre el piso. Magda se alarmó por el estruendo de la caída; se acercó corriendo e intentó levantarlo mientras limpiaba con la otra mano las lágrimas que dejaban un camino húmedo al recorrer sus mejillas.

CAPÍTULO 15

Lamaar caminaba dibujando surcos indefinidos con sus botas sobre los residuos ennegrecidos de nieve sobre la acera. Su abrigo que había empezado la noche pulcro y flamante era ahora un lienzo negro de manchas y colores de dudosos orígenes. Las ráfagas de vientos helados golpeaban incesantes contra las fachadas de los edificios iluminados y ornamentados aún con motivos navideños. La ciudad se mostraba irreverente frente a las inclemencias del clima y activa frente a la madrugada. Las nubes bajas reflejaban las luces enceguecedoras de la Gran Manzana, haciéndola ver más cálida de lo que era en realidad.

Lamaar no había olvidado en ningún momento, durante su itinerario nocturno, que era la última noche del año; pero tomando en cuenta la cantidad de posibilidades que se le habían presentado para celebrarla de un modo bastante menos familiar que el usual, había tenido que dejar de lado la posibilidad de pasar la festividad con su reciente esposa e hija.

Un viento frío le abofeteó la cara con delicadeza al cruzar la calle, lo que le puso un poco más atento de su entorno. Un grupo de jóvenes apostados alrededor de un auto bebían; un par de hombres en la esquina adversa finalizaban algún tipo de transacción de última hora; dos mujeres orientales salían de un local con adornos chinos en la puerta, banderas descoloridas de una infinidad de países colgadas de los semáforos al final de la calle. Nueva York tenía ese encanto de unir todo con los ojos cerrados. Apretando sin ahogar a sus habitantes, quienes trataban de imponerse unitariamente, y lograban identificarse en una Babel de culturas, lenguas y vicios.

El hombre recorrió con la mirada al grupo de jóvenes y se levantó un poco el abrigo para resguardar su rostro del frío. En cuanto la solapa arropó la nariz, sintió un terrible rechazo seguido de una náusea casi incontenible. La mezcla de los olores que le había dejado la noche eran insoportables. Vino, perfume barato, vómito, tabaco y marihuana, juntos

en un mismo buqué de agresivos aromas y consiguientes recuerdos. También identificó impregnado en sus dedos el olor del sexo sudoroso de la amiga con la que había logrado interactuar en el baño del último bar que visitó. No pudo contener más y vomitó insaciable dentro de un atiborrado basurero. Nadie lo miró siquiera. Parecía como si todos estuvieran en un universo paralelo, ajeno.

Luego se arrimó a una pared tratando de recuperar fuerzas y presión arterial para continuar así su periplo hacia el departamento, a pocas calles de ahí. Cuando por fin el aire fresco le permitió renovar ánimos levantó la mirada para encontrar una ventana iluminada en el segundo piso del edificio frente a él. Vio lo que parecía ser una numerosa familia de origen latino, algunos todavía con sus uniformes de trabajo, tratando de acomodarse en una mesa con cantidad de lugares muy inferiores al número de comensales, prestos a cenar juntos.

Lamaar vio su reloj y comprobó que eran casi las dos de la mañana. Le enterneció pensar que esta familia había esperado hasta estar completa para poder dar inicio a su cena de fin de año. La reflexión lo distrajo. El enternecimiento le duró unos segundos. En seguida se puso a caminar. Ahora sentía un pequeño aguijón en el pecho. Sentía que estaba empezando a extrañar a una familia que hace poco y casi por obligación había intentado formar junto a Latisha y su hija recién nacida.

Desde el principio él sabía que no iba a funcionar. Sabía bien que juntarse definitivamente con una sola mujer era demasiado para su estilo de vida. Pero esa negatividad se vio comprometida el día que llegó apurado al hospital para sorprender el momento íntimo de su novia sosteniendo en brazos a su bebé recién nacido. No podía creer cuánto había, en ese pequeñísimo ser, que le recordaba a su propia madre: sus rizos negros, sus ojos vivaces, su quijada alargada. Sorprendido por un impulso irresistible le propuso matrimonio en esa misma habitación de hospital compartida y al cabo de una semana su hija y su nueva esposa se mudaban a su departamento de un solo dormitorio, en el alto Manhattan.

El recuerdo de su hija y su esposa durmiendo apacible, preocupada tal vez por su paradero, le atacó a menos de cuatro cuadras de su destino. Replanteó su dirección para cumplir una parada previa en la tienda-farmacia de atención ininterrumpida en pos de regalos que pudiesen sorprender a ambas al despertar.

Latisha se había convertido en una buena compañera después de todo. Habían tenido fuertes peleas, casi todas ocasionadas por las andanzas de Lamaar, pero de todas formas podía calificar sus casi dos

años de convivencia como llevaderos.

Para Latisha, en cambio, el infierno habría sido una mejor opción. No solo las torpemente disimuladas aventuras de su esposo, sino también sus adicciones, gritos y agresiones físicas habían logrado borrar de su mente cualquier ilusión amorosa que pudo haber tenido. Se sentía una esclava de la relación y solo se contentaba con las cada vez más escasas relaciones sexuales que podía mantener con él, a pesar de que repudiaba su aroma casi desde el principio.

No tenía otra opción que seguir viviendo bajo el mismo techo. Ella no tenía nada ni nadie y su amor por su pequeña hija era suficiente para no arriesgar una salida insustentable de la situación. Mientras tanto, el odio la inundaba y la segaba, y más de una vez había tenido el profundo deseo de acabar con la vida de este ser tan egoísta que compartía su cama. Con el temor que él pudiera leer en sus ojos sus verdaderos deseos, hacía su mejor esfuerzo por hacerlo sentir cómodo y bienvenido cada vez que volvía de trabajar o de alguna fiesta.

Lamaar cruzó la calle y se aproximó a la farmacia de enfrente. Entró apresurado y un poco ilusionado por la buena acción del día que iba a realizar. Escogió rápidamente un oso blanco de felpa para su hija y un juego de sales de baño para su esposa, aunque no contaban con una tina en el departamento.

Al llegar a la desolada caja para pagar reparó, moviendo su mano en círculos dentro del bolsillo de su abrigo, que no contaba con efectivo. Sacó su tarjeta de débito, pero el dependiente le indicó que había sido rechazada para, acto seguido, señalarle con displicencia el cajero automático que se encontraba a la entrada del local.

Lamaar, casi superando los efectos del alcohol, se dirigió con molestia a la máquina. Insertó su tarjeta y trató de realizar un retiro. De inmediato la transacción fue rechazada y esto lo incomodó sobremanera. Optó por averiguar la razón y siguió las instrucciones de la pantalla hasta poder verificar su saldo. Según recordaba esa misma tarde había visto por lo menos 500 dólares en su cuenta corriente. Cuando la pantalla le devolvió el enunciado de su saldo él ya estaba impaciente y ansioso. Cuando por fin reconfirmó, luego de frotar sus ojos con insistencia, que su saldo era cero, emitió un gruñido amargo que solo el dependiente del local pudo adivinar.

La primera sospecha del hombre sobre la situación recaía sobre la mujer que había conocido en la fiesta del último bar que visitó. No se explicaba cómo, teniendo su billetera escondida en el bolsillo interior de su abrigo, había accedido a ella y la había consumido o clonado hasta vaciar su cuenta por completo. No recordaba haberla usado para ninguna

transacción desde la tarde y maldijo la creatividad de los ladrones comunes que se las ingeniaban para lograr tales proezas. Buscó una segunda tarjeta que mantenía consigo siempre. La que accedía a una cuenta en la que guardaba sus escasos ahorros y que tenía como firmante también a Latisha. Cuando la insertó descubrió sorprendido que contaba también con un saldo igual de inerte en su balance. Ahora maldijo en voz alta y el dependiente se puso alerta. No era la primera vez que un hombre de color, fingiendo una compra, intentaba asaltar el lugar.

Lamaar empezó a atar una serie de cabos imaginarios en su cabeza. El efecto del alcohol que mantenía en su sangre se había evaporado al instante, absorbido por las secreciones hormonales de adrenalina causadas por la ira. Tomó su celular donde estaba registrado un sinnúmero de llamadas perdidas de Latisha que había ignorado. Marcó el número de cortesía de su banco y en seguida fue atendido por un sistema automatizado de servicio al cliente. Odiaba el sistema automatizado. Presionó cero para poder hablar con un operador que le atendió deseándole felices fiestas y agradeciéndole por preferirlos como entidad bancaria. Lamaar pasó de todas las cortesías para hacer la consulta que lo inquietaba. La respuesta fue contundente. Todas sus cuentas estaban vaciadas mediante un retiro electrónico del valor exacto de su saldo.

—Maldita zorra —gritó Lamaar mientras colgaba el teléfono sin dejar al agente desearle una buena noche.

Para tranquilidad del dependiente, Lamaar salió presuroso de la farmacia en dirección a su casa. Tenía muy clara la cadena de acontecimientos y se maldijo varias veces, mientras apretaba el paso, por su torpeza y descuido. Los estados de cuenta y demás información bancaria estaban a la vista y acceso de Latisha, seguramente ella, sintiéndose ofendida por su ausencia, había optado por golpearlo donde más le podía doler y había vaciado las cuentas íntegramente. Solo así se podía explicar que el retiro haya sido por el valor exacto del saldo.

Cuando entró, empujando con fuerza la puerta de la casa, la ira lo tenía cegado por completo y sus puños, hambrientos de venganza, propinaron un golpe certero en la pared del corredor de entrada que hacía las veces de guardarropas y alacena improvisada.

—¡Dónde estás maldita puta! —vociferó Lamaar al ver la cama vacía y las cobijas caídas—. ¡Dónde estás!

Latisha, acostumbrada a los exabruptos violentos de su esposo, se había refugiado, junto a su hija, en la vivienda contigua de sus vecinos, una vez que fue alertada por los del primer piso sobre los pisotones violentos de Lamaar.

Cuando escuchó la voz del hombre retumbando en las paredes decidió, mordiéndose los labios, enfrentarlo y saber qué razón estúpida tenía ahora para querer golpearla. Agradeció y negó la voluntad de su vecina de llamar a la policía, le encargó a su hija en brazos y resuelta salió al corredor que conectaba las puertas de los departamentos.

Desde el pasillo escuchaba los golpes de Lamaar que rompía violenta e incontrolablemente los pocos adornos con los que contaban. Asustada y a la vez harta de la repetición abominable de tan infame momento, entró en la vivienda y en seguida se aferró a una palanca de metal que descansaba junto a la puerta y que su esposo había dejado ahí por si alguna vez era necesario defender la morada. Cuando Lamaar escucho a su espalda los pasos de la mujer dio media vuelta y la miró con una furia incontrolable.

—¡¿Qué has hecho con el dinero?!

Latisha no entendía el reclamo de turno, pero no tuvo tiempo de razonarlo, pues una potente mano cayó sobre su rostro abriéndole una herida en el labio que sangró de inmediato. Cayó al piso sin poder siquiera empuñar la palanca que terminó en el suelo haciendo un estruendo sobredimensionado.

—¡¿Qué ibas a hacer con eso?! ¡¿Ah?! ¡¿Qué mierda ibas a hacer con eso?! —vociferó Lamaar señalando con la mirada la palanca que yacía a sus pies.

La mujer no pudo contestar siquiera antes de recibir una potente patada que vació el aire de sus pulmones. Un dolor punzante le recorría el cuerpo y un sabor sanguinolento le inundó la boca. Antes de levantar la mirada ya había recibido otro contundente golpe seco en la base de la cabeza, con el puño cerrado de Lamaar, que se sentía como un martillo macizo.

—¡¿Qué mierda hiciste con el dinero?! ¡¿Dónde está el dinero?! —gritaba descontrolado dando razones suficientes para que los vecinos llamaran desesperados a la policía.

La mujer vencida, golpeada y humillada veía con los ojos vidriosos cómo Lamaar buscaba frenéticamente los papeles de sus cuentas bancarias. Sin entender bien lo que pasaba y a sabiendas de la imposibilidad de un diálogo con su esposo, trató de incorporarse para escapar, mientras gozaba de unos segundos de distracción del hombre. A pocos centímetros de alcanzar la puerta de la habitación, sintió su cabello estirándose dolorosamente. Sin pensarlo recogió la barra de metal en un solo movimiento impulsado y alimentado por la rabia, el dolor y la desesperación. Antes de que el hombre pudiera poner su rostro frente a ella, la palanca rompió el aire, imprimiendo un silbido agudo, consumado en un golpe seco lateral que quebró el cráneo de Lamaar.

La herida se dispersó fugaz dejando pequeñas manchas rojas a lo largo y ancho de la pared. El charco de sangre que bordeaba espesamente los casi dos metros del cuerpo del hombre ya se había secado cuando los policías esposaban a la mujer y le recomendaban guardar silencio y cooperar. Ella se alejaba de la escena con el dolor de dejar a su hija, con la alegría de ver muerto a su opresor y con la duda de saber de qué dinero le había hablado.

*****

A pesar de ser domingo de inicio de año, para el mediodía ya se habían registrado los primeros aglutinamientos de gente frente a los bancos más importantes de Moscú. Algunas personas, con marcada desconfianza en la política económica rusa, había optado por anteponerse a cualquier medida extrema, sorpresiva y abusiva que podría gestarse a sus espaldas con el dinero de sus depósitos.

Golovanov pasó frente a un par de sucursales donde un grupo todavía reducido de gente se empezaba a reunir, sospechando algo más que una falla del sistema. El agente se imaginó que, si era verdad lo que suponía, muy probablemente una escena similar se empezaría a repetir en varias otras ciudades del mundo con gran rapidez. A su llegada a la Oficina de Inteligencia, fue recibido por una improvisada reunión de su personal de confianza, todos frente a computadoras y tratando de anticipar teorías sobre lo que podía haber ocurrido. La muerte de Andrei parecía haber pasado a un segundo plano.

El grupo estaba acostumbrado a la realización de operaciones más que a la investigación de las mismas. Sin embargo, esta constante aplicación de técnicas de espionaje y vulneración informática les había dado las suficientes herramientas para descifrar los más complejos planteamientos y estratagemas en la red.

Al entrar Golovanov rompió un leve murmullo generalizado y pudo interpretar de inmediato la consternación y frustración reflejadas en las caras de los integrantes de su equipo. Boris se puso de pie y miró a su alrededor, dando a entender que tomaba la palabra a nombre de la docena de agentes especiales ahí reunidos.

—Todavía no hemos logrado descifrar la forma de inserción del virus ni su construcción. Debe ser un programa demasiado avanzado y prácticamente invisible. Según lo que hemos podido verificar en un par de bancos a los que hemos tenido acceso, las cuentas fueron vaciadas limpiamente. Es decir, mediante una transacción simultánea de retiro de capital en sumas exactamente iguales al balance. Es por esta razón que

la operación fue instantánea, irreversible y no despertó las sospechas de los sistemas automáticos de seguridad bancaria.

Golovanov miraba perdido la pantalla del monitor donde uno de sus hombres accedía con relativa facilidad a verificar el saldo y las transacciones de clientes aleatorios del Banco de Moscú. Como leyendo sus pensamientos Nicolai continuó con la explicación de Boris.

—Entrar a la banca en línea no es tan complicado para un *hacker* experimentado —aseguró Nicolai mirando de reojo al agente que estaba sentado de espaldas a Golovanov—. En cierta medida todas las transacciones actuales están conectadas a nivel mundial, lo cual permite un acceso inmediato a los números bancarios del cliente, por parte de las grandes empresas de servicios de crédito y bancos. De esta manera un cliente en Alemania, por ejemplo, puede pagar su cena con una tarjeta de débito americana y en cuestión de segundos el sistema encuentra su información, confirma su identidad, verifica su cupo y adjudica un valor por este trámite.

—¿Esto quiere decir que las puertas siempre han estado abiertas? —preguntó pensativo Golovanov.

—En efecto, si no, sería imposible globalizar el consumo y realizar transacciones de compras de acciones o transferencia de fondos inmediatas. Todos los sistemas de seguridad informática se han concentrado en detectar movimientos sospechosos en lugar de restringir las entradas.

—A esto hay que añadir —dijo Boris volviendo a tomar la palabra— que las empresas aseguradoras de los depósitos en los bancos tienen también muchos «ojos», por así decirlo, puestos en los movimientos bancarios de sus clientes, dando más importancia a los peces gordos por encima del resto.

—¿Y los respaldos? ¿Los registros de operaciones previas?

—Borradas. Completamente desaparecidas. Aquí es donde se nota la genialidad de la programación —comentó casi emocionado Nicolai, seguido de una cara molesta por parte de Boris—. El virus parece haber estado impregnado en los sistemas de banca desde la época en que empezaron a hacerse respaldos en servidores y discos duros. Al parecer cada vez que se hacía una copia de la información, los servidores mostraban un aparente éxito de la transacción de back-up, sin embargo, también esta información estaba afectada y comprometida, y ha estado así por años. En otras palabras cada día que pasaba, cada respaldo hacía más profunda la inserción del virus. Por tratarse de datos que no son requeridos, salvo casos emergentes, nunca antes se pudo detectar un fallo en la información guardada y ahora que los técnicos quieren reactivarla solo se encuentran con números ilógicos y completamente sin sentido

como respuesta.

—Es decir que…

—No hay forma de recuperar, por el momento, los últimos cuatro o cinco años de transacciones bancarias.

—¿Y los estados de cuenta impresos, las papeletas de depósito?

—No veo a los bancos aceptándolos como prueba de dinero —comentó Boris—, son demasiado fáciles de falsificar.

—Seguro algunos bancos —dijo más positivo Nicolai— habrán tenido otro método de respaldo y eventualmente encontrarán la forma de reponer esta información de sus clientes. Pero mientras tanto toda transacción bancaria sería inválida e imposible de realizar. Además, estoy seguro de que en cuanto este dinero aparezca de nuevo en los estados de cuenta de los usuarios, la mayoría se volcará a retirar su efectivo para guardarlo bajo su colchón o en cajas fuertes.

Todos se inquietaron con la posibilidad y Boris murmuró como describiendo una visión futurista.

—Y no existe en el mundo tanto dinero físico.

—Exacto —culminó Nicolai.

Golovanov miraba pensativo a sus hombres sin poder visualizar el proceso que había dejado sin dinero a los habitantes del mundo. Miró una vez más a Nicolai que carraspeaba para poder proseguir.

—Lo impresionante y sorpresivo de este virus que estamos viendo radica en que en una sola operación, aparentemente realizada al mismo tiempo, logró afectar todas las cuentas de banco conectadas en línea en el mundo para luego desaparecer sin dejar el mínimo rastro. Si la gente no hubiera intentado verificar su saldo mediante una computadora, los bancos no se hubieran percatado del faltante hasta mañana.

—¿Y eso cómo se puede lograr? —preguntó Golovanov ansioso.

—Justo nos encontrábamos formulando teorías —comentó Boris—. Para lograrlo el virus tendría que haber estado instalado en los sistemas desde hace mucho tiempo. Como un parásito que se anidó en las redes bancarias de diferentes países poco a poco. Una vez que los nuevos sistemas de seguridad iban actualizándose y mejorando su vigilia, pasaban por alto este minúsculo código, considerándolo parte del sistema original. De esta manera podríamos asumir que el virus estaba con el blanco frente al cañón, por decirlo de alguna manera, antes de disparar.

—Los sistemas —retomó Nicolai— no muestran pruebas de haber sido vulnerados en lo más mínimo. Esto confirma que el virus ya estaba dentro desde hace mucho, años probablemente.

—¿De quién sospechamos?

—Todos y nadie —expresó Boris con seriedad—. Tiene que haber sido un grupo de profesionales con conexiones profundas en los

sistemas de seguridad de cientos de bancos. Todo apunta a un boicot muy bien diseñado, probablemente con inclinaciones terroristas. O tal vez un Gobierno no alineado. No parece tratarse de un robo, este sería un botín demasiado grande para enterrar.

La televisión prendida sin volumen que colgaba desde la esquina del salón mostraba un noticiero de última hora con tomas de gente apostada frente a la sucursal de algún banco. En seguida Golovanov se dio cuenta de que no eran calles moscovitas. Reconoció de inmediato el paisaje parisino y movió la cabeza con pesadumbre.

—¿Qué está pasando allá afuera? —repitió dirigiéndose a otro de los agentes que monitoreaba el pulso de las repercusiones de la situación en el mundo, mediante páginas de noticias, *blogs* y redes sociales.

—Parece ser —contestó el joven— que, conforme la mañana despierta a los diferentes países, el tema se esparce como pólvora encendida. Hay pequeños grupos de personas ubicados a las afueras de los bancos de varias ciudades europeas a la espera de alguna respuesta y en los *blogs* y redes sociales ya empezaron a surgir teorías conspirativas y versiones disparatadas sobre los hechos, acusando a Gobiernos, regímenes, magnates, compañías y organizaciones. No veo ninguna que acuse a un grupo organizado de *hackers*, pero de seguro no tardarán en llegar.

—¿Alguna versión oficial? ¿Algún Gobierno ha hablado?

—Ninguno todavía.

—Seguramente el que emita el primer informe será el primero en ser señalado. Esto va a ser un maldito circo.

Boris miró a su jefe con ojos curiosos y expectantes. Los hombres seguían digitando códigos y buscando información, sin embargo, era Golovanov quien tenía que definir el rumbo de la investigación.

—Vamos a continuar con esta teoría de la inserción anticipada del virus. Revisemos retrospectivamente las últimas actualizaciones de los sistemas de seguridad bancarios nacionales para tratar de encontrar un punto o una fecha en donde el programa fue implantado. Mientras tanto tratemos —pidió dirigiéndose al último agente que le dio información— de encontrar alguna pista en las redes sociales y *blogs*. Estos malditos siempre quieren hacer alarde de sus éxitos. En cuanto tengamos alguna sospecha, actuamos de inmediato. Y vamos también a encontrar a los técnicos que han realizado los respaldos para los bancos locales. Pueden darnos una luz. Empecemos.

—Ya escucharon: ¡A trabajar! ¡Vamos, vamos! —gritó Boris con amabilidad, moviendo los brazos para dar ánimo a un grupo de programadores y agentes notoriamente frustrados.

Golovanov se alejó un poco y posó su mirada en las imágenes del televisor. Alarmado se dio cuenta de que el número de gente frente al banco iba en vertiginoso aumento. De repente vio a Boris frente a él extendiéndole un sobre de documentos.

—El reporte de la limpieza del «templo».

—Gracias —musitó su jefe tomando el sobre—, ¿algo fuera de lo normal?

—Nada, todo lo que ya teníamos registrado.

—Qué útil nos sería en estos momentos Andrei —murmuró pensativo el jefe. Boris asintió y se retiró.

Durante la tarde y parte de la noche del día de inicio de año, los hombres de la Oficina de Inteligencia y su jefe incansables indagaron, probaron y persiguieron pistas que dieran con la raíz del problema y su consiguiente solución. La madrugada los sorprendió perdidos y apesadumbrados, debido a los fracasos continuos de la pesquisa que los hacía sentir caminando dentro de un gigantesco laberinto sin salida. Boris y Nicolai se tomaron el primer turno de descanso, después de haber cumplido 24 horas de servicio continuo. Un Golovanov exhausto se sentaba frente al computador cada cierto tiempo para revisar su estado de cuenta, esperando tal vez un milagro que convirtiese la pesadilla en una broma pasajera. La frustración lo consumía y el cansancio empezaba a pasarle factura.

Paralelamente una escena similar se repetía en cientos de oficinas gubernamentales y bancarias alrededor del mundo. Miles de técnicos informáticos expertos en seguridad habían pasado su día festivo buscando descifrar la forma de ataque del virus para poder entenderlo, identificarlo y, si fuera posible, revertirlo de inmediato. Cada minuto que pasaba la situación se hacía más angustiante.

Golovanov colgó el teléfono, se despidió de su esposa muy preocupada por su ausencia durante el día. Ella le comentó sobre el rumor generalizado sobre las complicaciones en la banca. Los comentarios en los noticieros, huérfanos de una versión oficial, hablaban de algún problema con los sistemas bancarios, pero no daban demasiados datos de su origen o repercusión.

El general Remyga, presionado directamente por el presidente, le había telefoneado no menos de 20 veces para indagar sobre su avance y obtener información que le permitiese conformar un discurso más o menos coherente para el informe presidencial programado para la mañana siguiente. Los agentes en la Oficina iban y volvían al salón con tazas de

café humeantes y tomaban turnos de descanso para poder continuar con sus tareas de investigación asignadas. El día había sido implacable y sentía caer sobre sus párpados el peso completo de los acontecimientos.

—Tómese un descanso, jefe —dijo Nicolai quien regresaba al trabajo—. Son casi las doce, creo que la noche va a ser larga.

—Y creo que va a ser la primera de varias.

—Sí, pero por lo menos descanse una hora. Le hará bien.

Golovanov se puso de pie y siguió la recomendación de Nicolai. Se dirigió hasta la puerta del salón y observó de nuevo a sus hombres, todos con la mirada clavada en la pantalla y los dedos martillando frenéticamente las teclas. Se sintió tranquilo de haber formado un grupo tan efectivo pero a la vez impotente por la escasa cantidad de resultados de su actual misión.

Caminó por el corredor pasando por las puertas contiguas: tecnología, telecomunicaciones o intervención telefónica y otra de almacenamiento. La cuarta correspondía a un pequeño despacho donde mantenía su segunda oficina. Una mucho menos ostentosa, más desorganizada y bastante más personal. Cerca de su equipo, cerca de la acción. Se quitó los zapatos y con su abrigo como cobija se acomodó en el pequeño sofá. En cuestión de segundos cayó profundamente dormido.

Tuvo un sueño muy real. Una repetición exacta de los acontecimientos de la mañana. Él entrando al «templo» seguido por sus hombres, la sensación de haber estado antes en el mismo lugar, su mano abriendo la puerta del baño. Pero a diferencia de lo acontecido, encontraba a Andrei sentado en el piso, arrimado en la taza, pero todavía vivo y mirándolo fijamente.

Despertó con un fuerte sobresalto y comprobó que había dormido casi dos horas. Se puso de pie y volvió apurado al salón de trabajo. Al entrar, después de mojar su cara, se encontró a sus agentes todavía trabajando y con la desazón general pintada en sus rostros. Tenía ganas de pedirles que vayan a descansar, a compartir con sus familias, pero le había ofrecido al general Remyga una versión oficial antes el amanecer. No podían detenerse ahora.

La teoría original seguía siendo la única información más o menos coherente que podían compartir con el general y la Presidencia, así que alrededor de las cuatro de la mañana empezaron a redactarla para poder enviar los datos sin pasarse del límite de tiempo impuesto. A las seis menos quince, Golovanov enviaba el *e-mail* con la información necesaria para que los expertos del equipo de comunicación de la Presidencia, asistidos por el general Remyga, pudiesen elaborar un discurso lo suficientemente confiable para ser dirigido a los ciudadanos

seguramente alarmadísimos por la situación.

El jefe se puso de pie y agradeció a todos por el esfuerzo, les autorizó unas horas de descanso y los convocó para continuar después del mediodía. Las caras de sus colaboradores se relajaron un poco y empezaron a ponerse de pie disponiéndose a salir.

—Jefe, ¿usted se queda? —preguntó Nicolai con preocupación.

—No, salgo en seguida —respondió sin mirarlo siquiera. No quería compartir con sus subalternos la sensación de derrotismo que con certeza su cara no podía ocultar.

Cuando escuchó al último de sus hombres salir del local también se puso de pie y tomó su abrigo. Caminó pesadamente en dirección a la puerta del salón y apagó las luces mirando solo el resplandor de los monitores encendidos en la mesa de trabajo. Recapituló su entrada al «templo» y, por consiguiente, el sueño tan realista que había tenido. Todo era exactamente igual a lo que recordaba, pero algo le incomodaba, no lograba entender qué. Antes de salir de la puerta principal se dio cuenta de que la luz del baño seguía encendida. A pesar de su cansancio prefirió volver, apagarla y asegurarse que no se hubiera quedado alguien todavía ahí.

—¿Hay alguien aquí? —preguntó en voz alta mientras ingresaba medio cuerpo en el cuarto de baño.

Estaba a punto de apagar la luz cuando miró por menos de un segundo en dirección a la taza. Recordó de repente como un *flashback* su sueño en el que veía a Andrei sentado en el suelo mirándolo. Apagó la luz. Dio dos pasos y de repente se detuvo en seco. Corrió al baño, prendió de nuevo el interruptor y miró confundido.

Mientras conducía apremiante en dirección a la mansión de Andrei, llamó a Nicolai rogando que no se encontrase muy lejos.

—Llama a Boris y encuéntrenme en el «templo». Urgente.

—Jefe, ¿está todo bien?

En respuesta Nicolai recibió el corte del teléfono que era equivalente a una negativa. Dio vuelta en la primera intersección y llamó a Boris, mientras aceleraba en dirección a la mansión de Kropotkinskaya.

Al llegar, la mansión estaba desierta. Los tres hombres subieron con rapidez las escaleras para encontrarse frente al boquete abierto en la pared junto a la puerta de la habitación. Todos los muebles, libros y computadoras habían sido removidas, así como cualquier evidencia de la existencia siquiera del *hacker* en el lugar. En menos de 24 horas el lugar se había vuelto irreconocible.

Boris y Nicolai no entendían lo que hacían ahí, pero intuían algún tipo de sospecha de su jefe, por lo que esperaban atentos cualquier

instrucción. Siguieron a Golovanov, mientras este repasaba el recorrido que había realizado cuando descubrió el cuerpo sin vida del *hacker*. Cuando llegaron a la puerta del baño, también meticulosamente limpio, el silencio se rompió.

—¿En qué posición estaba Andrei cuando lo encontramos? —la pregunta sorprendió a los agentes. Ambos contestaron casi a la vez.

—Boca arriba, justo en el piso frente a la taza.

—¿Y por qué estaba boca arriba? —cuestionó ansioso Golovanov.

—Porque resbaló… ¿no? —se animó a responder Nicolai.

—Pero —dijo el jefe acercándose al lugar donde hace unas horas todavía se encontraba el cadáver—, ¿qué estaba haciendo Andrei cuando se resbaló?

Los dos hombres se miraron sin saber qué responder, mientras Golovanov recorría con mirada atenta cada rincón del cuarto. Un silencio anhelante se apoderó del momento.

—No se iba a bañar porque la llave estaba cerrada, ¿correcto?

—Correcto —contestó Boris.

—La tapa de la taza estaba cerrada también, ¿verdad?

—Sí —repitió de inmediato Nicolai.

—La bata amarrada.

—Acababa de irse su amiga, por lo tanto, sabemos que no estaba en algo sexual —aseguró Boris.

—Exacto —concluyó Golovanov.

Los dos agentes asintieron todavía sin entender o apenas evaluando la nueva información. De repente su jefe dio media vuelta para mirarlos y sentenció:

—Andrei estaba haciendo algo aquí que no quería que viéramos y mientras lo hacía sufrió el accidente.

Boris levantó las cejas y miró en ambas direcciones. Era una suposición extraña pero muy plausible.

—Pero… ¿qué? —preguntó Golovanov, mientras apuntaba su mirada hacia la pequeña ventana de cristal oscurecido.

Nicolai empezó a recorrer palmo a palmo el espacioso cuarto de baño. Miró la tina, las baldosas, los muebles de mármol blanco. Todo era de un gusto exquisito y un valor incalculable: los detalles, los acabados, los retoques. Boris abría cajones verificando si tenía pisos falsos y escondites. Buscando sin saber con exactitud qué. Golovanov solo observaba concentrado cada esquina del lugar sin encontrar alguna anomalía.

De repente sus ojos se abrieron con exageración. Miraba sin pestañear el mueble de mármol junto a la taza del baño. Algo alertó su retina,

resaltó en el paisaje. Un descuido estructural, una falla de construcción, un detalle casi imperceptible cautivaba su mirada y su atención. Se acercó al mueble interrumpiendo el trabajo de sus subalternos. Pasó la mano por la fachada de los cajones desde abajo hacia arriba y, justo cuando estaba por llegar a la base superior, sus yemas percibieron un espacio de menos de dos centímetros oculto bajo el pedazo sobresaliente de mármol por encima del primero de los cajones. Sus dedos palparon un pedazo de tela de franela que Golovanov no tardó en jalar. En cuanto lo hizo un cuerpo rectangular de apariencia metálica asomó causando un incontrolable desconcierto en los agentes.

—¿Qué es eso? —preguntó Boris mientras su jefe sacaba la computadora.

—Es otra de las sorpresas que dejó nuestro «hijo pródigo» —respondió Golovanov ubicándola sobre el mueble.

—Pero, ¿cómo es que la consiguió?, ¿cómo la trajo acá? ¿desde cuándo? —preguntó nervioso Nicolai que había vigilado al *hacker* casi tres años.

—Eso no importa ya, lo importante es saber qué hizo con ella.

Al abrirla, el monitor poco a poco empezó a mostrar la luz de su pantalla principal. Los tres hombres se aproximaron para ver directamente de qué se trataba. Todos observaron atónitos y curiosos como si presenciaran el aterrizaje de una nave espacial. En cuanto la máquina terminó de despertar de su letargo, mostró una pantalla vacía con un mensaje que los dejó pasmados y aceleró la conexión de acontecimientos en sus cabezas. Golovanov sintió como si una estocada final fuera por fin asestada sobre su persona. Los agentes más jóvenes releían las palabras una y otra vez. Su jefe cerró durante un segundo los ojos, presionando con fuerza los párpados en un intento de despertar de la pesadilla en la que se encontraba.

—No entiendo… qué quiere decir —dudó Nicolai. —¿A quién se refiere? Boris miró atento esperando una respuesta de su jefe:

—Se refiere a mí… Es un mensaje para mí.

Como un rayo el entendimiento llegó de súbito a las mentes confundidas de los jóvenes. De repente se aclararon muchas dudas de sus últimas horas y a la vez nació un impresionante número de nuevos cuestionamientos.

La mañana del 2 de enero había llegado dejando a los tres agentes sumidos en una profunda desesperación. Antes de cerrar la computadora prestos para irse, Nicolai repitió en voz alta las breves pero específicas palabras que había leído y que con seguridad retumbarían en su cabeza los días venideros.

—Llegaste tarde «amigo». El CAOS ya comenzó.

CAPÍTULO 16

La mañana se desplegaba brillante y calurosa. Los rayos del sol caían en picada, incisivos, sin obstáculos, abatiendo la poca humedad remanente en las plantas y flores secas. Un grupo de perros callejeros deambulaba sin rumbo, levantando polvo y escarbando basura a su paso. Una sensación extraña de desolación había contagiado al pueblo en esos primeros días del año nuevo.

Durante toda la semana, el murmullo de revuelta y el fragor del oportunismo político invadieron cada calle, cada casa, cada rincón. El único canal de televisión, que lograba insertar su ondas entre las montañas y las radios que se sintonizaban con dificultad, hicieron también su trabajo a la hora de sazonar los acontecimientos con los aderezos políticos de rigor. Todos los habitantes fueron movilizados y sus ánimos avivados por la creciente ola de rumores sobre un nuevo desfalco nacional orquestado aparentemente por los bancos, en complicidad con el Gobierno. Se abandonaron actividades, se organizaron acciones, se prepararon encuentros, se llenaron camiones con gente rumbo a la ciudad para reclamar sobre esta nueva agresión a las libertades económicas ciudadanas.

La mayoría de manifestantes que salieron del pueblo y otras localidades no habían sido directamente afectados por el problema bancario que tenía al mundo descontrolado; desconocían sus repercusiones, estaban desinformados por completo sobre la universalidad del tema y muchos no contaban con cuentas, ahorros o inversiones en instituciones financieras. Pero el morbo y el oportunismo pesaban más que las realidades y se comprobaba siempre más atrayente una aparatosa debacle que una consistente estabilidad.

Con la puerta del local cerrada y la música a todo volumen saliendo de los insuficientes parlantes de la computadora, Juan sorbía un refresco, mientras revisaba satisfecho las réplicas que había tenido su

publicación digital. En tan solo una semana el Blog de Damián se había convertido en un verdadero éxito, por lo menos desde el punto de vista de su vida social.

Al principio se limitó a publicar el documento íntegro en un servicio gratuito de *blogs*. Pero cuando lo releyó, al siguiente día, encontró frases que le volvieron a llamar su atención, así que decidió copiarlas como comentario en su perfil de Facebook y en sus varias cuentas de Twitter. Para la noche tenía una gran cantidad de etiquetas digitales de «me gusta» y decenas de comentarios de diferentes amigos de su red de contactos.

El lunes el número de participaciones se había multiplicado y para el mediodía Heather le había enviado la versión torpemente traducida del primer Blog de Damián en inglés. A partir de ese punto, la multiplicación y republicación del texto fue inminente y exponencial. En gran parte por la efectividad de las palabras y pensamientos, pero en cierta medida debido a que los problemas que empezaban a fraguarse en el mundo daban como resultado, entre sus repercusiones iniciales, una mayor cantidad de gente en sus casas, pendientes de noticias oficiales e informales, mediante redes sociales e Internet.

Además, había una razón de peso que hacía que estas palabras tuvieran una mayor vigencia, y era, precisamente, que su mensaje hacía las veces de contraparte al problema bancario y resumía con habilidad un sentimiento bastante desorganizado y poco estructurado, pero cada vez más universal sobre lo superficial del consumo innecesario sobre la verdadera necesidad humana. La constante queja sobre las desigualdades pero desde la óptica aguda de las necesidades reales versus las banalidades.

Este debate se había convertido en noticia de primera plana, debido a las constantes y cada vez más numerosas manifestaciones que habían visitado varios puntos representativos del capitalismo mundial en los últimos meses exigiendo una mejor repartición de los bienes materiales. Razón por la cual más de un crítico y editorialista propuso una acusación directa, del reciente ataque a los sistemas bancarios en línea, a los grupos organizados de manifestantes que habían acampado frente a Wall Street hacía no mucho tiempo.

Juan respondía orgulloso a la cantidad de mensajes que recibía sobre el primer *blog*. Cientos de *e-mails* con todo tipo de averiguaciones sobre su autoría y observaciones reflexivas inundaban su buzón de entrada. Él se regocijaba con tales atenciones. De repente, un golpe contundente y foráneo rompió la cadencia rítmica de la canción de turno y aceleró el pulso de Juan, quien de inmediato pausó el reproductor y se abalanzó a abrir la puerta.

En la entrada un Damián acalorado y fatigado esperaba de pie

junto a su mula con un nuevo cargamento de yucas para intercambiar. Juan lo recibió con un interés renovado y una emoción casi incontenible.

—Hola Damián, primo. Pasa, por favor. Te esperaba.

—Hola Juan. Gracias —respondió sonriente su primo, un poco sorprendido por tal cortesía.

Los dos se encontraron en un corto abrazo y se dirigieron al interior del local, resguardándose del sol inclemente. En cuanto se sentaron Damián miró a su alrededor buscando a su tía, hasta hace pocos días único contacto para su transacciones y trueques.

—Mi mamá no está. No creo que regrese hasta el lunes. Se fueron muchos del pueblo a la ciudad para una manifestación.

—¿Otra vez?

—Sí, pero esta vez no a favor sino en contra.

Damián levantó la mirada con sorna y un poco de mofa, dejando claro que para él era una historia muchas veces escuchada, pero de todas formas completamente ajena. Juan adivinó su apatía y trató de brindarle un poco más de información.

—Parece ser que esta vez es en serio. Dicen que el Gobierno volvió a congelar la plata de la gente, la desapareció o algo así. Y bueno, como ya hay antecedentes, los dirigentes se pusieron furiosos y empezaron a organizarse desde el lunes. Ahora sí parece ser que se armó una grande.

—¿Pero no pasó algo similar hace años?

—Sí, yo era niño, pero sí —contestó Juan.

—¿Y lograron algo con la manifestación? —preguntó Damián.

—No, creo que no.

Damián retomó la sonrisa que había abandonado y emitió una risita amable. El tema para él estaba cerrado.

—¿Te puedo ofrecer algo? —preguntó Juan.

—Agua por favor.

Ambos bebieron calmando un poco el asfixiante sol del mediodía.

—Muchas gracias Juan. Traje unos productos para mi tía —dijo Damián señalando los costales—. ¿Dejó algo para mí?

—Sí, en seguida lo traigo —respondió Juan mientras buscaba un pequeño paquete envuelto en papel marrón.

—Gracias.

—Pero, ¿ya te vas? —preguntó un poco preocupado el joven al entregarle el encargo.

—Sí, pensaba regresar de inmediato. ¿Por qué?

—Es que quería ver hablar un poco. Quería ver si podía escribir más acerca de ti y lo que piensas.

La extrañeza de Damián se acrecentó evidentemente, más aún cuando escuchó la narración de los acontecimientos de la última semana

con relación al *blog* que había creado con su nombre. Del total de la explicación Damián solo pudo entender una mínima parte, considerando que no conocía el uso de la computadora y menos aún los procesos de interacción virtual. De todas formas, la explicación sensata y directa de Juan convenció al hombre de pasar el resto de la tarde con su primo casi adolescente verbalizando sus conceptos de vida.

—Damián, estas palabras están llegando a mucha gente. Están causando que personas en otros lados se detengan a reflexionar. Está conmoviéndolos. Y todo empezó conmigo. Yo fui el primero en descubrir el valor en tus puntos de vista. A mí también me detuvo, a mí también me llegó. ¿No es eso lo que querías?

—La verdad, no. Yo solo te confié mi forma de vida, no un punto de vista. Yo no te di una receta, sino una narración de mi día a día. Nunca me ha interesado compartir nuestra manera de ser con nadie, porque a nadie le ha interesado conocerla.

—Pero ahora está pasando. Cientos de personas, en muchas partes, se están preguntando quién es Damián.

—¿Y tú sabes qué responder?

—No, pero quiero saberlo. Quiero entender más.

Durante un segundo la emoción y la pasión de las palabras de Juan lo convirtieron en un ser más maduro y profundo a ojos de su primo, quien lo miró con cariño y amabilidad.

—No solo por darle una respuesta a la gente. Sino también por darme una respuesta a mí. Yo no sabía que la buscaba, pero la claridad de estas palabras me hizo replantear mil cosas —dijo Juan.

Al inicio de la conversación, Damián se tomó la propuesta con ligereza, pero conforme percibía el entusiasmo de su primo, se daba cuenta de lo importante que había sido para él su primera conversación. Y si bien es cierto nunca había intentado gritar sus puntos de vista a los cuatro vientos, le motivaba mucho que su forma de vida, tan básica, lógica y coherente, hubiese afectado tan profundamente al joven que antes demostraba una personalidad distante, inmadura y bastante superficial.

—Dime entonces, Juan, ¿de qué quisieras que hablemos?

Juan se deshizo en una sonrisa victoriosa y se puso de pie de inmediato, tratando de acomodar de mejor manera el improvisado lugar de reuniones.

—De lo que tú prefieras —le dijo mientras estiraba el cable de un pequeño micrófono conectado a la computadora.

—¿Qué es eso? —le preguntó extrañado Damián.

—Es un micrófono, me lo prestó un amigo. Voy a grabar lo que dices, así podré ser más rápido en transcribirlo y publicarlo.

Damián levantó los hombros completamente desentendido de la

operación que su primo iba a realizar.

—Juan, me estás poniendo nervioso. ¿De qué quieres hablar? —preguntó algo ansioso Damián.

—Háblame de ti. De tu forma de vida. Pero no te preocupes por esto —pidió señalando el micrófono—, imagina que no está aquí.

—Pregúntame algo entonces —exigió Damián mientras Juan accionaba el sistema de grabación en su computadora para registrar lo que se convertiría en el segundo escrito del Blog de Damián.

ALIMENTO
(fragmento)

El cuerpo humano es, sin lugar a dudas, un organismo imperfecto. Muy a diferencia de las disparatadas teorías creacionistas, el ser humano está en un proceso constante de evolución y su camino de desarrollo todavía no está completo. Tal vez nunca lo esté.

Cuando nos damos cuenta de que hay otros organismos, catalogados por nosotros como inferiores, que tienen mayor resistencia, mejor visión, más velocidad o más longevidad, tenemos que aceptar que, si fuimos creados por un dios, este supuesto creador no logró en nosotros, naturalmente débiles, imperfectos y torpes, su mejor trabajo.

La inteligencia y el uso controlado de nuestras facultades deberían ser los elementos que nos diferencian del resto de seres vivos. Si es así, entonces es fácil darse cuenta lo mal que hemos utilizado estas ventajas, descubriendo en seres menos inteligentes métodos de subsistencia, interacción y convivencia bastante más efectivos.

A pesar de esto y así como en otros casos dentro de la naturaleza, el hombre ha perdurado y sobrevivido sobre la tierra, cimentando su fortaleza en su nivel de adaptación al entorno natural. Por decirlo de alguna manera, el universo y sobre todo el planeta Tierra como tal no fueron creados para servir al ser humano y satisfacer sus necesidades; sino más bien fueron el resultado de una evolución y expansión constante que necesitó de la interacción de todos sus integrantes para lograr mantenerse y sostenerse.

A pesar de que este concepto no es muy difícil de asimilar, al ser humano, en su corta historia como forma viviente, se le ha hecho muy complejo de aplicar, llevando así al planeta hasta el borde mismo de su destrucción, comprometiendo su propia existencia.

Las necesidades alimenticias del ser humano se limitan a una reducida lista a escoger de entre un inacabable abanico de probabilidades. Todas accesibles, todas inmediatas y todas teóricamente gratuitas. Es la predisposición, la comercialización, la mezquindad y el desaprovechamiento lo que convirtió a la alimentación, un proceso humano tan básico como dormir, en una actividad viciada, costosa, compleja y en muchos casos inexplicablemente imposible de alcanzar para algunos.

Todo empezó cuando un hombre hace mucho tiempo le otorgó un valor económico al alimento, tan solo por considerarlo vital. Entonces los comestibles empezaron a proponerse más grandes, más dulces, más salados, más innecesariamente adornados para poder aumentar este inexistente valor y que se le pudiera extraer algún rédito. Nunca lograron mejorar nada a ojos del estómago o los intestinos. Ellos no entienden de sabores ni gustos, solo de nutrientes y vitaminas que, paradójicamente, se pierden en varios casos de manipulación alimenticia.

Después, otro hombre se dio cuenta de que la escasez de un alimento aumentaba su valor. Y así empezó a organizarse algo que la misma naturaleza había organizado previamente, sin la intervención humana. Empezó a repartirse la tierra, empezó a imponerse la fuerza y a asignarse espacios. Con tal torpeza, que el día de hoy, basta con revisar un mapa para darse cuenta que el hambre es un problema de repartición, no de insuficiencia.

Mi gente y yo vivimos de lo que la naturaleza nos brinda y aprovechamos al máximo estas ventajas. Pero, conscientes de nuestro rol en esta coexistencia, también tomamos lo necesario y le devolvemos a la tierra lo que nos da.

Siendo selectivos y coherentes hemos logrado mejorar nuestra salud, estabilidad y alimentación. No tenemos niños desnutridos ni tampoco problemas de sobrepeso. Debe ser porque el alimento lo da la tierra de forma gratuita y nosotros no le hemos sabido poner un precio antes de llevarlo a nuestras bocas.

CAPÍTULO 17

La respiración profunda de Marco emitía un sonido constante, mezcla de silbido airoso y resonancia áspera y grave. Magda lo miraba con algo de preocupación arrimada al borde de la puerta. Aceptaba que se había excedido irresponsablemente, pero sabía también que la situación se había vuelto incontenible. La necesidad de conocer esa esquiva verdad que tantas veces intuyó y de la que tanto discutió con Jonás se había convertido en una obsesión que no conocía límites.

Los recuerdos la atormentaban al punto de llevarla a acciones tan extremas como las de los últimos días. Sin embargo, por más que lo intentaba, no llegaba a encontrar una respuesta sobre las posibles repercusiones de su accionar. No estaban tipificadas ni eran mencionadas en ninguna conversación o enseñanza. Según lo que había aprendido durante su vida, simplemente, cualquier tipo de comportamiento inapropiado era considerado ilógico e irracional. Este albedrío tan permisivo y a la vez tan consecuente era lo que siempre le pareció poco natural a Jonás, pensamiento que con el tiempo también germinó en su cerebro y ahora se había convertido en un verdadero cuestionamiento de vida.

No le quedaba duda que la sociedad, tal como se hallaba establecida en la Nueva Era, funcionaba. El aislamiento como política, el razonamiento para precisar las necesidades y el sentido común como principal motor de comportamiento habían sido una combinación muy efectiva a la hora de refundar la humanidad. Los resultados estaban a la vista y estos eran el mejor argumento tácito para mantenerla así.
Pero había algo más. Lo sabía o por lo menos lo intuía. Existía otro horizonte para ella y para, muy probablemente, un grupo de contadas mentes inquietas. Mentes despiertas. Mentes inconformes.

Marco se revolvió entre las sábanas y este movimiento volvió a inquietar a Magda que, expectante, se mantenía de pie junto a la entrada

de la habitación. De repente, en un súbito movimiento, el hombre abrió los ojos y se incorporó con una evidente consternación pintada en su rostro. En cuanto reaccionó por completo, abandonando su estado inconsciente, reparó en la presencia de Magda entrando en la habitación con una amable y cálida sonrisa.

—Buenos días dormilón —le dijo con una voz afable y un poco empalagosa.

—B... buenos días, ¿qué fue lo que pasó? —le preguntó el hombre un poco confundido.

—¿Qué pasó de qué? No entiendo la pregunta. ¿Te sientes bien? —le preguntó mientras acomodaba desentendida las cobijas que habían resbalado al suelo.

—¿Qué pasó ayer? No recuerdo bien...

—No pasó mucho —respondió anticipada y graciosa Magda mostrando una mueca coqueta y un guiño de ojo—. Pero no pierdo mis esperanzas.

Magda salió de la habitación con total naturalidad, escondiendo hábil y convincentemente su inicial preocupación por las secuelas que la noche hubiese podido traer sobre la salud de su invitado. Marco se quedó sentado tratando de encontrar en su cerebro los escurridizos recuerdos de la velada. Frotó su cara ofuscado, se puso de pie y se dirigió a la cocina donde Magda preparaba el desayuno, dispuesto a obtener un recuento fehaciente de los hechos.

—Discúlpame por insistir, pero no logro recordar el final de nuestra cena —le dijo mientras recorría con la mirada el comedor tratando de recuperar las imágenes perdidas.

Magda lo miró extrañada intentando mostrar sorpresa por el comentario. El hombre le devolvió una mirada severa y se ubicó frente a ella para que comprendiera la seriedad de sus cuestionamientos.

—Te lo digo muy en serio. Nunca me había pasado y estoy preocupado. Es la segunda noche que tengo esta extraña sensación de haber olvidado una serie de acontecimientos antes de dormir —trató de explicarse.

—Pero, ¿has descansado bien? ¿Te sientes bien físicamente? —le preguntó Magda dejando de lado la actividad que realizaba y prestándole el cien por ciento de su atención.

—Sí... es decir, duermo perfectamente y me despierto muy tranquilo, pero me ataca una duda extraña y siento que mi mente no está recapitulando todo... es muy difícil de explicar.

—Yo creo que podría ser cansancio nada más, agotamiento —le respondió Magda tratando de disminuir su preocupación—. Estoy segura de que hoy estarás bien. No va a ser un día muy pesado, ¿cierto?

—No... pero, cuéntame qué pasó anoche, por favor —le pidió Marco evitando el cambio de tema propuesto por la mujer.

Magda se quitó el delantal blanco que usaba para cocinar y caminó, enarbolando una sonrisa, en dirección al Emisario. A pocos centímetros de su rostro, levantó su mano y arregló el flequillo de cabello que se escapaba anárquico de la cabeza del hombre, poniéndolo tras su oreja. La sensación de cercanía causó un infalible efecto casi eléctrico en Marco que experimentó una erección inmediata. El ritmo cardiaco se aceleró incontenible y el silencioso gesto fue una anestesia invisible para las intranquilidades que el hombre exponía.

—Cenamos, tuvimos una hermosa velada, conversamos y luego acaricié tu cabello hasta que estuvimos a punto de caer rendidos de sueño. Te acompañé a tu habitación y me retiré a dormir en la mía —le dijo con un tono de voz íntimo y juguetón.

—Conversamos mucho, ¿cierto? —preguntó dudoso.

—Mucho. Y reímos también. No puedo creer que no recuerdes nada.

—Recuerdo la cena y las caricias, pero no recuerdo nuestros temas de conversación ni mi llegada a la cama —le confesó el hombre un poco menos preocupado pero aún curioso.

—Descuida, eran solo banalidades. Yo creo que simplemente estabas muy cansado y eso fue todo. Ya verás como hoy todo va bien.

Marco asintió convencido por las palabras y cautivado por las caricias. Sonrío por fin, para alivio de Magda, y dejó de lado las dudas que lo habían despertado.

—Vamos a desayunar delicioso —comentó la mujer de súbito, rompiendo el momento sensual que Marco vivía.

Magda volvió a sus quehaceres culinarios y dejó a Marco de pie tratando de amilanar la excitación que todavía le recorría. Un hilo de voz entrecortado salió de su boca poniéndolo en evidencia.

—Deliciosamente.

En el Foro el grupo humano estaba ansioso por recibir al Emisario y sus nuevos aportes. En esta ocasión la ubicación había sido organizada de manera que las familias de oficios afines estuviesen juntas. Marco había llegado igual de radiante que el día anterior y se acomodaba presto a hablar con los aldeanos por última vez.

Valoraba mucho el tercer día no solo por tratarse de la última jornada, sino porque tenía la oportunidad de entregar algo a la aldea. Los folios de instrucciones y sugerencias eran siempre una novedad para el lugar. Aquí, la eficiente organización del Comité Central se ponía de manifiesto llevando a las aldeas solo aportes e invenciones necesarias para

su funcionamiento sin repetir ni sobreimponer. En cambio para él, desde hace mucho tiempo, todos estos nuevos aportes eran casi insipientes. Ya no estaba pendiente de revisar y comprender los pliegos que recibía del Comité Central en cada frontera. Las novedades que traía ya no abonaban su curiosidad, en cambio sí mantenían su motivación constante, debido a la respuesta tan afectuosa que recibía por parte de sus receptores.

En un breve discurso el Emisario se despidió de la aldea, agradeció por sus atenciones, haciendo hincapié en el especial trato que había recibido por parte de su anfitriona. Luego prosiguió a entregar a las familias de construcción, a las de medicina y a las de agricultura tres sobres diferentes llenos de información e instrucciones con nuevas técnicas o invenciones aprobadas y recomendadas por el Comité Central. La entrega fue agradecida y aplaudida por todos.

A su salida del Foro, de nuevo felicitaron y agradecieron al Emisario por su visita. Fue amable y receptivo, pero a la vez breve, ya que todavía le quedaba un recorrido por las instalaciones de la Aldea y eso iba a tomarle varias horas de caminata. Era siempre la parte más cansada de la jornada. Esta aparente deferencia disfrazada de gesto social no era más que una de sus obligaciones en cada población. Consistía en verificar, de una manera no intrusiva, el correcto funcionamiento de diferentes instalaciones y servicios comunitarios.

Todas las familias caminaron a sus lugares de trabajo para esperar la posible visita del Emisario. Magda se fue también en dirección a la cocina central, donde saludó con otras mujeres y hombres de su mismo oficio. Marco caminó en dirección a la calle oriental desde el Foro. Sus pasos eran acompañados de varias miradas. Se detuvo en los talleres de diferentes técnicas. Pudo reconocer el lugar dedicado al trabajo en cerámica y otro que se ocupaba de las piezas de madera y detalles pequeños en este material. Paseó por las despensas de almacenado fresco, pasó por otras que, ayudadas por la electricidad generada por los paneles solares, mantenían una dotación provisoria de alimentos en frío. En cada uno de los locales era recibido por sus trabajadores que le hacían comentarios y respondían sus curiosidades sobre determinados procesos o pericias. A su llegada a la escuela fue recibido por un grupo de niños y sus profesores, quienes aplaudieron y saludaron sonrientes al Emisario. Por último, se dirigió a la clínica, donde doctores y personal de asistencia también lo recibieron amables y abiertos. Ahí pudo presenciar el examen de un joven mientras era atendido.

Pasó revista visual de los reductos de ganadería y sembríos. Se dirigió brevemente hacia los talleres mayores y carpinterías donde conoció a eficientes obreros con muy buena disposición para su trabajo. Todo

parecía funcionar a la perfección.

Casi al final del recorrido y anticipando lo que esperaba, visitó la cocina y los comedores centrales, donde se administraba la alimentación de las instituciones en horas laborables. Tal como lo suponía, la mesa estaba servida y un nutrido grupo de cocineros exhibían una variedad de platos y degustaciones preparados usando productos locales. A pesar de las atenciones y el ambiente de fiesta, Marco se mantenía distraído, buscando ansioso la cara de Magda que, más hermosa que nunca, concentraba su actividad en ayudar a servir los platos que todos estaban disfrutando.

Verla así, tan sumida en su trabajo, risueña, compartiendo con su gente, hizo que Marco sintiera otra vez esa atracción incontenible que lo había invadido durante los días anteriores. Sin embargo, esta vez lo inundó también una profunda ternura. Su calidez y don de gente se veían evidenciados en la relación con sus compañeros de trabajo. Sus dejes amables, sus modos delicados, su sonrisa constante. El hombre descubría un proceso novedoso en su interior. Notaba una sensación indescriptible de tranquilidad y paz cuando estaba en su compañía; en cambio sentía una imperiosa emoción y admiración cuando la miraba desenvolverse con otros.

Magda sabía perfectamente que Marco la observaba, mientras otras personas se dirigían a él con comentarios o atenciones; no lo miraba, solo trataba de mantener una postura esbelta y agradable, sin dejar de lado su actividad. Disfrutaba esa admiración como cualquier mujer, pero en este caso sus objetivos motivaban un interés adicional en producirla y encauzarla.

La noche se alzaba profunda y abrazadora cuando un Marco, agotado, llegó a la casa. Magda, que se había adelantado mientras él se despedía, ya se había cambiado de ropa y estaba tomando un té caliente, sentada en una silla frente a la chimenea encendida.

—¿Puedo? —preguntó Marco insinuando sentarse junto a ella.

—Por supuesto —le respondió Magda moviendo un poco su silla para que pudieran mirarse al estar sentados—. ¿Té?

—No gracias. He probado tantas cosas hoy, que no creo alcanzar a sorber ni una gota más de líquido. Pero te agradezco.

Magda sonrió y siguió mirando a la chimenea extraviada entre los colores radiantes del fuego. El Emisario notó algo extraño en su semblante e intuyó alguna incomodidad, por lo que en inicio prefirió no mirarla directamente para no indisponerla. Luego de unos segundos de un pesado silencio, se atrevió a inquirir:

—Magda ¿estás bien?

—Sí, estoy bien —respondió no tan convencida.

—Pero, te veo triste. ¿Pasó algo?

Magda regresó su mirada al hombre que la observaba expectante. En sus ojos veía genuina preocupación, por lo que le tomó unos segundos contestar. Le divergían emociones y sensaciones encontradas.

—¿Alguna vez has sentido que tienes miedo a perder algo de lo que jamás has tenido propiedad? —preguntó la mujer entrecerrando los ojos.

Marco sintió un vuelco en el corazón y durante un segundo una sensación de regocijo lo invadió por completo. La pregunta era, a su entender, una confesión de la tristeza que podría significar su partida. Él también experimentaba algo muy similar: un sentimiento de vacío que lo estaba invadiendo. Una sensación de estar perdiendo algo muy preciado que no lograba comprender.

—Es posible. A veces siento que hay algo que siempre he deseado, pero no sé qué es exactamente. Sin embargo, me llena de una profunda nostalgia. En especial cuando siento que en realidad existe y está a mi alcance. ¿Me explico?

—Sí, te explicas bien —respondió emotiva Magda.

—¿Has pensado volver a unirte con alguien alguna vez? —preguntó Marco estirando un poco las posibilidades del tema de conversación.

—La verdad no lo sé. A veces me encantaría tener un compañero con quien compartir. Otras veces siento que la soledad me conviene.

La respuesta fue muy distinta a lo que el Emisario esperaba escuchar. La desilusión lo distrajo y se quedó mirando hipnóticamente el juego de la flama en el corazón de la chimenea. La mujer aprovechó el momento para retomar el tema.

—Marco, ¿cómo era antes?, ¿cómo se definían las parejas de las personas?

Marco reaccionó de su letargo y se tropezó con una mirada curiosa en busca de una respuesta salvadora y esperanzadora.

—Antes la gente se comprometía a una unión de por vida. A ojos de las religiones y de la sociedad, el hombre y la mujer se obligaban a mantener un vínculo físico y emocional por siempre. Hasta su muerte —contestó Marco levantando las cejas.

Durante unos segundos la mujer miró perdida los juegos de luz de la chimenea.

—¿Es decir que les obligaban a sentir?

—En cierta medida. Pero como resultado las parejas se separaban por la cantidad de fricciones o simplemente se quedaban juntas, a pesar de ser insoportable su convivencia.

—¡Qué terrible! —murmuró la mujer todavía ausente.

—De hecho, hoy en día, las separaciones en nuestra sociedad son mínimas —retomó el Emisario.

—Y ¿por qué crees que se dé eso? —preguntó la mujer como volviendo a retomar el interés en las palabras de Marco.

—Existe una explicación.

—Adelante —pidió Magda mirándolo fijamente y con una atención que sorprendió un poco al Emisario.

—Primero porque la relación de pareja está basada en una igualdad de derechos y deberes que lamentablemente antes no se daba. Hoy esta unión es un proceso consciente y sobre todo activo para ambas partes, tanto emocional como laboralmente. Y segundo, la libertad y la apertura con la que cuentan los hombres y las mujeres les permiten tener un proceso de exploración y un profundo autoconocimiento. En el pasado este proceso era mal visto y en muchos casos incluso juzgado. Hoy en día, la posibilidad de interrumpir la relación temporal o definitivamente, sin ser presionados o criticados, teniendo solo responsabilidad por las obligaciones como padre o madre, es algo que ha permitido una mejor reflexión antes de la unión.

Magda lo miraba atenta y estaba a punto de hacer un comentario hasta que vio que el Emisario estaba por completar su idea.

—Yo tengo también mi propia teoría.

—Por favor... —pidió Magda expectante.

—Por el simple hecho de no haber una obligación social que sostenga la unión y esta dependa solo del interés mutuo de mantenerla, cada uno hace su mejor esfuerzo para que la cohesión no se fragmente. Hace lo posible por hacer feliz a su pareja. Se preocupa por enamorarla todos los días.

—Guau, señor Emisario. Me ha dejado sorprendida con ese comentario tan romántico —dijo Magda retomando el buen ánimo—. No conocía su lado enamoradizo.

—Es que no has visto lo mejor de mí —le respondió alivianando el comentario que le había hecho sentir un poco apenado.

Magda emitió una risa que reinsertó la jovialidad al momento.

—Sin embargo, tengo una pequeña observación —señaló la mujer dejando alejar un poco la sonrisa.

—Adelante —respondió Marco haciendo una pequeña pausa para la réplica.

—Los hombres y las mujeres tienen un comportamiento variable, casi cíclico, ¿cierto? Las hormonas juegan un papel importantísimo en el desenvolvimiento de la pareja. Probablemente atarse a una persona no sea la mejor idea del mundo, pero el compromiso, a largo plazo, puede

ayudar a que los dos se comprometan a soportar estos ciclos.

Marco dudó un poco antes de responder, pero no porque no supiera lo que iba a decir, sino más bien porque sus puntos de vista podrían resultarle en extremo apasionados y enormemente sentimentales.

—Puede ser, pero sinceramente no creo que soportar sea la palabra cuando no debería existir nada que pese en una relación adecuada y complementaria. Además —Marco miró fijamente a Magda—, no existe un compromiso más fuerte que la felicidad.

CAPÍTULO 18

En la elegante y espaciosa oficina del último piso del edificio sobre la calle Tremont, Raymond P. Cooper presionaba inquieto los botones de su control remoto, saltando ansiosamente por los canales en una inmensa televisión ultraplana, mientras batía los hielos en un vaso de whisky añejo. Las noticias de los últimos acontecimientos en todo el mundo le perturbaban y preocupaban de sobremanera. En sus 30 años como ejecutivo y accionista mayoritario de la millonaria empresa que heredó de su padre, jamás había sentido tal perturbación. Parecía como si todo se estuviese preparando para caer estrepitosamente.

El noticiero, con cada vez menos presentadores y, al parecer, disminuido también en personal para transmisión, se limitaba a hacer un recuento de los titulares alrededor del globo sobre el mismo tema: los 11 tortuosos días en los que el mundo había tenido que arreglárselas sin dinero en el banco. Saqueos, asaltos, manifestaciones, acusaciones cruzadas, paralización de industrias, caídas de Gobiernos, anarquismo. Los niveles de violencia habían superado cualquier expectativa. Todo esto generado por un conjunto de repercusiones sobre el anónimo ataque informático que se tomó los bancos desde el primer día de año nuevo.

Enmudeció la televisión. Las imágenes borrosas y agitadas que la televisión mostraba estaban llegando desde celulares y cámaras no profesionales de gente indistinta alrededor del mundo que vehemente se había volcado a reportar cada acontecimiento. Esto le molestaba también a Raymond P. Cooper que veía en esta constante comunicación sin filtros y sin edición una de las principales razones de la debacle que se cernía sobre el mundo y el capitalismo.

Se sirvió un segundo whisky y miró por la ventana. En la calle de enfrente, casi 30 pisos debajo de él, se divisaba un grupo de personas de pie frente a la entrada de la iglesia con velas encendidas en un constante coro de plegarias. El frío de invierno no aminoraba su fe, la renovaba como paliativo de la incertidumbre universal y generalizada.

—Pobres imbéciles —murmuró.

Luego, volvió a sentarse en su escritorio y tomó el celular. Estaba ansioso por saber qué había pasado, dónde estaba Rick Northman y su gente de confianza. De repente el teléfono lo asustó con un súbito zumbido y un pitido ruidoso. Escuchó, para su alivio, una voz al otro lado del teléfono.

—Señor.

—¿Cómo está la situación? —preguntó ansioso Cooper.

—Hasta ahora, parece que bien. Ya salimos del segundo almacén. Tuvimos que hacerlo apurados, ya que algunos empleados se dieron cuenta de nuestra presencia e intentaron cercarnos. No fue necesario ninguna acción y salimos sin sobresaltos. Nos dirigimos al tercero.

—Bien, bien —dijo Cooper satisfecho—. Necesito que me dejes saber cómo van saliendo las cosas. Aquí también está todo listo para recibirlos.

—Sí señor. Yo calculo que para el amanecer llegaremos con el cargamento a salvo.

—Suerte Northman.

—Gracias señor —respondió el hombre.

La última semana del año, Raymond P. Cooper tuvo que suspender sus vacaciones para volver de inmediato a sus oficinas. Las noticias del congelamiento de cuentas y la desaparición de números en sus reportes lo alarmaron como a cualquier otro ser humano en el planeta. Sin embargo, por razones obvias, la cantidad de dinero en sus cuentas era proporcional a la cantidad de preocupación por el hecho. Raymond P. Cooper estaba multimillonariamente preocupado.

Cuando aterrizó en el helipuerto de su edificio, dos días después del colapso, tenía claro que el problema pintaba bastante peor de lo que todos suponían. La primera decisión que tomó, notificando a sus gerentes aún antes de abordar el avión de regreso, fue que cerrasen inmediatamente los locales de la cadena de almacenes familiares que eran su principal fuente de ingresos y baluarte empresarial. Después de tanto tiempo frente a una empresa tan grande, había aprendido que la paciencia del que vende suele ocasionar impaciencia en el que compra. Un comprador impaciente es lo mejor para el negocio.

Antes de terminar la primera semana del nuevo año, pasó lo que Raymond P. Cooper había imaginado. El valor del efectivo había llegado casi a triplicarse. Los productos y servicios habían sufrido una inflación sin precedentes, llegando a niveles insostenibles y la mayoría de locales preferían dejar pudrir sus mercancías antes que entregarlos a los clientes

sin dinero, necesitados de alimentos e insumos. El 8 de enero tomó la decisión de abrir de nuevo las puertas de sus casi 30 almacenes para el expendio de los alimentos perecibles y conservas. Sin alterar el costo, como mucha de su competencia, pero con la única posibilidad de transacción en efectivo.

Las cosas salieron muy bien, la gente acudió a los locales y compró cuanto producto podía venderse. Los empleados de la cadena tuvieron sus dudas en un inicio, pero un oportuno memorándum firmado por el mismo Cooper, que se repartió por cada una de las tiendas, ofrecía el pago íntegro de su salario en efectivo si se mantenían en sus puestos de trabajo.

Cuando los guardias de seguridad y personal de limpieza vieron llegar al camión piloteado por sus hombres de confianza se intranquilizaron un poco. No estaba anunciada tal visita y tuvieron que recibir órdenes telefónicas por parte de Raymond P. para darles paso, sin reparo, a las cajas registradoras y de seguridad. Cuando los vieron salir con las cartones de víveres llenos de dinero se alarmaron. Algo no estaba bien.

En menos de dos horas habían visitado y vaciado las cajas de tres grandes almacenes con aparente facilidad. Northman sentía una excitación indescriptible, como si estuviese robando montañas de efectivo, pero bajo órdenes y la venia del propio dueño. El secretismo de la operación, las armas de asalto que colgaban de su cuello, la premura y la oscuridad de la noche emocionaban a un exsoldado que jamás había visto más acción que las oficinas administrativas de la base militar donde se instruyó. Un violento y belicoso cadete que había llegado a trabajar para Cooper por azares del destino para luego convertirse, en poco tiempo gracias a su lealtad y su físico, en su mano derecha en asuntos de seguridad.

El plan había sido claro y conciso. Northman y sus hombres debían recoger el efectivo de los 11 almacenes del área pertenecientes a la compañía y traerlo a las bóvedas de la familia en los subsuelos del edificio. Los medios eran completamente abiertos y opcionales, en parte por la actual situación de casi anarquía que se vivía en varios sectores y en parte porque tanto Northman como su jefe sabían que llevarse el dinero de los locales, única garantía de pago de los empleados de los almacenes, iba a despertar sospechas maliciosas. A cambio, Northman y su grupo serían remunerados con un jugoso porcentaje del valor total recuperado. Valor del que ya Cooper tenía un registro, muestra de la desconfianza que le tenía a su hombre más cercano.

—Señor Cooper, acabamos de salir del tercer almacén —decía la voz agitada de Northman al teléfono.

—Perfecto. ¿Estuvo todo bien? Esta vez no llamaron a confirmar. ¿Qué pasó? —preguntaba inquieto Cooper al escuchar la respiración entrecortada de su empleado.

—Los guardias y otros empleados de la noche quisieron impedirnos la entrada, señor. Tuvimos que forzar la puerta y dar un par de disparos al aire para dispersarlos.

—Bien hecho, mantenme informado.

—Sí señor.

Northman se alejaba del almacén dejando los cuerpos acribillados de los tres empleados de seguridad de la puerta trasera del local. No sentía que alguien los iba a echar en falta y no estaba para perder el tiempo con cuestionamientos insolentes. Sus compañeros, asustados todavía por su reacción, habían entablado una pequeña discusión acerca de tales extremos, pero ésta terminó con un grito irrefutable de parte del exsoldado, visiblemente trastornado y embriagado con el poder de las armas.

Cooper miraba las luces de la ciudad y pensaba en lo que el futuro le tendría preparado. El mundo estaba enfrentando una situación complicada, por lo tanto él tenía que asegurar los únicos valores con los que podía contar. Ya había visto derrumbarse imperios, en varias ocasiones, por no aprovechar las oportunidades de la desgracia ajena. Su padre muchas veces le dijo: «Los momentos de penuria para muchos son los de oportunidad para pocos». Él se sentía parte de este reducido grupo, sin importar las consecuencias ni los medios.

Según sus cálculos, el dinero volvería a circular normalmente muy pronto. Los bancos solucionarían su problema, los Gobiernos volverían a tomar control, los grupos de poder económico mundial se volverían a sentar en sus asientos de cuero, frente a sus lujosos despachos, para decidir sobre le futuro de la economía mundial. Pero mientras tanto el efectivo contante y sonante era un arma infranqueable. La confianza en las entidades bancarias tardaría en regresar y eso convertiría al papel moneda en un elemento de un valor muy por encima de su denominación.

El camión aceleraba incontenible hacia la ubicación del cuarto almacén. Northman, al volante, tenía los ojos inyectados y frenéticos enfocado en su destino. Estaba transformado por completo y reía histéricamente, fuera de sí. Sus compañeros de operación, dos exmilitares volcados al mundo de la seguridad empresarial privada, se preparaban nerviosos para la siguiente incursión. A pesar de la aceleración del camión blindado y los apuros de los hombres de Cooper, esta velocidad no podía superar la rapidez de la comunicación informal. Los mensajes de texto y

los tweets eran una forma de alcanzar lo inalcanzable y, si bien es cierto, muchas veces fue desperdiciada o ignorada, en esta ocasión los avisos de alerta entre los empleados de la cadena de almacenes se adelantaron a los acontecimientos con tal efectividad que los hombres en el camión no lo notaron hasta que era demasiado tarde.

En una improvisada pero bien organizada operación, las llantas del camión fueron recibidas por clavos de camino que mutilaron el caucho y estancaron su avance. Luego, un espectacular Northman, que disparaba a ciegas en todas las direcciones al descender del vehículo, fue abatido con extrema facilidad por dos guardias de seguridad apostados entre los matorrales que bordeaban la vía. El resto de empleados de la jornada nocturna escoltaron a los otros dos exmilitares con las manos al aire hasta la sección de carga del vehículo, donde el dinero reposaba en cajas de cartón. Después de un breve y algo violento interrogatorio, los dos hombres del caído chofer cambiaron de bando y explicaron con lujo de detalles los planes del ilustre Raymond P. Cooper.

Un ruido vibrante rompió el silencio sepulcral de las oficinas en el último piso del edificio. Cooper caminaba inquieto por los pasillos esperando la llamada de Northman que tardaba más de la cuenta. El sonido le llamó la atención y lo condujo hasta el área de escritorios administrativos. Luego, siguiendo el rastro del pitido recurrente, ingresó a los despachos para, en la oscuridad de la sala, diferenciar un resplandor acompasado con el repicar. Un celular olvidado trataba de llamar la atención mediante todos sus medios desde la mesa de trabajo de uno de los asistentes contables. La verdad no tenía idea de quién podría ser el dueño del aparato, pero aun así lo tomó entre las manos para verificar la razón del alboroto.

Al presionar un botón cesó su insoportable ruido y pasó a convertirse en un artilugio lumínico que bañaba con un reflejo verde la cara del hombre. Luego, sorprendido por el texto que se mostraba como mensaje reciente, presionó la tecla correspondiente a la apertura del resto de recados electrónicos. El empleado o empleada había recibido un total de seis de estos en el celular olvidado en su oficina. Con una tecla más accedió al quinto y luego al cuarto. Así siguió leyendo los mensajes de texto con una creciente sorpresa y nervios incontenibles. El terror empezó a anular las formalidades de su personalidad otrora elegante, calmada y altiva.

Cuando terminó de leerlos se dejó caer pesadamente en el asiento más cercano, deshecho y resignado. Sabía que cualquier intento de solucionar las cosas era nulo. En cuestión de segundos vio iluminarse la puerta del elevador dejando salir a un grupo de exempleados, a los que

no reconocía, armados y con muy pocas ganas de dialogar.

Raymond P. Cooper falleció en el acto, sin ningún amago de resistencia, con dos disparos certeros propinados por una Colt .45 que él mismo había comprado para los guardias de seguridad de sus almacenes. Mientras tanto los empleados del almacén 11, el más cercano a sus oficinas, vaciaban el lugar, llevándose consigo todo lo que tenía algún valor.

De la mano inerte del ahora difunto magnate, resbalaba el celular mostrando el tercer mensaje de la cadena de notificaciones recibidas por cientos de empleados de la compañía.

«El bastardo RPC está robando su propio dinero para no pagarnos. Ordenó matar a tres empleados que se opusieron. Vamos a darles venganza. Se esconde en su oficina. Calle Tremont».

*****

Nicolai miraba absorto la cantidad de números desplegados en el monitor. Estaba completamente fascinado por lo intrincado de la programación y lo complejo del modelo. La visión, para él, era lo más cercano a una obra de arte.

Habían pasado 13 largos días desde la mañana en la que encontraron la computadora de Andrei y también el origen del virus. Sin embargo, era la primera vez que tenía la calma para poder leerlo y analizarlo. Las jornadas previas habían sido un remolino de acontecimientos que comprometieron las acciones y decisiones, y estas se desarrollaron más como un tema de política exterior que de sistemas informáticos.

Durante los primeros intentos por solucionar el problema bancario, se dieron cientos de altercados de todo tipo. Uno de los más sonados y lamentables fue el de un pequeño banco que pudo, mediante el ingreso manual de información monetaria que almacenaban en papel, reponer el historial bancario de sus usuarios. Los ejecutivos supusieron que dicha acción les iba a poner a la cabeza de las instituciones e iba a generar un precedente de confianza y servicio en el mundo.

En cuanto el banco hizo pública su proeza, todos los clientes se volcaron a las dependencias del mismo para hacer el retiro correspondiente del valor total de su saldo, en persona y con muy poca paciencia. Al cabo de pocos minutos de asistencia al público, el banco tuvo que cerrar sus puertas por no contar con la suficiente cantidad de efectivo para responder a tal demanda. Se contabilizaron cuantiosos daños materiales, siete muertos y 26 heridos.

Aparecieron también diferentes réplicas del virus con una variedad incomprensible de tesis y posturas que apoyaban la iniciativa de

dejar a todos los seres humanos con igualdad de condiciones económicas. Muchos esfuerzos independientes de solución del virus fueron interceptados y boicoteados por miembros de organizaciones de *hackers* con algún tipo de agenda política y pro socialista. De repente, Golovanov y su equipo se veían enfrentados a descifrar el programa de Andrei y decenas de otros distintos que aparecían con cada hora que pasaba.

Las redes se habían convertido en un campo de batalla invisible donde todos se enfrentaban por razones completamente incomprensibles, irreconciliables y en muchos casos sin el menor sentido. Las calles de varias ciudades eran tomadas poco a poco por grupos de delincuentes comunes que, con la excusa de la falta de alimentos o producción, habían sembrado el terror en los centros habitados de casi todo el mundo. La lluvia de acusaciones entre los Gobiernos de distintos países no hacía más que acrecentar la desconfianza generalizada en sus mandatarios y lograr la proliferación de actos violentos de racismo y regionalismo.

Mientras todo esto ocurría, en su computadora de la Oficina de Inteligencia, Nicolai podía leer tranquilamente el código del programa que había iniciado todo, ese programa que su creador había bautizado muy oportunamente como CAOS.

El sonido del sistema de seguridad de la puerta de entrada a la oficina lo alertó y en seguida se puso de pie para saludar a su jefe. También Boris se incorporó para recibirlo. Nicolai saludó esperando un comentario que arrojase una luz sobre las novedades.

—¿Y? —preguntó Nicolai por fin ansioso.

—Y nada... el programa está cancelado, esta oficina está oficialmente cerrada y a partir de hoy pasa a manos directas del ejército. Al parecer no vamos a poder compartir la información con nadie más —dijo Golovanov con una mirada derrotada.

—Lo sabía —reclamó Boris acompañando su frase de una maldición inteligible.

—Pero... no entiendo jefe. Todo está cayéndose en pedazos. No puedo creer...

—Yo tampoco, Nicolai, créeme que yo tampoco —le cortó el jefe de operaciones antes de que terminase—, pero es algo que se sale de nuestro control. El programa de Andrei pasó a un segundo plano hace días. Al parecer el virus ya había sido identificado hace casi una semana por los franceses, los chinos y los americanos...

—Y ellos tampoco hicieron nada —completó Boris.

—No. Ellos tampoco.

—Pero, ¿por qué quisieran mantener los cosas así? Sigo sin comprender —dijo Nicolai mientras abría los brazos para subrayar sus

palabras.

—Siéntate Nicolai. Esto es igual de incomprensible para mí también, vamos a tratar de entenderlo juntos —le pidió Golovanov en un tono paternal mientras se retiraba la bufanda.

Los tres hombres, sosegando un poco el momento, se sentaron ya no como agentes de inteligencia con rango y asignaciones específicas, sino más bien como tres amigos que trataban de resolver un acertijo.

—Extrañamente, tengo en mi cabeza razones para justificar por qué otros Gobiernos no se ven muy interesados por encontrar una solución inmediata al problema, pero no tengo razones para entender por qué nuestro Gobierno toma esa actitud —empezó Golovanov.

Los dos agentes se miraban ansiosos por saber los puntos de vista de su jefe. El hombre mostraba un rostro cansado y una actitud vencida. Parecía como si una decena de años hubiese caído sobre su cuerpo en las últimas dos semanas. Golovanov también anidaba una profunda desolación en su interior. Se sentía traicionado por el sistema que había defendido a capa y espada por tantos años. Después de todo, tal vez Andrei siempre había tenido razón.

—Dejando de lado el hecho de que para la economía de varios países esto es lo mejor que pudo pasar. Muchos empresarios, accionistas y mandatarios ven ésta como una excelente oportunidad para reestructurar sus finanzas. La avaricia se muestra con violencia, el ser humano se deja llevar por una serie de actitudes nunca vistas. La gente no se escucha, no se entiende, se comportan como bestias que tratan de succionar algún rédito de todo esto, aprovechar la oportunidad y sacar el mejor beneficio a todo nivel. La vida humana, en cuestión de días, ha dejado de tener valor.

—Pero, ¿qué pasa con los Gobiernos, con las instituciones mundiales? —preguntó Nicolai.

—Pasa que el celo y la desconfianza los cegó desde un principio. Si hubieran compartido su información en un inicio, esto no hubiera llegado a convertirse en el monstruo de mil cabezas que ahora es.

—Y ¿ahora?, ¿por qué no ahora?

—Porque ahora hay mucho más en juego. El dinero físico no tiene actualmente un respaldo en oro o valor similar que lo avale. La estabilidad económica se basa en un grupo de supuestos sin fundamento real. La riqueza y la pobreza se miden en función de números inexistentes y esto es lo que se comprometió. La gente no confía y eso es lo más difícil de recuperar. Es muy fácil echar la culpa a un grupo desestabilizador y volver a organizar el control desde cero, me imagino que eso es lo que quieren hacer y están buscando una forma de lograrlo sin arriesgar nada.

—Nada más que vidas humanas —dijo molesto Boris.

—Algo así.

Los tres hombres se quedaron en silencio por unos segundos. Era el momento de la despedida. Sabían que el futuro era incierto y que no había más razones que los ataran a estas paredes.

—Creo que es mejor que vayamos con nuestras familias. Seguramente nos necesitan —dijo Golovanov poniéndose de pie—. Traten de mantener la cabeza baja y armarse de paciencia mientras se define lo que va a pasar. Esta operación está definitivamente cancelada. Ha sido un honor haberlos tenido como agentes... y como amigos.

Un abrazo cálido los encontró y la despedida se volvió un momento más emotivo del que hubieran preferido. Nicolai empezó a apagar las computadoras, dejando todo listo para que algún grupo de militares viniera a hacerse cargo burdamente del trabajo de años de investigación informática. Estaba a punto de cerrar la ventana de su Facebook cuando algo llamó su atención. Se puso brevemente a recorrer con la mirada el link sugerido por algunos contactos y en seguida abrió los ojos de par en par.

—Esperen —alertó a Boris y Golovanov que también recogían las pocas pertenencias que almacenaban en las oficinas—. Tienen que ver esto.

—¿Qué? —refutó Boris. —¿Otro demente escribiendo sobre el fin del mundo? ¿O ese otro que dice que fueron los ovnis que nos quitaron el dinero?

—Lee —se limitó a decir Nicolai sin dejar de mirar la pantalla.

Los tres hombres empezaron a leer el impactante documento que había causado un verdadero revuelo en las redes sociales mundiales, única y más aceptable forma de recolección de noticias, luego de la caída de las principales cadenas televisivas por falta de personal.

El documento, que venía acompañado de adjuntos justificados como «pruebas» por el autor, era corto y mal redactado. Sin embargo, el mensaje era tan fuerte e incendiario que los exagentes concordaron en lo nefasta que podía ser su difusión en momentos tan críticos.

—Esto va a ser una bomba —dijo Nicolai sorprendido.

Boris sonrió amargamente.

—Y nosotros que pensamos que habíamos visto lo peor.

LA VERDAD SOBRE LA SALUD
(publicación)

Mi nombre es Dominico Rolizzi. Tengo 62 años y he pasado una vida entera trabajando como médico e investigador científico especializado en bacteriología. Me he desempeñado como asesor en jefe de nosología para instituciones como la Organización Mundial de la Salud, ONU y Comunidad

Europea. He sido catedrático en distintas universidades del mundo y soy considerado una eminencia en la clasificación y entendimiento de las enfermedades humanas actuales.

Seguramente estas serán las últimas palabras que voy a poder escribir y compartir de alguna forma. En parte porque seguramente lo que voy a revelar aquí aumentará notablemente el número de mis enemigos y en parte porque una insuficiencia renal congénita me está quitando rápidamente los días de vida y la situación actual no me permite acceder a los medicamentos y los procedimientos que me puedan ayudar.

Sin embargo, no quisiera irme de este mundo sin poder compartir la verdad. Y ¿qué mejor momento que este?, donde el poder del pueblo está volviendo al pueblo y el control de los grupos económicos y Gobiernos se evapora, al perder una de sus armas más disuasivas: el dinero. Aquí va mi aporte para poder quitarles otra arma más.

Todos los datos que escribo están sustentados en una investigación privada pero exhaustiva iniciada por mí hace 40 años y continuada por mis dos hijos, médicos y grandes científicos que encontraron, cada uno, una muerte por demás sospechosa en el transcurso de su investigación durante los meses de junio y agosto del año 2011.

Ni un día que pasa dejo de atribuirme la culpa por haberlos metido en esto. Nuestros enemigos son grandes y rencorosos, y yo debí haberlo advertido. Solo he visto puertas cerradas y amenazas desde que intenté hacer pública su investigación.

Desde su fallecimiento, he vivido escondido, amedrentado y perseguido, esperando que algún acontecimiento encamine las cosas. Siento, por alguna extraña razón, que ese momento ha llegado.

En 1951, a pocos años del fin de la Segunda Guerra Mundial, con un rumor creciente sobre el uso de armas químicas y un mejor control sobre los agentes patológicos en el mundo, un grupo de altos mandos de varios países industrializados se reunieron secretamente en suelo suizo para definir los parámetros del uso y aplicación de un plan macro diseñado por el servicio de inteligencia alemana previa al nazismo.

Este plan, en breves rasgos, tenía como objetivo principal poseer un mejor control sobre el tratamiento de enfermedades genéricas y cotidianas para así comprometer la dependencia de los habitantes a sus medicinas,

atenuantes y sistemas oficiales de salud.

Se estandarizó la normativa a la hora de aprobar el uso y comercialización de medicamentos, se definieron los fondos para investigación, se repartieron funciones, impuestos, aranceles, partidas y beneficios.

Pero por sobre todo y como principal resultado de la reunión, se creó un precedente que avalaba el uso de todos los medios para limitar, editar y esconder la información y las investigaciones sobre salud del común de los habitantes del mundo.

Con el tiempo los proyectos se fueron concretando y los intereses se fueron capitalizando. Los países empezaron a ver una importante fuente de ingresos en la producción de medicinas y una posibilidad única de control mediante las enfermedades y los consiguientes sistemas de salud sobre sus ciudadanos.

Al momento la cura definitiva para las enfermedades más comunes en el mundo existe pero está restringida por los distintos Gobiernos que prefieren mantener, de alguna forma, a su sociedad débil, dependiente y consumista. En el documento que acompaña este escrito podrán ver la lista completa y los compuestos que inhiben la gran cantidad de males que aquejan a la sociedad.

Muchos alimentos que se consumen en el mundo son, a sabiendas, causantes de gran cantidad de males y complicaciones de salud, pero se mantienen en el mercado, por debajo de la censura oficial, precisamente para generar este debilitamiento del sistema humano y su consiguiente dependencia a medicinas y atención médica.

Hasta ese punto no entendíamos bien el porqué del silencio de ciertas instituciones involucradas en este proceso y que se preciaban por velar el bien común.

Cuando nos hallábamos en medio de esta investigación que seguramente ha sido ya mencionada y denunciada por otros grupos y personas, nos encontramos frente a uno de los casos más graves de esta manipulación. Nos topamos con el virus del VIH y su contagio como una pandemia mundial. Las posibilidades de su investigación y el avance en la búsqueda de una cura han sido sistemática y poderosamente coartadas por distintas organizaciones y grupos de poder, representando a la Iglesia católica y al papado vaticano.

Yo perdí dos hijos que llegaron a descubrir toda una red de contagio y proliferación del virus, programada por miembros de la Iglesia católica, y que data de principios de los años sesenta.

Mis dos hijos, a los que dedico estas palabras, tras años de incansable búsqueda y pesquisa, lograron desenmarañar y descubrir cómo la Iglesia católica, con la venia de varios líderes mundiales, se encargó de usar el SIDA como ejemplificación de los castigos divinos para los pecados terrenales.

Lamentablemente no tengo pruebas que sustenten mis sospechas sobre el hecho de que la mutación del virus fue un esfuerzo de organismos afines al Estado vaticano, pero sí puedo comprobar, gracias a la información que recuperé tras el extraño incendio que cegó la vida de mi hijo mayor, que son los responsables de proliferarlo mediante sus misiones africanas de los años sesenta y responsables también de la posterior presión que ha ejercido los últimos 40 años para evitar una correcta búsqueda de su antídoto.

Para la Iglesia el virus del SIDA fue su tabla de salvación como contrapeso para la revolución sexual y la poca afinidad de las nuevas generaciones con sus teorías retrógradas. Razón por la cual han impulsado la lucha contra el homosexualismo, la promiscuidad y el uso de preservativos. La aplicación de esta evidente manipulación tuvo un resultado inmediato, gracias a la cantidad de gente que volcó sus ojos a la Iglesia tomando el virus como un mal venido desde el cielo y un castigo por el libertinaje y el descontrol.

Solo espero que la muerte de mis hijos Filipo y Gian, de las que responsabilizo directamente al Vaticano, no hayan sido en vano y el mundo tenga la valentía de enfrentar la verdad.

CAPÍTULO 19

Los cánticos de los manifestantes improvisados ya se habían diluido sin pena ni gloria. Su retorno de la capital provincial había sido bastante menos emocionante que su partida. Lo que en su momento fue una organizada representación del poder del pueblo en defensa de los intereses de la patria se había convertido en una pantomima de títeres, creando un bulto humano capaz de remover los cimientos de su mal llamada democracia representativa.

Sin soluciones, sin consensos y, por último, sin un Gobierno, regresó cabizbajo un grupo de hombres y mujeres que a pesar de haber conseguido lo que querían: precipitar la caída del presidente, no tenían precisamente lo que necesitaban.

La situación política fue un tópico importante pero secundario durante los primeros días después de su retorno, el problema bancario se convirtió en el más trascendental y el que atañó las conversaciones y habladurías comunes. Pero, por tratarse de un tema de afección económica bancaria, el pueblo, en su mayoría cimentado en un comercio informal, no sintió el remesón hasta los últimos dos días de la segunda semana del año. No fue hasta el día jueves que las transmisiones televisivas empezaron a interrumpirse y que los tanqueros de gasolina empezaron a exigir un pago exorbitante y en efectivo por traer el combustible. La gente empezó a inquietarse al punto de abarrotar la iglesia en procesión improvisada para pedir por el futuro de su país y, si había suficiente voluntad divina, del mundo.

Juan revisaba con gusto los avances del *blog* y sus incontenibles réplicas y comentarios. Al principio se dio el trabajo de traducirlos con herramientas de la red para leer los de idiomas extranjeros, pero después de varios resultados incomprensibles dejó de preocuparse y pasó a revisar brevemente los que llamaban su atención en su castellano materno. Le impresionaba el enjambre de cibernautas que participaban activamente

de los temas del *blog* con debates, alusiones, comentarios y felicitaciones. Algunos rayaban en la adulación, mientras unos pocos se daban el trabajo de refutarlo o calificarlo de fantasía y ridiculez.

Damián volvió a compartir sus pensamientos como las semanas anteriores; esta vez fue requerido por su primo a hablar acerca de sus creencias religiosas, todo a raíz de otros comentarios y blogs que llamaban la atención mundial.

—¿De verdad quieres que hable acerca de eso? —preguntó un poco reacio Damián.

—Sí... ¿por? —dijo temeroso de la respuesta Juan.

—Porque la religión es siempre un tema sensible. Y yo en particular lo veo como algo muy íntimo y personal. Tendría que contarte sobre mis vivencias y las de mi gente.

—Precisamente.

Damián hizo un ademán de desentendimiento y prosiguió a precisar sus puntos de vista sobre lo que entendía de la religión y las creencias teológicas. Ya en camino de regreso a su aldea, en la soledad de una apacible tarde por el campo, se preguntaba si la gente que leyera sus pensamientos rechazaría tan arriesgadas reflexiones. Su primo no tardaría demasiado en averiguarlo.

RELIGIÓN
(fragmento)

No puedo hablar de ninguna religión desde el punto de vista de un devoto o experto, a pesar de saber cómo funcionan muchas, porque no las practico, no las comparto y por obvias razones, no las aplico a mi vida. Solo puedo contar sobre nuestras experiencias con sus representantes y cómo terminamos, en mi aldea, adoptando nuestras propias y bastante más coherentes creencias.

Durante muchos años no tuvimos una iglesia en el área, esto posiblemente atribuido a lo alejado y olvidado del caserío.

El sacerdote, representante de la única iglesia-misión que se llegó a asentar en la misma aldea donde vive mi gente, decía venir con un encargo divino confiado por la mismísima curia diocesana, extensión de la Iglesia católica.

En cuestión de muy pocos años su labor se tradujo en una lista, siempre incompleta, de acciones que definieron su paso por nuestra aldea: la

recolección de dinero para la construcción de una iglesia más grande que la mayoría de nuestras viviendas, el juzgamiento irrespetuoso de cuanto acto se llevaba a cabo en la intimidad de nuestros hogares, el avivamiento de las diferencias siempre existentes entre personas de la comunidad, la manipulación del recuento de hechos históricos para el beneficio de la institución que decía representar, la inserción sistemática de sentimientos de culpa en los niños y varios adultos, las críticas constantes y amenazantes sobre lógicas reflexiones y cuestionamientos a sus ideas, el abuso sexual de dos niños de nuestra aldea y su consiguiente huida para poder salvarse de una muerte segura a manos de los padres de los mismos.

Hoy, la que fue alguna vez fue su iglesia es nuestra sala de asistencia de salud y el resto de acontecimientos son solo un recuerdo borroso del paso de la palabra de su dios por nuestra aldea.

Después de cierto tiempo de reflexión y discusión llegamos a la conclusión que era apresurado analizar la palabra supuestamente sagrada mediante el comportamiento de uno de sus representantes. Para algunos la idea de que algo divino y autocalificado de perfecto necesite un representante también nos parecía ilógica.

Tomamos el camino obvio: durante muchas noches nos concentramos en leer y analizar la Biblia. Mi aldea está compuesta por gente sencilla pero ávida de lectura y reflexión. Iniciamos dichas lecturas con el respeto que merece un supuesto libro que contiene la palabra de dios.

Nos terminó pareciendo un libro bueno, pero llegamos a la conclusión de que existe una gran cantidad de libros antiguos bastante mejor redactados, mucho más coherentes, más veraces y sobre todo menos disparatados que la Biblia.

No faltó quien vaticinara un castigo divino por nuestra falta de respeto y fe. Ese castigo nunca llegó, y si llegó fue antes, en la forma de un sacerdote que no se parecía en nada a la descripción de Jesús y sus apóstoles en los evangelios.

El concepto de la culpa y el arrepentimiento nos molestó siempre. La sumisión, como pueblo libre que somos, nos incomodó constantemente. El menosprecio a la mujer, a nosotros: hijos de madres, esposos de mujeres y padres de hijas, nos indigna solo con imaginarlo.

Después, la curiosidad se dio en función a la geografía usada como escenario para los relatos bíblicos. Nos sorprendía el hecho de que dios haya sido tan geográfica y racialmente excluyente. Pero, en contraparte, aprendimos mucho sobre Medio Oriente y sus tradiciones.

Después de una gran cantidad de noches de reunión y ya con la hipótesis católica bastante distanciada de nuestras tendencias, empezamos a revisar la historia del mundo en función a la religión. Nos dimos cuenta de que la religión católica, como tal, no había hecho más que daño a la humanidad en varios momentos de su existencia. Hasta el día de hoy no entendemos el porqué de tanta maldad y permisividad. Lo que sí tenemos claro es que eso no es lo que necesita nuestra aldea y nuestra comunidad. Nosotros necesitamos todo menos culpas, exigencias, juzgamientos, complejos y persecuciones. Bastante tenemos con preocuparnos del alimento, la salud y el bienestar como para autoimponernos más caprichos, supuestamente celestiales, completamente innecesarios.

Hoy la Biblia es para nosotros una obra literaria entretenida, llena de relatos y moralejas. Contiene enseñanzas y puntos de vista completamente ajenos a nuestra realidad. Nuestros niños y niñas lo leen, así como leen distintos textos, y con esa pureza y astucia de sus pensamientos sin contaminantes, tienen el derecho de refutar, cuestionar o seguir ese o cualquier planteamiento.

Yo en lo personal encuentro mucho más útil dedicar mi tiempo a mi familia, a la mejora de mi comunidad, al cuidado de mi entorno que a la alabanza y veneración de una bastante cuestionable representación humana de algo supuestamente divino.

Nosotros vivimos una vida sencilla pero coherente. Actuamos con la lógica de nuestras necesidades y respetamos a nuestro vecino como a nuestra familia. Cuidamos nuestra tierra como cuidamos nuestra casa. Sabemos, por pruebas visibles no por supercherías ni credo, que somos uno más de los habitantes de este planeta y nos ocupamos de entender lo suficiente y posponer lo innecesario. Creemos que la fe no es más que una venda en los ojos requerida para manipular a los pueblos y un insulto a la inteligencia humana. No necesitamos creer en cosas ilógicas para sentirnos bien, no necesitamos un consuelo adicional que el sabernos unidos y felices. La felicidad no la hemos encontrado en ninguna oración, procesión o letanía. La hemos encontrado precisamente en saber aprovechar lo que tenemos y disfrutar de lo que somos. Sin complejos, sin culpas, sin absurdos, sin mentiras y con mucho sentido común. Ninguna palabra que venga de un

dios omnipresente, omnipotente y todopoderoso debería ser tan fácil de refutar.

Juan, que había crecido como católico más figurante que practicante, leía estas palabras minutos después de haberlas publicado y sentía que podrían llegar a molestar a muchas personas. Sabía que arriesgaba la popularidad del *blog* entrando a un tema tan delicado. Sin embargo, no podía evitar darle la razón a cada una de las frases de Damián.

No pasó demasiado tiempo antes de empezar a registrarse una gran cantidad de comentarios sobre el *blog*. Muchos de ellos quizá más críticos que el escrito original en sí.

Poco después, como una gigantesca red tejiéndose en el espacio impalpable a lo largo y ancho del mundo, estos comentarios generaron nuevas acotaciones más elaboradas, diversos puntos de vista y debates.

Al cabo de pocas horas el *blog* de la religión fue casi relegado a un segundo plano, dando paso al nuevo protagonismo que habían conseguido sus mismas réplicas. Millones de discusiones, apuntes y tesis, que apoyaban o desestimaban el texto de Damián, inundaron las redes sociales ávidas de encontrar respuestas a su penosa situación actual.

Juan amaneció el día domingo leyendo las acotaciones que llegaba comprender. No dejaba de admirarse por el nivel tan agresivo de algunas, la parcialidad de otras y la inocente pero cruda sensatez de casi todas.

«(…) La religión es un invento humano. La católica es lo peor que le ha pasado a la humanidad: inquisición, abuso, enriquecimiento, torturas, retraso de pensamiento, persecuciones, racismo, etc. (…)».

«(…) El celibato fue instaurado por la Iglesia para evitar que los bienes de la misma se diluyan en la herencia de los sacerdotes y autoridades. Por eso se separó a la mujer de su participación, porque un hombre puede esconder un hijo, una mujer no (…)».

«(…) La religión católica es separatista… se le ofreció a un grupo étnico y geográfico… ¿acaso no existían otros territorios en esa época? (…)».

«(…) El cielo hará caer una maldición sobre los blasfemos (…)».

«(…) Dios no creó al hombre a su imagen y semejanza, fue al revés. Eso demuestra lo limitado del modelo. El hombre se inventó a un dios conveniente y oportuno. Acorde con lo que se espera de un ser superior. Así

se comprometieron los ideales de imagen y perfección del mundo. ¿Por qué Jesús no era negro o gordo o feo? (…)».

«(…) Mi hijo de siete años me preguntó si Caín tuvo hijos con Eva. ¡No sé qué responder! ¡No tiene el menor sentido! (…)».

«(…) ¿Adán y Eva eran chinos?, ¿negros?, ¿arios?, ¿cholos?»

«(…) Los misterios de Dios son incomprensibles al hombre (…)».

«(…) La Biblia es un libro que necesita una interpretación profesional no el análisis de un ignorante pueblerino (…)».

«(…) Acabo de leer el Corán. Una copia de la Biblia. Así como ciertos Gobiernos copian el modelo y las acciones de otros para conseguir el mismo beneficio en países distintos. Principio básico del populismo (…)».

«(…) Estoy de acuerdo con Damián en todo, menos en lo de la fe. Yo soy médico y sé que si un paciente cree en el medicamento, así este no tenga ningún compuesto, se cura más rápidamente. La fe sí mueve montañas (…)».

«(…) Las revelaciones y apariciones milagrosas en la Biblia siempre se daban a gente ignorante, supersticiosa e influenciable. Nunca a un crítico o ajeno a la tendencia (…)».

«(…) Los curas inventaron el SIDA para jodernos (…)».

«(…) El catolicismo fue fundado por Constantino. Un excelente estratega. Organizó todo para el beneficio de su nueva empresa (…)».

«(…) Dostoievski lo dijo en su libro Los hermanos Karamasov: "Morirán en paz, se extinguirán dulcemente, pensando en ti. Y en el más allá solo encontrarán la muerte. Pero nosotros los mantendremos en la ignorancia sobre este punto, los arrullaremos prometiéndoles, para su felicidad, una recompensa eterna en el cielo (…)"».

«(…) Solo con los tesoros del museo vaticano podría eliminarse el hambre en África(…)».

«(…) Según mis cálculos, me sentiré mucho más seguro y divertido si voy al infierno, qué miedo y qué aburrimiento me dan los que me esperan para

acompañarme eternamente si voy al cielo (…)».

«(…) El Estado vaticano es el único país que tiene espías en cada una de las ciudades del mundo (…)».

«(…) ¿Por qué los milagros siempre se dan en situaciones poco comprobables, épocas remotas y circunstancias ilógicas? ¿Los milagros le tienen miedo a las cámaras? ¿Pánico escénico acaso? (…)»

«(…) La religión cae sola, con el tiempo y la razón. Cae sola tropezando con su propia irracionalidad (…)».

«(…) La razón es la ramera del diablo, Damián. Lo dijo un santo como Martín Lutero (…)».

CAPÍTULO 20

La noche se precipitó sobre la aldea y su absoluto convocó a millones de sonidos crepitantes a poblarla y poseerla. El constante murmullo del bosque sabio susurraba abrazador los oídos dormidos del caserío blanco. La chimenea entibiaba agonizante, mientras la oscuridad se tomaba la casa concentrando su manto espeso por habitaciones y esquinas. Una silueta rompió las tinieblas, moviéndose sigilosa y decidida por el corredor. Su paso formaba una estela de negrura profunda en dirección al dormitorio del Emisario. Se detuvo frente a la entrada. Se mantuvo en posición y dudó unos segundos antes de continuar.

Del otro lado de la puerta, Marco miraba al techo sin poder conciliar el sueño. Había optado por una retirada caballerosa en lugar de la tertulia de costumbre. Necesitaba descansar, efectiva excusa, le esperaba un largo viaje; pero sobre todo se retiró pues le habían causado cierta incomodidad los últimos temas de conversación de la noche. Había experimentado una amargura extraña y sus sentimientos, que en otras ocasiones se habían manifestado cautos y prácticos, habían sufrido el equivalente a un golpe certero y doloroso. Se sentía confundido, mas imaginaba que estos eran procesos naturales equivalentes a la desilusión y la desidia del desamor.

Hacía mucho había olvidado cómo se hilaban los intrincados tejidos de las relaciones sentimentales. Habían pasado muchos años desde que desechó la idea de conformar una unión perdurable a cambio de un sinnúmero de intercambios físicos y temporales. Nunca sintió la necesidad de una compañía femenina constante y reincidente como parte de su plan de vida.

Este extraño apego, esta indeleble sensibilidad, esta añoranza incomprensible le habían hecho replantear su vida, su futuro y sus hasta hace poco inexistentes planes. Todo había dado un vuelco repentino. Sus 60 años de vida empezaban a tener poco de estables, mucho de insipientes. Todo desde que palpó por primera vez la existencia armónica y jubilosa de

la compañía de Magda. Cuando escuchó los dos golpes delicados tocando su puerta sintió una repentina excitación y la respiración se batió con su corazón que parecía hacer esfuerzos por salirse del pecho.

—Adelante —anunció el hombre.

La respuesta inmediata sorprendió a Magda que supuso disponer de un poco más de tiempo para preparar su entrada. Rápidamente, con un juego de sus dedos, dobló la pequeña hoja de menta que sostenía en su mano derecha y con la otra vació el contenido de un pequeño recipiente de madera, una generosa ración de un polvo de color verde. Apuró un doblez adicional cerrando la hoja como un sobre diminuto y lo acomodó bajo su lengua.

Cuando la puerta se abrió, de entre la oscuridad, la noche le regaló a Marco una ráfaga apresurada de erotismo intempestivo. La mujer, aparentemente poseída por un ardor sensual inconmensurable, se abalanzó vehemente sobre el Emisario todavía en proceso de incorporación y reacción. Las piernas delineadas y esbeltas guiaron la postura, sumándose así al ímpetu sensual de Magda, aprisionando con un doblez rígido la pelvis del hombre, que en una reacción incontrolable de excitación viril, disfrutó de ese roce tantas veces anhelado.

En un movimiento premeditado, los labios carnosos de la mujer se aproximaron a los de su novel compañero de cama, rompiendo la crujiente textura seca de su boca, humedeciendo cada diminuto espacio y transformándolos en un músculo suave y propenso.

Marco, en un reflejo primal, recibió el serpenteado ingreso de la lengua de su anfitriona con una emoción abrasadora. De inmediato sintió un sabor peculiar en su boca. Sus papilas gustativas reconocieron de inmediato la familiaridad del gusto y saborearon los restos triturados de menta ensalivados por la mujer. Sin embargo, un gusto adicional imposible de identificar llamó su atención. La falta de aire fluido y la excitación incontenible le hicieron asimilar el beso opresivo con todos sus elementos. Sus párpados cayeron debilitados por el deleite, mientras sus manos aprisionaban las caderas sólidas de Magda, buscando a la vez recorrerla y guiar su movimiento aferrándola sobre sí.

El movimiento elíptico de los cuerpos, propuesto por la presión del peso corporal de Magda sobre el Emisario, causó en la mujer una exaltación sorpresiva que la absorbió y deleitó. La fricción intermitente de sus órganos, velados tras las respectivas prendas de vestir, causaron la obvia exageración sensorial que conduce al sexo irrefrenable.

De repente un violento sacudón detuvo en seco el avance inminente de la escalada corporal. Marco sintió una extraña sensación de vacío y una insensibilidad notoria en su cuerpo. Su cabeza revolvía inverosímiles e incontrolables pensamientos que parecían estrellarse

estrepitosamente, confundidos, imprecisos. La mujer, todavía galopante y aprisionando a su compañero, se inclinó hasta poder casi rozar sus labios con su lóbulo derecho para susurrarle palabras precisas y claras.

—Me voy al Mundo Antiguo. Voy a encontrar a Jonás.

—¡No! —apeló el hombre con amargura—. Quédate conmigo.

La mujer sopesó las palabras sinceras de Marco. Sorprendida de su propia reacción hacia ellas, experimentó un remordimiento inesperado. Las frases encariñadas del Emisario la hicieron sentir triste y culpable. Pero sabía que este camino no conocía retorno, que cualquier cosa que hiciese no podría detener el desarrollo de los acontecimientos que había emprendido y planeado hace tanto tiempo. Los sentimientos encontrados hicieron que dudase un instante de sus acciones. Un atisbo de aprecio por este hombre de naturaleza noble y sabia había nacido en su corazón, aun cuando anticipó frialdad en sus procedimientos.

—¿Por qué quieres que me quede contigo? ¿Qué quieres de mí?

—Te quiero a ti. Te quiero conmigo. Junto a mí.

El extracto de la planta que Magda secretamente recolectó en el bosque para luego procesar había surtido el efecto esperado en el hombre, pero también logró afectarla a ella. Su salivación exagerada, típica de la excitación erótica, había acelerado el proceso de desintegración de la hoja de menta que contenía el compuesto dentro de su boca. En cuestión de segundos, una parte de las miles de partículas verdes lograron alcanzar su ingesta y posterior distribución anatómica. La sensación fue bastante menos contundente pero notoria. Sus pensamientos también sufrieron un descarrilamiento estrepitoso y su concentración empezó a flaquear. Nerviosa por la situación, se propuso enfocar y apresurar sus cuestionamientos y tratar de adquirir la información que necesitaba para concretar la siguiente parte de su plan.

—¿Cómo encuentro a Jonás?

—No te puedes ir. No puedes irte —respondió incoherente el hombre.

—¿Cómo lo puedo encontrar cuando llegue al Mundo Antiguo?

—No te vayas...

—¡Dime cómo! —gritó la mujer sacudiendo los hombros de Marco.

—No entiendes... no entiendes —balbuceó el Emisario.

—¿Qué debo entender? —preguntó la mujer tratando de contener su ansiedad.

—Si te vas, no podrás volver.

—¡Eso lo sé! Jonás tampoco volvió por mí —respondió Magda molesta.

—Pero no entiendes... Si te marchas, el Comité Central

registrará tu salida y la relacionará con la salida de Jonás y con mi paso por aquí.

—¿Y eso qué tiene que ver?

—Ellos lo verán como un antecedente y...

—¿Y? —preguntó vehemente.

—Encontrarán un precedente y probablemente decidan calificar a esta aldea como problemática o reactiva.

—Sigo sin entender en qué afecta eso...

—¿No lo ves? El Comité Central no corre riesgos. Tu salida alertará al sistema, me detendrán en el próximo punto de frontera y el análisis de mi sangre mostrará lo que sea que has estado poniendo en mi comida estos últimos tres días.

La mujer se quedó estupefacta al sentirse en evidencia. Las palabras del Emisario le sabían a derrota y a la vez le sorprendían de sobremanera.

—Este compuesto —prosiguió Marco atropellando las palabras— alarmará al Comité, suficiente razón para eliminar completamente esta aldea, como lo han hecho en el pasado con muchas otras con enfermedades incontrolables, vicios negativos o pensamientos reaccionarios. Sería el fin de todo lo que te rodea.

El hombre completó esta última frase cerrando los ojos y aspirando aire entrecortado. Sentía, en medio de su estado de afección, que había usado demasiadas energías para compartir estas palabras y que el esfuerzo le había dejado exhausto. Magda, mientras tanto, no podía creer lo que estaba escuchando. La contundencia de las palabras de Marco le habían causado mucha impresión. Sin embargo, también bajo el efecto de su propia droga, por momentos se le escapaban los razonamientos y los motivos de su preocupación o extrañeza. De repente volvían a su mente preguntas y dudas que formulaba sin organización.

—Es decir que... ¿siempre supiste de la droga?

—Siempre. Siempre... —respondió volviendo en sí.

Una pesadez la invadió y un segundo de lucidez le hizo caer en cuenta de que el polvo verde había pasado demasiado tiempo dentro de su boca. El suficiente para afectarla también. La adrenalina la invadió, sabía, por la reacción de la que fue testigo en días anteriores, que pronto iba a perder el conocimiento y eso la asustó.

—No lo entiendes. Yo dejaría todo por ti —retomó casi incomprensible Marco.

—Entonces tú sí puedes entenderme. Cuando quieres estar junto a alguien, eres capaz de dejarlo todo.

—Ni siquiera sabes dónde está. No sabes si todavía te espera.

—Precisamente... lo voy a comprobar por mí misma. No importa

lo que me cueste.

Magda vio lo ojos del Emisario cerrarse, cediendo al desmayo inminente. Enfocó su mirada en el espacio vacío de la cama donde quería acomodar su cuerpo, pero sentía sus extremidades completamente aturdidas e ingobernables. Con un impulso apoyado en la fuerza del vaivén constante de su cuello, logró arrimar su cabeza junto a la del hombre. Hizo un esfuerzo adicional para mantener los ojos abiertos y así tratar de sobrepasar el momento aniquilador de la droga, pero fue imposible. Los ojos vencidos se cerraron con sumisión y un tapiz negro se apoderó de su visión. Los restos de sus pensamientos coherentes empezaron a hundirse irremediablemente en una espiral de inconciencia. El silencio absoluto se volvió a apoderar de la habitación, dando cabida solamente a las respiraciones desacompasadas de los dos cuerpos tendidos incómodamente sobre la cama.

CAPÍTULO 21

Un largo y complicado mes bastó para desestabilizar casi la totalidad de las instituciones de control y organización en el mundo. Un planeta colapsado y en el peor momento de su historia contemporánea trataba de recomponer lo poco que le quedaba de una civilización moderna y recientemente estable. Los sistemas monetarios mundiales, a pesar de haber logrado en varias ciudades una considerable recuperación de la información bancaria, mostraban poca o nula actividad, debido a la prohibición de retiro de efectivo por parte de los Gobiernos que inclusive habían optado por militarizar las sucursales.

La comunicación entre países era prácticamente nula y se acrecentaban los problemas fronterizos y la hostilidad entre naciones que sospechaban intervención de Gobiernos vecinos en los nefastos acontecimientos recientes.

Los costos de insumos y alimentos no tenían relación con las posibilidades adquisitivas de la ciudadanía, y servicios como la transportación y la distribución de combustibles eran prácticamente inexistentes en la mayoría de lugares en el mundo, con la excepción de las grandes capitales de importancia centralizada y política. Las urbes principales contaban con cierto nivel de atención por parte de las cada vez menos representativas autoridades de Gobierno que tenían que recurrir a las instituciones militares y policía para imponer orden; pero las áreas menos pobladas eran tierra de nadie y habían sido testigos de verdaderas guerras civiles entre grupos informales deseosos de tomar el control de sembríos, producción y distribución.

Violaciones, saqueos, asaltos, violencia, asesinatos eran solo una parte de las vicisitudes que los habitantes de las ciudades tenían que experimentar. Los grupos armados controlaban suministros y aplicaban su ley a los asustados habitantes. A eso había que añadirle una completa desinformación de los acontecimientos y muchos otros males como desabastecimiento de comida y artículos de primera necesidad, y la

consiguiente hambruna y enfermedades relacionadas con la salubridad.

Los hospitales mostraban un cuadro agónico. Miles de personas llegaban en busca de ayuda y la cantidad de voluntarios no abastecía para su correcto desempeño. Los medicamentos escaseaban por la falta de flujo de comercio y producción y en muchos casos eran escondidos por sus propios distribuidores para sacarles un mejor rédito económico en un futuro cercano.

Los ejércitos de varios países ocupaban las áreas metropolitanas para evitar mayores disturbios y asegurar el funcionamiento de los servicios de electricidad, agua y alcantarillado, mermados por la falta de personal de operaciones. Sin embargo, varias insubordinaciones entre sus filas presagiaban un magro futuro para las instituciones militares. Todas con el fantasma de una inminente guerra sobrevolando cuarteles y batallones. Pronto las reservas se acabarían y habría que salir a conquistarlas una vez más.

El uso incontrolable de la red para la proliferación de todo tipo de rumores y opiniones había calado hondo en la población universal de casi nula confianza en las entidades y medios estatales desde que empezó el año. Las versiones no oficiales de los acontecimientos no contaban con una contraparte profesional informativa o por lo menos un filtro temático para controlar los alcances de las declaraciones, acusaciones y comentarios.

Roger Lance caminaba nervioso sin dejar de mirar a su alrededor, mientras se dirigía a su auto en el estacionamiento sur del portentoso edificio. Sudaba copiosamente a pesar de las bajas temperaturas de la mañana y su agitación había provocado un pequeño ataque de asma que había solventado con su respirador portátil. El mundo estaba tan perturbado que intuía que si le llegaba a pasar algo en las próximas horas nadie iba a preocuparse por saber las verdaderas razones. Tenía unas inmensas ganas de cambiar su destino y solo contaba con pocos minutos para hacerlo.

Lance pasó gran parte del mes de enero frente a su estación de trabajo en las oficinas del Pentágono en Arlington, Virginia, dedicando largas horas al análisis y detención del virus bancario y sus incontables réplicas. El equipo de trabajo con el que compartía oficinas desde hacía cuatro años también se entregaba sin descanso a combatir a este nuevo enemigo que su país había descubierto y que lo había de forma indirecta desde la red universal, minando invisible las bases de su economía y trastocando la primera de una larga fila de gigantescas piezas de dominó a punto de caer estrepitosamente.

Su ingreso a formar parte del equipo de Informática del Servicio de Inteligencia Nacional se dio gracias al coronel Rodney Dempsey. Un

hombre brillante y adusto que había significado una gran influencia en su vida. Llegó a convertirse en su mentor y su único amigo. A menos de un año de su trágica muerte, todavía sentía que el vacío que le dejó, y que no había podido llenar. Lo perseguía como una oscura sombra sobre su cabeza.

Nunca olvidaría el día en que el coronel Dempsey, en persona, lo visitó mientras esperaba, detenido en la celda especial para menores de edad de la comisaría de Crestwood, Missouri, su juicio por la ruptura de seguridades y alteración de información personal del ilustre cuerpo de policía local.

A sus 17 años ya había causado varios dolores de cabeza informáticos en su escuela, alterando el registro de sus calificaciones e insertando creativos virus con bromas pesadas y burlas a sus maestros y autoridades escolares. Cuando el coronel lo visitó, su expediente ya había sido incluido dentro de una larga lista de posibles futuros colaboradores del área informática de la Oficina de Inteligencia Nacional. El Pentágono había aprendido de las grandes empresas de tecnología la premisa de que a veces era mejor tener a los enemigos más cerca que a los amigos. IBM, Apple, Microsoft y muchas otras optaron por contratar y reclutar en sus filas a los arriesgados *hackers* y programadores que rompían sus seguridades o evidenciaban fallas en sus sistemas de seguridad. Casi siempre jóvenes sin mayores perspectivas de trabajo ni porvenir definido. El resultado fue un efectivo método de mejora en las férreas seguridades de sus programas y una consiguiente anulación de un probable elemento de riesgo a futuro.

El coronel Dempsey se sentó con el joven por espacio de diez minutos. Para el final de la reunión Roger Lance estaba libre de los cargos y había comprometido sus servicios al Gobierno de Estados Unidos, a cambio de su estabilidad económica, su reubicación lejos del estado de Missouri y la posibilidad de no enfrentar procesamientos en el futuro por los delitos cometidos hasta entonces. El poder del Pentágono se vio en evidencia cuando todas las peticiones de Lance, ya previstas por el coronel Dempsey, fueron aprobadas y gestionadas en el acto. Tres días después de cumplir la mayoría de edad, Roger se mudaba a Baltimore en el estado de Maryland, para continuar sus estudios cerca de la mirada atenta de Dempsey y a muy pocos kilómetros de su futuro lugar de trabajo. Desde ese día habían pasado ya casi ocho largos años.

Durante el tiempo que duraron sus estudios auspiciados por el Departamento de Defensa y su preparación para ingresar al Servicio de Inteligencia, el coronel no dejó de mantener un contacto constante con el joven. Sus visitas y reuniones eran cada vez más interesantes y más amenas para ambos, al punto de desarrollar una relación de aprecio y

respeto. Roger encontró en el severo y estricto militar la figura del padre que nunca conoció.

La muerte del coronel hubiera sido un golpe más en su vida o simplemente se hubiera convertido en una etapa de su existencia, digna de sobrellevar y superar, si no fuera por los intrincados antecedentes del deceso.

El coronel Dempsey había mantenido un perfil relativamente bajo. Su personalidad demasiado estricta y poco sociable le relegó a las misiones más delicadas pero menos representativas y populares dentro de la oficina. Sin embargo, se mantenía siempre activo y sus asignaciones daban frutos que hablaban sobre su disposición y entrega a la hora de servir a su nación. No tenía demasiadas participaciones dentro de las operaciones militares que se planeaban y organizaban tras los gruesos muros del Pentágono, pero no estaba ajeno ni tampoco orgulloso de las cuestionables decisiones bélicas de su país. Aun así prefería no opinar sobre las tácticas político-militares de su Gobierno y concentrarse en las encomiendas de inteligencia que le eran asignadas.

Un mes exacto antes de su fallecimiento, el coronel Rodney Dempsey tuvo un fortuito y contundente tropiezo con la realidad, que lo llevó a replantear sus consignas y motivaciones dentro del servicio, después de casi tres décadas de profunda lealtad. Durante gran parte del año 2010 su trabajo y el de muchos de sus colaboradores en el Departamento de Inteligencia se concentró en recoger los escombros que dejaba a su paso WikiLeaks y sus explosivas revelaciones. Esta presión constante de lograr resultados con la consiguiente censura de la página llegó a poner en verdaderos momentos de estrés al Coronel y a su equipo de trabajo.

Para diciembre los esfuerzos conjuntos de Pentágono, Gobierno y Congreso de Estados Unidos lograron su cometido, coronando sus esfuerzos con la reforma a la ley norteamericana para aplicar el acta *Shield (Securing Human Intelligence and Enforcing Lawful Dissemination)*, un acta de espionaje que prohíbe la publicación de información clasificada sobre secretos de inteligencia. Esto se sumó a una astuta campaña mediática oficialista disfrazada y las presiones financieras de las grandes empresas norteamericanas para bloquear el acceso a capital por parte de la organización. Con estos acontecimientos casi lapidarios para WikiLeaks, el Departamento de Inteligencia había ganado una batalla importantísima en la preservación del secretismo de sus operaciones.

Tres semanas antes del último mes del año 2010, el coronel Dempsey, luego de una reunión con el alto mando del Servicio de Inteligencia, fue extrañamente removido de la misión que lideraba y pidió un permiso de ausencia médica hasta principios de diciembre, acusando agotamiento extremo y estrés. A su regreso a las oficinas, el mismo día

de la promulgación de la reforma de ley, se lo veía casi irreconocible con muestras claras de cansancio, muy nervioso, errático y con un descuido personal inusual.

Esta fue la última vez que el joven y su mentor pudieron intercambiar palabras. Casi al final de la jornada Roger se acercó al hombre para preguntarle sobre su estado y solo recibió una respuesta bastante más incomprensible de lo que hubiera preferido.

—Creo que tanto tiempo con el señor Tzu me está quitando el sueño. Eso es todo, Roger —le dijo con una sonrisa a manera de despedida, dejando al agente con la interrogante flotando en su mente. No tenía la mínima idea de lo que hablaba el coronel: quién era el señor Tzu.

Apenas cinco días después, la noche del 8 de diciembre, el coronel Dempsey falleció en un extraño accidente automovilístico de regreso a su casa en las afueras de la ciudad de Alexandria, Virginia, dejando a su familia y amigos completamente devastados. Entre los ausentes a su ceremonia funeraria estaba el agente de inteligencia Roger Lance a quien el reporte oficial le había causado más de una sospecha.

La versión oficial describía un choque frontal contra un árbol junto a la carretera interestatal 495. El auto se desplazaba a una velocidad superior a 90 millas por hora y la carretera había sufrido las inclemencias del tiempo, presentando un asfalto plagado de asentamientos de hielo. Aparentemente esto causó la pérdida de control del automóvil y la muerte casi instantánea del coronel, debido a la cantidad de contusiones sufridas por el impacto. Por si fuera poco, el incendio que se inició por la explosión del motor había conseguido casi calcinar el cuerpo, antes de que los bomberos pudieran anular la proliferación de las llamas, por lo que el cadáver de Rodney Dempsey había sido sacado de entre las latas carbonizadas de su auto, reconocido de inmediato por las telas quemadas de su saco de uniforme militar, fundidas con su cinturón de seguridad.

Lance pasó algún tiempo tratando de investigar por todos los medios a su alcance y en total secretismo la verdadera razón del accidente de su mentor. Sin embargo, aparentemente había sido una operación demasiado limpia para dejar rastro alguno: una constante en las operaciones de su mismo lugar de trabajo. La teoría del accidente no tuvo un ápice de cuestionamiento y la foto del coronel pasó a adornar los corredores de las oficinas del Pentágono, a manera de recuerdo de otro héroe caído en servicio a la patria.

Pero, obviamente, nadie conocía tanto los hábitos del coronel Dempsey como para registrar la sutil incongruencia de los acontecimientos. Nadie con excepción de Lance, quien casi un centenar de ocasiones viajó de copiloto en el mismo auto ahora destruido, cuando el militar lo llevaba a su casa o lo recogía. Estos recorridos conjuntos, motivados por la

relación cercana, la responsabilidad que Dempsey sentía por el joven y la ubicación geográfica del departamento de este en la vía que el coronel recorría todos los días desde su casa a las oficinas del Pentágono, fueron interrumpidos cuando el agente se decidió, casi cuatro años después, a aprender a conducir y comprar su propio auto.

Lance sabía perfectamente que su mentor solía conducir a altas velocidades, sabía que lo disfrutaba, pero sabía también que, invariablemente, siempre se retiraba el saco del uniforme antes de encender el auto. Esto debido a la incomodidad que le causaba el cinturón de seguridad para maniobrar con el volante, pero sobre todo porque el coronel Dempsey guardaba un secreto que solo el agente compartía. Un secreto que ocultaba con caramelos de menta y desodorantes ambientales: el escondido vicio de fumar mientras guiaba los 40 minutos que lo separaban de su casa. Razón por la cual nunca lo hacía con su saco puesto por no impregnarle olor y ser descubierto por su esposa al llegar. El hecho que hubiese fallecido con el uniforme completo no calzaba en la lógica ni en las posibilidades según Roger, peor aún en una noche tan fría como la del accidente.

No fue hasta 12 meses después, en la ceremonia de recordación de un año de su fallecimiento, que el joven programador y agente del Servicio de Inteligencia llegó a encontrarse frente a las piezas del rompecabezas que le faltaban y le podrían develar las verdaderas circunstancias tras la muerte del recordado coronel.

En la entrada del servicio religioso organizado por la familia Dempsey, Roger saludó con su viuda y acto seguido trató de alejarse para ser testigo, desde la última fila, de la ceremonia íntima. Justo antes de que pudiera distanciarse por completo, unos dedos femeninos pero firmes lo retuvieron delicadamente.

—Hola —le dijo la mujer estirándole su mano—, soy Claire, Claire Dempsey. Me imagino que tú debes ser Roger, ¿correcto? Mi padre hablaba mucho de ti.

—Hola —saludó el joven completamente sorprendido por la belleza y el talante de la hija de su antiguo amigo—. No sabía que tuviera una hija. Él nunca...

—Lo sé —cortó la frase—, mi padre era muy discreto cuando se trataba de la familia.

El joven se descubrió en evidente fascinación al admirar los hermosos ojos de Claire. Con torpeza sacudió la cabeza y miró en otra dirección con una postura falsamente casual.

—Pero él sí me habló de ti —dijo la joven sonriente.

—¿De mí? —preguntó sorprendido Roger.

—Sí, estaba muy orgulloso. Y hace unos días, cuando empezamos

a almacenar sus cosas, encontramos algo que creo te pertenece. Lo traje porque sabía que te encontraría aquí.

Estaba por empezar la ceremonia, así que la mujer hizo un movimiento rápido pero elegante para sacar de su cartera un pequeño libro usado. Sobre la tapa una nota de papel pegante adornaba la portada donde, con una caligrafía que Roger reconocía perfectamente, se podía leer: «Agente ROGER LANCE». El pequeño libro era *El arte de la guerra*, el preferido del coronel.

De repente llegaron a su mente la cantidad de veces que escuchó al militar repetir de memoria frases de este antiguo libro chino, mientras compartían el camino a casa o una taza de café. Sintió unos segundos de profunda tristeza al recordar los momentos tan agradables que habían pasado juntos. Roger tomó el texto y sonrió nerviosamente, mientras ella, devolviéndole el guiño, se ubicó junto a su familia.

El agente se sentó en la última fila y abrió el libro. Tenía en sus manos un regalo del coronel que había pasado guardado casi un año. La emotividad lo invadió y sintió unas intensas ganas de llorar al darse cuenta el nombre del autor: Sun Tzu. Por fin había descubierto quién era el enigmático señor Tzu del que Dempsey habló el último día que se vieron. Una melancólica sonrisa iluminó su rostro. Se sintió torpe y a la vez un poco aliviado. Revolvió los pliegos del texto y, justo antes de guardarlo en su abrigo, reparó en algo que llamó su atención. En la mancha intangible que quedó en el aire al apurar el abanico de papeles entre sus dedos, creyó ver un trazo de tinta diferente en una de sus páginas. En cuestión de segundos encontró la hoja que alertó su interés y de inmediato descubrió el porqué. Se apresuró a leer mientras la música de la ceremonia religiosa empezaba a retumbar en la sala.

«El principal engaño que se valora en las operaciones militares no se dirige solo a los enemigos, sino que empieza por las propias tropas, para hacer que le sigan a uno sin saber adónde van... quemar las naves de sus tropas y destruir sus casas; así las conduce como un rebaño y todos ignoran hacia dónde se encaminan».

Justo al final de la frase, con puño y letra del coronel, se dibujaba una serie de 11 números aleatorios seguidos de una fecha: agosto 21, 2001. Roger Lance no puso demasiada atención a esta anotación. Supuso una nota apurada del coronel sobre algún asunto completamente trivial. Sin embargo, los acontecimientos de los siguientes días le permitieron descubrir lo equivocado que estaba.

A inicios del mes de enero, el equipo de trabajo formado por

Lance y varios especialistas en seguridad informática a órdenes del Pentágono fueron probablemente los primeros en aislar el virus que causó el problema económico mundial. Por tal razón fueron los primeros en empezar a eliminarlo de las bases de datos de las organizaciones bancarias y los primeros en reconstruir la información. Se dio, por obvias razones, prioridad a la recuperación del historial económico de los altos mandos y diferentes oficinas y operaciones del Gobierno y, por azares del destino y circunstancias dadas por la premura de la situación, Roger Lance tuvo acceso directo al manejo financiero de operaciones especiales y ultrasecretas del Pentágono.

En su afán por encontrar alguna pista sobre la razón del supuesto accidente de Dempsey, el programador empezó a revisar la información financiera de la última operación de la que el coronel fuera parte activa y que lo había afectado tan notoriamente. Sin saber bien lo que buscaba, tropezó con información con la que, muy probablemente, Dempsey también había tropezado. Descubrió un intrincado sistema de pagos de fuertes sumas de dinero que tenían como destinatarios personajes con nombres clave en diferentes ciudades de Europa y Asia. El hecho que fueran pagos directamente relacionados a la operación WikiLeaks le sorprendía, ya que no recordaba asistencia extranjera en dicha misión.

Al *exhacker* le bastó mediodía para lograr ingresar a los archivos secretos de una oficina a pocos metros de la suya y así averiguar los verdaderos nombres de los beneficiarios de pagos tan astronómicos. Su sorpresa fue mayúscula al encontrar, entre estos, a los mismos creadores y representantes públicos de WikiLeaks en el mundo. Al parecer, el Gobierno norteamericano había inventado WikiLeaks para presionar la enmienda de ley que permita resguardar del ojo público cualquier atrocidad futura. Seguramente tal como él, Dempsey lo había descubierto. No le faltaban razones para asumir que, casi al final de la operación, el coronel se enteró de la doble moral de su trabajo y decidió abandonar la misión. Razón más que suficiente para que hubiera sido clasificado de persona de alto riesgo por la CIA. Era bien sabido para el joven que la Oficina de Inteligencia no solía correr riesgos en estos asuntos y tenían un historial de eliminación de posibles problemas futuros dentro de su propio personal.

Si bien es cierto sus pruebas no eran concluyentes para acusar a la institución del asesinato premeditado de su mentor, sí fueron suficientes para producirle una inmensa desilusión. El caso WikiLeaks había causado encarcelamientos, asesinatos, represalias, disturbios y alteraciones del orden en casi todo el mundo. Le parecía inconcebible que el Gobierno hubiese manipulado la información de tal manera con el único afán de encubrir por adelantado sus futuras decisiones, siempre cuestionables. Tanta premeditación maliciosa le parecía extrema, sentía que habían

sobrepasado los límites.

Se puso de pie, un poco agitado y desilusionado por lo que había acabado de descubrir. Sin embargo, unos pocos segundos de razonamiento le hicieron reflexionar sobre el hecho de que tal información podría no haber sido suficiente para llevar al coronel a renunciar. Cabía la posibilidad de que ya la conociera de antemano, tomando en cuenta que era el jefe de la misión. De repente recordó las palabras marcadas en el libro que había recibido un mes atrás de manos de Claire y sintió un asalto de reacción. Su cerebro reconoció un patrón familiar y su corazón se aceleró.

Se volvió a sentar y sacó su teléfono. Buscó la foto que tomó de la nota al pie de página del libro. Revisó una vez más los 11 dígitos escritos que tanto le intrigaban. Descubrió un patrón que le recordaba los números de transacciones que había revisado en las últimas horas. En seguida comprobó que no se equivocaba. Buscó la transacción y encontró que coincidía con un gasto realizado en la misma fecha adjunta, más de 10 años atrás. Sin embargo, seguía sin comprender el porqué de la anotación.

Le tomó unos segundos averiguarlo. Entrando al registro de operaciones descubrió que, en efecto, el gasto correspondía a una operación del año 2001 ejecutada en las mismas oficinas del Pentágono. Una fuerte inversión de recursos económicos había sido destinada a la reorganización y reubicación de la Sección Uno del edificio. Sin embargo, esto no le daba demasiadas luces. Miró a su alrededor y fijó los ojos en uno de sus compañeros que llevaba más tiempo en la Oficina de Inteligencia.

—Ralph, tengo una consulta —preguntó Roger con aparente desinterés.

—Dime Lance —respondió el técnico especializado en seguridad cibernética de casi 40 años y 200 libras, sentado a pocos pasos de su escritorio, sin siquiera mirarlo.

—Tú trabajabas aquí en 2001, ¿cierto?

—Sí… ¿acaso vas a bromear con mi edad?

—No, no. Solo quería saber si tu recuerdas alguna reubicación de las oficinas en esa época.

Lo meditó unos segundos.

—2001… Claro, cómo lo voy a olvidar. Si no hubiese sido por eso, hubiéramos muerto muchos más —respondió el técnico mientras se persignaba.

Roger entendió la alusión de su compañero al hecho de que el ataque terrorista del 11 de septiembre de 2001 al edificio donde se encontraban no había tenido un elevado número de bajas ya que había coincidido con trabajos de remodelación del área donde el avión se estrelló.

Lance lo meditó unos largos segundos. Después, como atacado

por una repentina visión, se sobresaltó al punto de emitir un pequeño sonido que trató de ocultar con un falso estornudo. Luego abrió de nuevo la foto de la página del libro y leyó una vez más su contenido. Todo estaba empezando a tener un terrible sentido.

«El engaño empieza por las propias tropas…» «Destruir sus casas».

Roger experimento un vacío en el pecho y, poco a poco, de la mano con su razonamiento, empezó a sentir que la ira lo inundaba. Ahora entendía todo y las cosas por fin empezaban a tener una lógica.

Seguramente el coronel Dempsey, afectado por las revelaciones sobre el verdadero financiamiento de WikiLeaks, empezó a buscar, siguiendo el rastro de los gastos que era la única información a la que tenía acceso libre, otros casos en los que el encubrimiento del Pentágono hubiera llegado a niveles tan despiadados. Fue así como descubrió, tal como lo haría un año después Roger Lance, que la Oficina de Inteligencia supo de antemano sobre los ataques del 11 de septiembre y, en lugar de detenerlos, trató de minimizar las bajas de su personal, reubicando oficinas y anticipando remodelaciones. Lance sintió una incomodidad y un dolor completamente nuevos para él. Sintió de repente una inconformidad que a los pocos minutos se convirtió en un odio casi irracional.

Al siguiente día de su descubrimiento, camino a su trabajo, el agente creyó divisar un auto que lo seguía. Lo comprobó sin dificultad cambiando un poco su usual trayecto, pero hizo lo posible por mantener la calma. Unos cuantos minutos antes de llegar al edificio del Pentágono, perdió de vista al auto sospechoso. En la entrada de su lugar de trabajo, pasó los filtros de seguridad sin mayor sobresalto, saludó a los guardias y comentó con ellos sobre el día que se anticipaba igual de incómodo que los anteriores. Caminó tratando de esconder su nerviosismo y al llegar a su oficina, para su sorpresa y perturbación, fue recibido por un guardia armado que le prohibió el ingreso aduciendo una revisión de rutina.

No podía creer cómo había sido tan inocente, no dejaba de lamentarse por su falta de precaución. Él sabía perfectamente que todo lo que ocurría dentro de esas paredes siempre era vigilado y escuchado. Si estaba en lo correcto respecto a sus sospechas, intuía que se había tropezado con uno de los secretos mejor guardados del Departamento de Inteligencia de Estados Unidos. Sabía que habría mucha gente interesada en esta información, pero entendía también que su vida no valdría nada si intentaba compartirla con alguien.

Con un leve movimiento de cabeza, se despidió del guardia frente a la puerta de su oficina y dio media vuelta mientras su mente se aceleraba

en tratar de razonar sobre su siguiente paso. El miedo lo empezó a invadir logrando confundirlo y aturdirlo aún más. Miró su reloj y asumió que para ese momento su departamento de alquiler de un dormitorio ya debía haber sufrido la visita de un escuadrón de agentes bien entrenados en busca de pistas sobre el posible almacenamiento, copiado o intercambio de la información que había descubierto la víspera.

Se apresuró a la cafetería donde encontró a sus demás compañeros también inquietos por la supuesta revisión de rutina que los había alejado de sus puestos de trabajo. Apuró un café nervioso, mientras escuchaba distraído los comentarios del resto de agentes sobre las últimas noticias de los problemas en el mundo, problemas que todavía parecían no tocar con fuerza a la capital norteamericana. Sus compañeros se despidieron uno a uno hasta que lo dejaron solo. Era hora de marcharse. Su estancia en el lugar podría convertirse en una fuente de sospechas adicionales. Se puso de pie, sentía que las piernas le temblaban. Su nerviosismo iba en aumento vertiginoso. Estuvo inmóvil, parado por casi diez minutos, tratando de imaginar los diferentes escenarios que lo esperaban y aceptando el hecho de que probablemente iba a ser imposible escapar de su destino. Intentaba, sin éxito, convencerse de que todo esto podía ser solo su imaginación que le jugaba una mala pasada. Tal vez simplemente era la intranquilidad de las últimas semanas y la situación del mundo que le afectaban los nervios.

De repente un guardia armado, casi idéntico al que custodiaba la puerta de su oficina, ingresó a la cafetería. Lo miró de pies a cabeza y Lance sintió que su mirada atravesaba sus pensamientos como un rayo de luz bajo el agua.

—Estamos pidiendo a todo el personal que regrese a sus casas. Las oficinas van a estar cerradas por todo el fin de semana —le dijo el oficial con una voz que no daba posibilidad a réplica.

—Entiendo, ya... ya estaba por irme —respondió Roger nervioso.

Tomó sus cosas y se apresuró a la puerta de salida, seguido por la mirada poco amable del oficial. En el estacionamiento el eco de sus pisadas resonaban multiplicándose en miles de sobresaltos sonoros. Su respiración entrecortada lo agitaba de sobremanera, llevándolo al extremo impertinente del asma. Cuando por fin estaba por insertar las llaves en la puerta de su auto sintió que una mirada lo seguía, punzante, apremiante.

Encendió el auto con un nerviosismo evidente, miró varias veces por el retrovisor y solo vislumbró la superficie iluminada del pavimento que recubría el piso tres del subsuelo del edificio. Apretó el acelerador en reversa para empezar a enrumbarlo hacia la salida. Estaba a punto de abandonar lo que había sido su lugar de trabajo y refugio por varios años.

Sentía desolación, un vacío inmenso. Extrañaba los días tranquilos de su monótona vida. Cuando la luz del sol enfriado por las nubes de invierno lo encandiló, sintió un poco menos de intranquilidad, como si la presencia del día pudiera protegerlo de cualquier mal.

Dirigió su auto hasta la autopista, tratando de mantener la calma cada vez más esquiva. Se encaminó hacia su departamento en Georgetown, pasando por un sinnúmero de negocios cerrados y calles prácticamente abandonadas. Las otrora ciudad universitaria, llena de vida y en constante ebullición, se veía fría y desértica. La institución educativa había optado por no abrir sus puertas para el semestre de invierno debido a la inestabilidad reinante en el mundo.

A casi un centenar de metros de su departamento, una visión lo perturbó e inundó su sistema de adrenalina. Sintió el líquido helado recorriéndolo y las manos pesadas y torpes sobre el volante. El auto que lo siguió en la mañana estaba estacionado en la calle opuesta a la entrada del pequeño edificio de apartamentos donde vivía. Durante un minuto sopesó la posibilidad de desviar su camino y huir del lugar, pero sabía a la perfección el tipo de personajes que lo estaban buscando y eso lo desanimó por completo. Tal vez lo mejor era hacer precisamente lo que estaba haciendo: enfrentar su inalterable destino.

Se bajó del auto y prosiguió caminando en dirección a la puerta de entrada. La media mañana se había enfriado aún más y el cielo amenazaba con lluvia.

Roger Lance subió las escaleras de su edificio sin mirar al auto estacionado cerca, completamente consciente de su existencia. Se aproximó a la entrada sin reparar en los dos agentes que lo esperaban dentro, completamente convencido de su presencia en el interior. Abrió la puerta sin notar nada extraño en la disposición de sus muebles, seguro de que fueron registrados. Dejó las llaves de su casa en la mesa del corredor, con la seguridad que no volvería a salir vivo del lugar.

El pinchazo de dolor subió con rapidez desde su pierna, invadiendo su sistema nervioso y alertando a su cerebro sobre la presencia intrusa del diente metálico que había rotó sus tejidos y había encontrado asilo en su muslo izquierdo. La sangre tibia se esparció con celeridad por su pantalón que no tuvo reparo en mancharse casi de inmediato por una estrella irregular de líquido rojo oscuro. Su músculo vencido por el impacto silencioso del proyectil acusó recibo de afección con una contracción punzante, seguida de la pérdida completa de estabilidad. Desde el piso, despojado de sus anteojos de miopía y astigmatismo por la caída, pudo ver las siluetas de dos corpulentos agentes que lo esperaban en el umbral de su dormitorio en ruinas.

—¿Quién es Tzu? —preguntó uno de ellos con la voz profunda y

decidida.

—¿Qué?

—¿Quién es el señor Tzu? —vociferó de nuevo la voz.

Lance sufrió un incontenible ataque de risa que confundió a los agentes y agudizó el intenso dolor en su pierna. Después se mantuvo inmóvil por unos segundos, esperando colmar de una buena vez la paciencia de sus perseguidores.

Roger Lance había escuchado muchas veces historias sobre las visiones veloces que atacan a los moribundos o accidentados unos segundos antes de morir. Más de una vez había leído sobre personas que habían salvado milagrosamente sus vidas o habían sido revividos después de perder por completo los signos vitales y que decían haber visto pasar un resumen de su existencia en imágenes contrapuestas durante sus instantes finales de conciencia.

El agente, probablemente condicionado por estos mitos urbanos, experimentaba algo similar, con una gran diferencia: no visualizaba sus 25 años de vida sino sus últimas 24 horas: después de completar su pesquisa sobre las cuentas secretas de la operación WikiLeaks y la del 9-11 y afectado por el resultado de las mismas, el agente de Inteligencia sacó de su cajón un dispositivo de memoria USB. No era más que un pequeño utensilio que había encontrado alguna vez olvidado en la biblioteca. Suficiente para su objetivo. Lo insertó en la computadora que tenía al frente y copió una gran cantidad de archivos hasta que el espacio de memoria se llenó por completo. Después destruyó el empaque del dispositivo quedándose solamente con una diminuta tabla de circuitería de pocos milímetros, la memoria en sí. Por último la escondió entre sus monedas para poder ponerla en un recipiente al pasar por los filtros de seguridad a la salida del edificio y que así no fuera detectada.

Encendió su auto y se dirigió directamente hacia su casa. Sentía una gran excitación y nerviosismo, pero su rostro y actitudes casi mecánicas no lo demostraban.

Subió las gradas de su edificio, abrió la puerta de su departamento, retiró su abrigo y entró a su dormitorio. Allí se sentó frente a su escritorio todavía con aspecto universitario y encendió su computador. Insertó la placa de memoria USB que llevaba confundida entre sus monedas. Mediante una serie de páginas falsas y conexiones aparentemente inofensivas, pudo ingresar a una cuenta virtual de accesos ilegales, una página web que permitía la navegación sin rastro para *hackers* y delincuentes cibernéticos. En cuestión de segundos, mediante claves que parecía conocer de memoria, ingresó a una página con una gran cantidad de datos y números. Todos tenían algo en común. Todos tenían las siglas PLC junto a su descripción numérica.

Los PLC son sistemas computarizados con dispositivos electrónicos que permiten la automatización de acciones mecánicas. Son usados para controlar fábricas, rotores nucleares y otro tipo de operaciones que requieren un movimiento de partes físicas, con alta precisión, a control remoto. De las casi 5 000 prisiones que conforman el sistema carcelario de Estados Unidos, más del 98% cuenta con sistemas PLC para el control de puertas y seguridades en sus celdas. Un agente acreditado del Departamento de Inteligencia podría tener acceso directo a todos los PLC de propiedad del Gobierno en territorio nacional. Roger Lance decidió escoger al azar y programó un temporizador de 24 horas.

Después envió un *e-mail*, desde una dirección anónima con un archivo adjunto conteniendo toda la información que había recolectado ese día a uno de los más famosos blogueros del mundo en días recientes. El archivo tenía un temporizador que lo iba a mantener ilegible por un día. Tiempo suficiente, asumió.

Luego destruyó la placa de memoria del USB y arrancó la hoja del libro donde el coronel Dempsey había anotado la pista que lo había llevado a tan extrema situación. Se sintió satisfecho al ver que las llamas consumían las últimas letras de la traducción inglesa del manuscrito chino ancestral que debía haber llegado a sus manos un año atrás.

—¿Así que no vas a decirnos quién es Tzu?, ¿eh? —le volvió a gritar el agente mientras le asestaba un fuerte golpe en el estómago con un impulso agresivo de su pie.

Después de unos segundos de un dolor todavía más intenso, Roger Lance levantó la mirada y sonrió con incomodidad. El segundo agente que se había mantenido un poco alejado de la acción dio unos pasos en dirección al cuerpo tendido en el piso y le acercó el arma al rostro hasta que Roger pudo percibir el olor a pólvora que se escapaba por el orificio del silenciador.

A las seis de la tarde de ese mismo día, cientos de cárceles en diferentes partes de Estados Unidos abrían sus puertas automáticamente, generando la más grande fuga carcelaria de la historia de la humanidad. Si el agente Roger Lance hubiera vivido hasta el anochecer, hubiera sido testigo de las consecuencias de su ira. Hubiera sentido que la muerte del coronel Rodney Dempsey y de muchos otros inocentes estaba siendo vengada.

CAPÍTULO 22

Un motor de búsqueda en línea, como Google o Yahoo, funciona de formas que rayan en el secretismo en muchos aspectos. Sin embargo, el principio básico dice que, para el complejo sistema automatizado de organización web, es mucho más fácil reconocer como prioritaria y trascendente una página altamente visitada que una casi ignorada.

La cantidad de visitas al Blog de Damián y los millones de comentarios que generaba la habían ubicado a la cabeza de cualquier arrojo de resultados de búsqueda y prioridad en Internet. En situaciones normales, esto habría convertido a Juan en un millonario de la noche a la mañana, pero, tomando en cuenta lo anárquico del momento, nada parecía comportarse acorde con la lógica y el sentido común.

Muchos sistemas de conexión y servidores en el mundo empezaban a caer y las comunicaciones escaseaban debido a la falta de mantenimiento de centrales y antenas. El pueblo en sí jamás tuvo una comunicación fluida con el mundo, pero de todas formas esta se empezaba a sentir cuando la telefonía celular dejó de brindar servicio continuo.

Juan recorría el ciberespacio buscando nuevas noticias actuales. Todos los reportes del brote de una gran guerra en Asia y Medio Oriente eran contradictorios y la información seguía siendo desorganizada y errática, sin lograr arrojar novedades fidedignas al respecto. También sobresalía información sobre un levantamiento social en Estados Unidos y toma de Gobiernos y guerras civiles en varios lugares del mundo.

El joven había dejado hace varios días de leer los comentarios relacionados con el *blog* y había tratado de ignorar la cantidad de *e-mails* que reclamaban uno nuevo. Las publicaciones pararon el día en que empezaron a llegar amenazas bastante preocupantes para Damián mediante videos colgados en la red, por parte de extremistas, fanáticos religiosos y otros dementes de diferentes países.

El noveno fue el último *blog* publicado y Juan pretendía mantenerlo así. Había otras cosas de qué preocuparse por el momento. Se hablaba

de tropas militares que avanzaban a pie desde el norte. La suposición radicaba en escasos reportes traídos por forasteros que lograban llegar hasta el pueblo de paso, presuntamente escapando de las batallas en las ciudades principales. Todos describían episodios de luchas sangrientas por hacerse de plazas y almacenes. Los sembríos habían cambiado de manos al ser arrebatados de los militares por milicias improvisadas de reaccionarios comunes. En algunos casos con violencia sin precedentes, apoyadas por los sorpresivos cambios de bando en las filas y en otros casos por una cantidad de artimañas guerrilleras que encontraron terreno fértil para su aplicación en estas pequeñas batallas intempestivas.

El miedo se cernía sobre el pueblo. El miedo se cernía sobre el país. El miedo se había tomado el mundo. Juan reflexionaba en el hecho que los problemas atacaban independientemente a cada población o área; ellos, como pueblo, nunca tuvieron mucho, por lo tanto, se las habían arreglado con lo que la tierra les daba. Damián, después de todo, parecía tener mucha razón.

Juan y su madre tuvieron problemas con sus vecinos. La cantidad de insumos que podían comercializar era cada vez menor y se apoyaba en el almacenamiento que habían sabido coordinar. Sin embargo, varios alimentos dejaron de llegar de otros lugares y empezó a escasear todo. Varias personas llegaron a insinuar que su madre trataba de esconder alimentos para su propio beneficio.

Fueron días tensos que se pudieron aliviar momentáneamente gracias a un cargamento de papas procedente de un pueblo al sur que llegó en carretas, empujadas por sus propios cultivadores. Esta visión casi milagrosa del ingreso del alimento por las calles del pueblo mantuvo la armonía por escasos minutos, hasta que un grupo de personas se abalanzó sobre las carretas y sin más mediación agredió a los campesinos y les arrebató el alimento. Los pobres labradores tuvieron que ser atendidos varios días en el centro de salud. Lo que más había alarmado a su madre, según ella misma le comentó, no era que hubiese pasado algo así, sino más bien el hecho de que la gente no lo vea como algo incorrecto. Los agresores paseaban sin problemas por las calles minutos después del atraco. El resto de habitantes no se inmutó siquiera.

—Lo peor que le puede pasar a un grupo humano —le dijo su madre— es que empiecen a considerar normal un acto abominable.

Juan no olvidaba esas palabras que empezarían a marcar la pauta de los comportamientos y próximos acontecimientos de su antes calmado y pacífico pueblo.

En el mundo las cosas no mejoraban. Los países todavía reponiéndose de los golpes económicos trataban de minimizar el impacto de la pérdida de confianza en los sistemas. Las acusaciones iban y

venían por parte de varios grupos ideológicos que ganaban adeptos y extremismo con cada día que pasaba, valiéndose de Internet y medios directos. No faltaron los fanáticos religiosos que disparaban culpas en todas direcciones y responsabilizaban a tendencias, preferencias, modos de vida, razas y etnias del mal generalizado. El ser humano mostraba lo peor de sí.

Por fin Juan encontró noticias sobre lo que buscaba. En efecto, las naciones islámicas se organizaban en contra de Estados Unidos, pero no habían dado muestras registradas de materializar dicho ataque. Al parecer, las tropas desmotivadas de ambos bandos estaban más preocupadas por problemas bastante menos mundiales y más privados tales como sus familias, su alimento o su seguridad. El joven suspiró. Todo parecía una gran película de ficción que no mostraba fin.

De repente, entre las noticias que podía leer sobre la situación mundial, algo llamó su atención. A pesar de no saber inglés, pudo reconocer una consecución de palabras que tenían cierta familiaridad para él en medio de las noticias sobre los acontecimientos bélicos mundiales. Optó por traducir el contenido mediante la herramienta de su navegador y su asombro se acrecentó inconteniblemente. Según lo que podía entender, había gente, en distintos lugares, que clamaba la llegada inminente del fin del mundo y el arribo de un nuevo mesías. De acuerdo con los escritos que pudo encontrar, cada vez más abundantes, el nuevo salvador ya había llegado y se manifestaba: era nada más y nada menos que su primo Damián.

La impresión lo dejó perplejo. No podía creer lo que leía. Todo esto había llegado demasiado lejos, pero temía que era muy pronto para saber qué tanto. En seguida empezó a buscar información en la red sobre lo que acaba de leer. Comenzó por digitar en el buscador de Google el nombre: Damián. Todos los resultados fueron con relación al *blog* y sus repercusiones mundiales. Eso no le daba mucha información novedosa. Después optó por poner la palabra Damián seguida de la palabra apocalipsis. No podía creer lo que miraban sus ojos, era como si todos en el mundo se hubieran puesto de acuerdo sobre una idea tan disparatada. Ahora era imposible de detener. En este mundo virtual e invisible que Juan empezaba a conocer, a una afirmación equivocada le bastaba con repetida muchas veces para convertirse en verdad.

«(...) Estaba escrito en el apocalipsis. Damián *tenía que llegar. La profecía se ha cumplido (...)».*

«(...) Según el apocalipsis, *el número de la bestia 6-6-6 se refiere en realidad la sexta letra en los alfabetos semíticos arameo, hebreo y árabe:*

waw o nuestro equivalente W. Por eso no se lo retiró de los abecedarios de otros idiomas que casi no usan esta letra. ¡Damián sálvanos! (…)».

«(…) Apocalipsis 13:17 "… y que ninguno pudiese comprar ni vender, sino el que tuviese la marca o el nombre de la bestia, o el número de su nombre". Damián es parte de la bestia, está marcado (…)».

«(…) Damián nos está dando los nuevos mandamientos de vida. Las nuevas enseñanzas. Él es el verdadero renovador de la alianza. Apocalipsis lo nombra (…)».

«(…) Damián debe morir. Sus palabras insensatas ofenden a Dios. Este castigo que vivimos es por su culpa. Atrajo el apocalipsis. (…)».

«(…) Lo estamos interpretando todo mal. El Libro de las revelaciones (apocalipsis) se refiere a la revelación de la inmundicia humana de la que hemos sido testigos en los últimos meses. Damián nos cuenta (…)».

«(…) La cuarta profecía maya habla sobre un paro económico, político y social. ¡¿No se dan cuenta?! El mundo está llegando a su fin. A su apocalipsis. Ni Damián ni nadie nos va a salvar (…)».

«(…) Está escrito, estamos a 10 meses del fin del mundo. Del apocalipsis. Damián es solo uno más buscando protagonismo al hablar de algo que la civilización conoce desde hace siglos (…)».

«(…) El mundo está en un constante reciclaje. Los antiguos aztecas e incas lo descubrieron. Damián y su gente se adelantaron a ese proceso. (…)».

«(…) Las profecías de los indios hopi hablaron hace muchos años acerca de una red de araña que interconectaba el mundo. Según el Quinto Signo, de la mano de ella vendría el fin del cuarto mundo. Nuestro mundo. Damián lo está demostrando. La gente del mundo entero se está alterando gracias a la gran red y su uso (…)».

«(…) Damián ha devuelto la esperanza en un mañana. Probablemente ni siquiera exista. Pero su palabra ha bastado para sanarnos (…)».

Juan seguía absorto completamente hechizado en la lectura de estos y cientos de resultados que el buscador le arrojó. No podía entender cómo había tanta gente completamente convencida y abocada a puntos

de vista tan forzados. No le cabía duda del morbo y el afán del mundo entero por encontrar su consumación. Todos estaban tan ansiosos de vislumbrar el fin, de que llegara el apocalipsis, que lo habían marcado en su calendario con emoción desde el principio de los tiempos.

Del otro lado de la puerta de madera que protegía la entrada de la casa de Juan, dos docenas de pies se movilizaban desacompasados, levantando polvo y ruido a su paso. Un rumor tosco de hombres inoportunos rompía la tensa calma de las calles del pueblo. El bullicio llamó la atención del joven que inmediatamente se puso de pie sospechando lo peor. No tuvo tiempo de asegurar la puerta antes de ver cómo la misma se abría de par en par y con violencia, permitiendo el ingreso desatinado de un pequeño grupo de individuos desalineados y agresivos.

—¡¿Dónde está la comida?! —gritó uno de ellos mirando alrededor.

—No… no, no sé de qué me hablan. Aquí ya no queda nada.

La madre de Juan, asustada por el alboroto, salió al recibidor tratando de calmar los ánimos de los recién llegados.

—Por favor, aquí no queda ningún alimento desde hace días —dijo la mujer contrariada—. Todo lo que almacenamos ya lo repartimos en el pueblo.

—Entonces… ¿qué es lo que comen ustedes? —reclamó otro mientras los demás empezaron a revisar entre las cajas vacías que quedaban como recuerdo de un negocio abarrotado y provechoso.

—Maíz, papa, yuca… Nada más. No pasamos menos hambre que ustedes.

—Nos dijeron que ustedes esconden comida, que se la trae alguien —gritó el primero de los hombres—. ¡¿Quién les trae la yuca?! ¡¿Quién les trae la comida?!

La mujer miró a su hijo tratando de sellar el tácito compromiso de no revelar absolutamente nada. Su hijo desvió la mirada y respondió altivo.

—Un forastero que vino hace más de una semana trajo lo último de yuca que tenemos. No sabemos quién es ni si volverá. La intercambiamos por agua hervida y resguardo de la lluvia.

Los hombres se miraron, dudaron un poco, pero se dieron por satisfechos con la explicación. Uno de ellos seguía destruyendo con frustración una caja vacía que alguna vez guardó frutas o vegetales.

—¡Si vuelve ese forastero, nos tienes que avisar! ¿Queda claro? —dijo el hombre más grande enseñando un garrote que sostenía en su mano, acentuando con un gesto su amenaza disfrazada de petición.

—Sí, descuide —dijo la mujer.

Cuando el intercambio de frases terminó y los hombres salieron

maldiciendo, el lugar quedó prácticamente destruido y una lágrima de miedo cayó apresurada por la mejilla de la madre. Juan se acercó a ella y la abrazó tratando de acallar su llanto. La impresión los había afectado a ambos, pero sobre todo, dejó a Juan la posibilidad de poner en práctica, consolando a su madre, su rol de hombre de la casa.

—¿Cuándo va a volver? —preguntó la mujer en voz baja, una vez que dejó de sollozar.

—No lo sé, pero él sabe que no lo puede hacer a la luz del día. Tal vez mañana.

—Ojalá que así sea, ya casi no tenemos qué comer.

—Sí, mamá. No pierdas la esperanza. Vendrá.

—Qué paradójico —le dijo la madre meditándolo un poco—, yo que siempre pensé que era él quien más nos necesitaba. ¿Quién iba a pensar que íbamos a estar tan pendientes de su regreso?

—Tranquila, mamá. Ten fe, seguro pronto volverá.

CAPÍTULO 23

La mañana llegó como una fracción indefinible que duró un segundo de inconciencia pero varias horas de espera nocturna. Los ojos habían reiterado el acto casi mágico de desaparecer el tiempo tan solo con un pestañeo, un guiño coordinado, un instante de descuido. Un negro absoluto que envolvía la mente, el mundo, todo.

La visión fue el último de sus sentidos que abandonó el largo sueño de sensación instantánea. Antes de despegar los párpados, ya sus oídos habían registrado el silencio, su piel había sentido el vacío a su lado, su mente ya había reparado en el abandono de su cuerpo sobre el perímetro de la cama. De a poco quiso recuperar recuerdos, rememorar acontecimientos, repetir momentos en su cerebro confundido. No pudo. Solo tenía el registro incompleto de las últimas acciones coherentes, mas no palabras ni frases ni ideas. Un tumulto de imágenes que se veían familiares sin ser definidas.

Su cuello movió la cabeza, su cabeza arrastró los ojos, los ojos buscaron en ambas direcciones. Nada. Se había ido. Lo sabía, lo sentía. Escuchaba a la casa entera gritándole soledad. Percibía que el espacio se había ensanchado. Las paredes se habían alejado, el piso se había hundido. Una tristeza incomprensible atacó su ánimo. Un extraño sentimiento de culpa golpeó su paz. Una melancolía profunda derrumbó su equilibrio. Una lágrima resbaló por su rostro, dejando un rastro invisible como gota de sangre, paseando indecisa, gravitando descuidada con destino incierto.

Se incorporó tratando de excusar la sensación de agobio. Miró a su alrededor aferrándose aún a una esperanza vana. No necesitó explorar el resto de la casa, le bastó repasar la habitación con un movimiento fugaz para una conclusión evidente. Sus cosas no estaban, sus palabras no estaban, su presencia ya no abrigaba el lugar.

Marco se había marchado.

Se levantó lentamente de la cama y dio los primeros pasos

todavía temerosa de su coordinación. Era la primera vez que probaba una dosis tan grande del polvo verde y no sabía qué esperar. Sin embargo, para su sorpresa, todo avanzaba mejor que nunca. Se sentía despejada y atenta. No experimentaba ninguna incomodidad física. Atravesó el umbral del dormitorio y un viento fresco le recordó su desnudez. Caminó descalza y ligera traspasando la sala hacia el comedor. Nunca lo había visto tan desolado. Nunca lo había sentido tan ajeno. Se descubrió a sí misma con la mirada perdida en dirección a la chimenea carbonizada y fría. Se sentó un momento y recogió sus piernas. Abrazó sus muslos dejando caer la quijada sobre las rodillas flexionadas. Se quedó así por varios minutos, cuestionando sus propias reacciones, reprochándose sensaciones tan contradictorias.

De repente, como despertando de un letargo absorbente, se puso de pie en un solo movimiento. Repasó su rostro con las palmas de sus manos y acomodó su cabello hacia atrás. Las acciones físicas traducían su intención, reflejaban su postura interior. Sentía que era hora de retomar el mando, encaminar el paso, encauzar esfuerzos. No había llegado tan lejos para detenerse, no había avanzado tanto para retroceder. Debía actuar mientras podía, mientras las ideas se mantuvieran despiertas y el cuerpo fuerte. Contaba con toda la información que precisaba, archivaba en su mente razones y verdades como combustible y fuego para impulsar su voluntad. Aprendió, conforme indagaba a su huésped, que después de todo lo escuchado de boca del Emisario no podría ver con los mismos ojos la aldea, su gente y el mundo. Sabía que las palabras de Marco habían sido una puerta sin retorno que dejaba atrás una vida incompleta e inconforme. Una puerta que debía cerrarse para continuar avanzando hacia un futuro distinto, nuevo y libre.

Entró a su habitación y acomodó una muda de ropa acorde con sus planes. Un pantalón ancho, una blusa tosca, los zapatos reforzados que usaba para explorar el bosque en busca de las plantas necesarias para el extracto verde. Se recogió el cabello con un lazo de tela y se ajustó un cinturón que le podía servir también de soga. Se sentía poco femenina, pero mucho más lista para lo que podría venir. No tenía una idea clara de lo que le esperaba, pero sus instintos le decían que tenía lo necesario.

Marco caminaba en dirección sur, tratando de seguir un casi invisible sendero ancestral. Sus pasos eran decididos y presurosos. Acentuaban las huellas de sus zapatos en la tierra todavía húmeda y moldeable. La vegetación iba poco a poco haciéndose más espesa. Los sonidos apacibles se habían convertido en un murmullo constante de persistencia infinita, casi insoportable. De repente se detuvo por unos segundos. El camino trazado hace más de un siglo estaba completamente

escondido tras la maleza agreste, apenas se podía distinguir la guía en el piso. Parecía que la selva se quisiese tragar el pasaje y embarrarlo de espesuras.

Retrocedió unos pasos y volvió a encontrar el sendero. Se puso de frente a la maraña de arbustos que lo escondían, se calzó los guantes y sacó una pequeña bolsa de cuero de su bolso tejido. Sacudió un poco el contenido y vació un puñado de un polvo blanco sobre la palma de su mano. En un movimiento calculado y casi elegante, se ocupó de esparcir el polvo sobre la vegetación. Después sacó una pequeña botella de vidrio sellada con un corcho. La destapó y dejó volar unas cuantas gotas de agua cristalina en la misma dirección que había viajado el polvo segundos atrás. De inmediato el compuesto emprendió su ataque y las plantas empezaron a pigmentarse de un blanco plagado, quemando desde el núcleo hacia la corteza todas sus membranas: atacando tallo, hojas, ramas y raíz. En segundos el árbol que fue amo y señor del espacio y el paisaje se había disuelto rendido al mero tacto del compuesto. A Marco solo le bastó retomar su camino pisando las ramas muertas y pálidas para terminar de pulverizar el otrora gigantesco e imponente matorral y dejar tras de sí una marca de muerte vegetal y un delineado sendero para futuros emisarios.

Magda se quedó de pie mirando desde la puerta de entrada la que había sido su casa por tantos años. Recorrió los rincones con una mirada nostálgica. En esa misma casa vivió momentos de exaltante alegría y profunda tristeza. En esa casa había visualizado su vejez, mientras construía lo que pensaba que era su hogar junto al hombre que planeaba mantener a su lado siempre. Allí aprendió lo que era el sufrimiento y logró también, en parte consciente y en parte inconsciente, entregar dolor. Según comprendía bien, todos dan lo que reciben, tal como el sentimiento de amor nace del amor recibido, así también, estaba segura, que solo quien había sentido crueldad era capaz de infligirla.

Durante unos segundos más miró la cocina. Observó sus herramientas de trabajo, sus instrumentos de vocación, sus armas de lucha diaria. Sabía que iba a extrañarlos, sabía que le iban a faltar alguna vez. Había disfrutado cada uno de los platos preparados, cada una de las atenciones brindadas, cada día de esmero y dedicación para mejorar y aprender. Había conservado la tradición familiar, ejerciendo el oficio común. Pero fuera de sentirlo una imposición, lo veía como una opción de vida que había logrado hacerla feliz, que le permitió conocerse, explorarse y disfrutarse. De las cosas que dejaba atrás, tal vez era eso lo que más le costaba. Golpeó con delicadeza su cabeza contra la puerta, mientras cerraba los ojos y repasaba una infinidad de recuerdos que estaba a punto

de dejar. Luego sonrió satisfecha y dispuesta. Siempre consideró este lugar como su casa, pero desde que Jonás se fue, dejó de ser su hogar. Ahora estaba a punto de emprender una jornada incierta y larga, renunciando a su vivienda para poder reencontrar lo que perdió con su partida.

Abrió la puerta aprovechando el arrojo de decisión que la reconfortaba. El día apacible le iluminó el rostro y le anticipó un trayecto menos penoso. Trató de apurar el paso a sabiendas de que había perdido horas de luz. Según lo que el Emisario le dijo, le esperaba un día entero de camino hasta la frontera. Era hora de comprobar si la información recopilada en los días pasados le serviría para reunirse con Jonás. Era la hora de la verdad.

Marco caminaba con facilidad. No encontró grandes obstáculos en el camino que limpiaba y delineaba con sus pisadas. Varios metros más adelante encontró un claro. Estaba en la dirección adecuada. Lo decía el color blanco del piso, la ubicación del sol y los arroyuelos limpios que encontraba cada cierta distancia. Se sentó un momento a reponer fuerzas y el pensamiento persistente e inoportuno que había tratado de obviar durante todo el recorrido volvió a apoderarse de su mente. Era como si, en lugar de alejarse, intentara caminar en sentido opuesto a una idea, una sensación, un recuerdo. El sentimiento era similar a un abandono, a un vacío profundo, a una ausencia completa. Era como si estuviese dejándose íntegro, y solo su cuerpo material recorriera ese camino atravesando la selva. Solo su piel, músculos, huesos, cartílagos, órganos y venas; sin mente, sin razón.

Se arrodilló frente al riachuelo y se inclinó hasta casi tocarlo. Sus labios rozaron el agua fresca y el tacto gélido se esparció y lo enfrió por completo. Se refrescó hasta la saciedad y mojó su cara. Deseaba profundamente que el agua pudiese lavar también sus pensamientos. El sol estaba en lo más alto del cielo, pero las nubes lo protegían con un velo delicado. El cansancio se estaba asentando, pero él prefería continuar su camino, no detenerse ahora. Le había costado mucho abandonar la última Aldea, abandonar a Magda, dejar que se perdiera sin ayudarla a definir su camino.

Un repentino viso de culpa lo invadió. Él conocía perfectamente la palabra, dominaba la idea, manejaba a su antojo la reflexión, refutaba con elegancia y acierto, discutía con intransigencia mas con tacto. No se explicaba por qué no pudo aplicar sus técnicas, tácticas y estrategias, tantas veces en el pasado ejercidas, para convencerla de que irse era una locura, que seguir a un pobre infeliz que la había dejado era una insensatez, que sus sueños no tenían una coherencia, que sus planes no tenían lógica. No podía entender todavía qué era lo que le había

impedido disuadirla, lo que había obstaculizado su seducción, lo que había ahuyentado su efectividad y astucia de verbo, obra y omisión. Con Magda se sentía desarmado, irreflexivo. Falto de poder de convencimiento y dirección. Torpe, débil, entregado. Pero, ante todo y sobre todo, feliz. Incomprensiblemente feliz.

Ahora que había tomado el camino, solo, entendía que sus destinos se habían separado. Que sus miradas no se iban a volver a encontrar jamás. Que esa extraña sensación de emoción ilógica no se volvería a repetir en las mañanas. Que la sonrisa que se instaló en su rostro se convertiría en una arruga deshecha y abandonada. Se puso de pie. Debía resignarse y avanzar. Con toda una vida de práctica, como siempre había aprendido a hacer.

Acarició un pedazo de papel que por cobardía se coló en su bolso, que se fue con él hacia la frontera. Un papel donde escribió lo que realmente añoraba y que, durante el tiempo que duró el trazo de su mano, era lo que estaba dispuesto a hacer. Un papel que no se quedó esperándola en la mañana, un papel que ya no la iba a recibir en la cocina cuando ella despertase buscándolo, una hoja que no iba a explicar todo en tres sílabas armónicas.

Lo miró con tristeza, como mirando un espejo de su cobardía. Lo arrugó y lo tiró en el arroyuelo. El agua deshizo la tinta lacrimosa y escurrida. Al cabo de unos segundos, casi no se podía leer la palabra que la mujer jamás leería. Marco se alejó sin mirar atrás, sin releer lo que no se arriesgó a dejar: *«Volveré»*.

CAPÍTULO 24

La calle desértica mostraba una imagen sobrecogedora. Un grupo de perros hambrientos paseaban anhelantes, rebuscando esperanzados la basura abandonada. Una fogata improvisada se mantenía flameante como un faro que definía la frontera imaginaria entre norte y sur, dos bandos esperando un ataque o una provocación. Dos grupos humanos con miedo, hambre y confusión.

—Sophie, ¡cierra la cortina! —le reprendió su madre—, ¡ve a tu habitación! No me gusta que estés por aquí a estas horas.

—Es que tengo miedo mami.

—No hay que temer, mi preciosa. Todo está bien —dijo Helen regalándole una sonrisa a su hija de seis años—. Ahora ve a acostarte, pronto iré a darte un besito de buenas noches. Pero tienes que estar dormida. ¿OK?

La niña se encaminó a su habitación guiada por el leve destello de una lámpara en el corredor. A medio camino y como último recurso se detuvo y dio media vuelta mostrando su mejor y más encantadora sonrisa, esperando tramitar un salvoconducto paternal para mantenerse en el área por más tiempo, pero antes de que pudiera convencer a su padre con su mirada infalible, la voz de Helen volvió a sonar, esta vez más determinada.

—¡A dormir!

Howard levantó los hombros en señal de conformismo, acompañado de un guiño dulce para su hija, dejándole claro que, por más que quería, no podía hacer nada. El toque de queda era inapelable en casa. Sophie caminó derrotada y resignada el tramo que le faltaba para su dormitorio.

—Dios, cuida a mi mamá, a mi papá, a mis amiguitos de la escuela y cuida sobre todo al hijo de Martha que acaba de nacer... ¡Mamá! ¡¿Cómo se llama el bebé de Martha?! —gritó la niña.

—Mathew... y ¡ya duérmete! —gritó Helen desde la sala.

—Cuida al bebé Mathew y a mi oso y a mis muñecas. Al perrito

que pronto voy a tener, cuídalo también...

Las oraciones de la niña eran cada vez más ininteligibles. Un pequeño oso de felpa marrón hacía las veces de almohada y compañero, mientras la niña cerraba los ojos abatida por el cansancio y el silencio reinante. Completamente ajena a las tribulaciones de su familia y su ciudad.

—Creo que lo tengo —señaló el hombre levantando apenas una mirada emocionada para su esposa.

—Bien —le dijo Helen acercándose a la mesa.

—Mira. Si todo sale bien, podemos continuar en tren hasta acá —explicaba Howard marcando los puntos sobre el mapa—. Tenemos un contacto y un punto de encuentro en Ciudad de México, pero vamos a tratar de avanzar sin detenernos. Los reportes no son muy alentadores.

Helen suspiró poniendo una mano sobre el hombro de su esposo. La idea le aterraba. Sabía que no iba a ser un trayecto fácil y el desconocimiento casi total de lo que les esperaba en tan compleja travesía la intranquilizaba. Sus únicos datos venían de contactos que no conocían o reportes que encontraban en Internet, cada vez más difusos, menos precisos y más escasos.

—Helen, todo va a salir bien —aseguró el hombre leyendo la preocupación en los ojos de su esposa—. Estamos haciendo lo correcto. Vamos a llegar, vas a ver. Estamos con Dios, él nos cuida y nos protege.

—Amén —dijo la mujer sin tanta convicción—. De todas formas no nos quedan muchas opciones.

—Sí, querida, tú escuchaste a Bill, esta va a ser la peor temporada de huracanes de la historia, ya casi no tenemos comida, no podemos siquiera salir a la calle. No nos queda mucho aquí tampoco.

—Sí, lo sé. Pero tengo miedo, eso es todo. No me pidas fortaleza con tantas imprecisiones. Además. Nosotros podemos, no lo dudo. Pero, ¿Sophie? Es tan solo una niña. No sé si...

Dos golpes seguidos interrumpieron la conversación y alertaron a la pareja. Howard llevó su mano a la escopeta que descansaba tras el sofá. La empuñó mientras su esposa, en un movimiento varias veces repetido y planeado, se ubicó en la boca del corredor con su cuerpo protegiendo el dormitorio de su hija.

—¡¿Quién?! —reclamó el hombre acercándose a la entrada.

—Soy yo, Bill. Vengo con Dorian —anunció una voz del otro lado de la puerta.

Howard retiró el madero que aseguraba el portón y procedió a abrir los seguros para permitir el ingreso. Optó por no soltar la escopeta hasta ver a sus amigos efectivamente en el umbral.

—Adelante.

Los dos hombres ingresaron haciendo una pequeña venia a manera de saludo a Helen que se mantenía en el borde del corredor expectante. Lucían un poco preocupados y ansiosos portadores de noticias. Dorian, el más joven, se retiró la gorra y saludó amable.

—Buenas noches, señora, con su permiso.

—Buenas noches —respondió Helen sonriendo a los recién llegados.

—Tomen asiento —pidió Howard.

—No podemos, no tenemos tiempo, creo que la hora ha llegado —dijo Bill ansioso.

—¡¿Qué?! —preguntó incrédulo Howard—. Todavía no tenemos el plan listo, no tenemos las vías, los suministros, nada... no podemos irnos así sin coordinarlo. ¿Qué ha pasado?

—Acabamos de recibir noticias de Austin. Ya no tienen luz eléctrica. Las muestras de agua respondieron positivo en grado de contaminación —empezó Dorian.

—Así que... ¿seguimos nosotros? —cuestionó Helen tratando de cortar el dramatismo de las novedades.

—¡No podemos esperar aquí hasta saber lo que va a pasar, Helen! Las incursiones cada vez son más violentas. Debemos proteger a nuestras familias. Estamos sitiados —completó Bill secando el sudor de su frente—. Hoy explotó otro pozo de extracción a menos de dos millas. Los militares ya ni siquiera están dialogando. La situación es insostenible. Se nos acaba el tiempo.

—¿Y en el norte? ¿Tenemos noticias? —preguntó preocupado Howard.

—Las mismas que tú puedes encontrar, informales, difíciles de comprobar. Pero parece que cada ciudad libra su propia batalla. Cuando llegaron los militares a Houston reportaron que llevaban ayuda, pero después, las publicaciones en línea de la gente aseguraban que no llevaron nada, solo fueron para tomar las bases y los pozos cercanos. Los reportes hablan de miles de muertos. ¿Qué más necesitamos? ¿Qué lleguen aquí también y toquen a nuestra puerta?

—Pensé que en Houston había sido una explosión accidental —cuestionó Helen.

—¿Accidental como las torres gemelas? ¿Como el vaciado de las cuentas? ¿Como la fuga de los reos? —preguntó molesto Dorian.

—Bueno Howard —resumió Bill tratando de hacer notar que era con él con quien quería hablar—, hemos venido a notificarles, como a los otros. No es una obligación venir. Salimos al amanecer. Yo no pienso esperar aquí hasta saber cómo acaba todo esto. Hasta ahora esperar ha sido una mala idea.

Helen intercambió una mirada con Bill y se retiró hacia los dormitorios, dejando a los hombres despidiéndose.

—Bill —dijo Howard bajando un poco la voz—, tú sabes que no estamos listos. Es un viaje largo. Ni siquiera tenemos las coordenadas...

—La locación está confirmada —interrumpió Dorian con displicencia. Howard lo miró y sin refutarlo siguió con su explicación.

—¿No podríamos esperar un poco? ¿Por lo menos hasta tener más definida la ruta?

—No Howard, ya nadie quiere esperar. La gente está ansiosa, intranquila. ¿Ustedes tienen comida? —Howard negó con la cabeza—. Bueno, pues nosotros tampoco. Cuando el hambre pica la rama, el ave debe levantar vuelo.

—Amén —dijo Dorian mecánicamente. Howard lo miró y le regaló una mueca displicente para volver a concentrar su atención en Bill.

—¿Cómo sabemos siquiera si nos recibirá? ¿Cómo saber si no nos faltará nada al llegar? Es una apuesta arriesgada, tienes que aceptarlo.

—Howard, te voy a responder como amigo y como pastor. Como amigo te digo que sí, es arriesgada, pero quedarnos lo es más aún. Como pastor solo te puedo responder lo que ya sabes, debemos emprender el camino confiando en Dios. Él guiará a su pueblo, él nos mostrará el camino.

Howard esperó otro «amén» por parte de Dorian, que nunca llegó. Suspiró con severidad y asentó con la cabeza a manera de respuesta. Bill sonrió y lo sostuvo por unos segundos de los hombros, despidiéndose.

—Mañana nos encontraremos en el punto a las 5 a.m. Los buses están listos. Definiremos la ruta en el camino —señaló mirando el mapa que estaba desplegado sobre la mesa—. Espero verlos ahí.

—Sí Bill, yo también.

—Buenas noches —se despidió Dorian y se colocó la gorra.

Howard los vio alejarse por el corredor que daba a la calle. Un pequeño escalofrío le recorrió el cuerpo, sintió un miedo repentino que lo hizo estremecer. Al cerrar la puerta su esposa estaba otra vez de pie en el umbral. Howard la miró y le habló tratando de apaciguar el momento.

—Creo que debes ser un poco más paciente. Ellos no tienen malas intenciones.

—¿Paciente? Howard, este no es un tema de paciencia. Salir mañana es una locura y tú lo sabes. No sé qué ganamos siguiéndoles el juego.

—Helen —le dijo con la voz más conciliadora que encontró—, ¿qué ganamos quedándonos? Nos quedaríamos solos. ¿Qué tal que tengan razón? ¿Qué tal que el ejército venga a sacarnos de nuestras casas? A

nadie le importa ya resguardar los pozos de petróleo. Es un tema de supervivencia.

—¿Que tenga razón? Pero si Bill ha cambiado su discurso cuatro veces en menos de un mes. Él cree que es Moisés guiando judíos a la tierra prometida, pero el asunto no es tan sencillo y tú lo sabes.

Howard guardó silencio por unos segundos para que su esposa pudiera terminar su punto y calmarse un poco.

—En los *blogs* se nota claramente que este Damián no quiere saber nada de otros, están aislados por su propio interés. ¿Cómo vamos a encontrarlo?

—Tenemos la ubicación, rastrearon el pueblo de donde se publicaron los *blogs* por la dirección IP de la computadora.

—¿Y se supone que vamos a aparecérnosle diciéndole «hola, estamos aquí, haz espacio para 200 personas»?

—Por favor, Helen, tengamos un poco de fe.

—¡Pero si él mismo dijo que no era precisamente la «fe» lo que lo motivaba! Estamos contradiciéndonos Howard.

—Helen —dijo Howard tratando de evitar una discusión—, todos podemos tener razones diferentes para irnos. Pero lo que no difiere es que todos las tenemos. Y muy poderosas. El que haya un lugar esperándonos o no, o exista un personaje sugiriendo algo distinto es solo una excusa, una meta. No sabemos qué nos espera, pero la incertidumbre disfrazada de esperanza es, en este caso, mucho mejor que la tragedia disfrazada de calma.

—Estás hablando como Bill.

—No, te estoy hablando como tu esposo. Tú sabes perfectamente lo que opino de Bill.

—Es un oportunista. ¡Tú mismo notaste cómo cambiaba su discurso adaptándolo a cada nuevo *blog*!

—Es un oportunista, lo sé, pero en este caso, por favor, pensemos un poco. No viajar puede ser un error muy grave. Estaríamos a expensas de quedarnos sin luz, sin agua, sin comida, sin apoyo. La gente de todo el país está muriendo de hambre, se están matando y, por más buena voluntad que tenga el Gobierno, también tiene que defenderse de los ataques. Estamos en guerra, eso lo cambia todo.

—El Gobierno no tiene el menor interés de ayudarnos. Eso no lo tengo que leer en ningún lado.

—Además, tú misma te inclinaste por buscar a Damián cuando empezamos a leer el *blog*. Tú sentiste lo que todo sentimos. Aquí ya no queda nada para nosotros. Todo se derrumba y no podemos arriesgarnos a quedar bajo los escombros cuando eso pase.

Helen parecía aceptar los razonamientos de su esposo. Descruzó

los brazos y se dejo abrazar. Eso la tranquilizó un poco y pudo calmar sus ánimos bastante exaltados.

—No estamos listos, eso lo sé —le dijo casi al oído Howard—. Pero estamos juntos y eso es más que suficiente.

Diez minutos antes de las cinco de la mañana, una flotilla de seis buses escolares color amarillo estaban cargados y listos esperando en la explanada de estacionamiento de la que alguna vez fue la escuela del barrio. Dentro de los vehículos, niños y mujeres se organizaban y acomodaban en los que iban a ser sus lugares asignados para el viaje. Todos trataban de mantener la compostura, pero la vivacidad de los infantes no permitía una tranquilidad duradera. Un bullicio constante, cargado de risas y juegos, inundaba la atmósfera de cada uno de los vehículos, haciendo olvidar un poco la gravedad de la situación. Un grupo de hombres se ponía de acuerdo sobre las primeras rutas a seguir y repasaba el plan establecido. Howard explicaba su propuesta.

—Tenemos aproximadamente 60 galones de combustible en cada tanque, a razón de 10 millas por galón, manteniendo una velocidad constante, podríamos llegar sin problemas a la estación de Piedras Negras, en la frontera.

—¿Si por algo no nos espera nuestro contacto y no tenemos el tren? —preguntó un hombre mayor que escuchaba atento.

—En realidad —respondió Howard mostrando el camino sobre el mapa estirado en el piso— planeamos tomar caminos segundarios donde existen más de 50 estaciones de gasolina y diésel abandonadas. Intentaremos ir llenando los tanques por si necesitáramos llegar más lejos en los buses.

El hombre mayor murmuró algo que causó un comentario general sobre el alto riesgo de la empresa.

—Vamos a viajar por caminos desérticos con niños y mujeres. Me parece arriesgado separarnos tanto de las vías más pobladas —reclamó otro resumiendo la duda casi general.

—Sí —aseveró Howard—, pero en las vías más concurridas, sobre todo en territorio americano, te puedo casi asegurar que no habrá ni una gota de combustible. A ningún precio.

—Además —completó otro—, esas vías ahora están repletas de asaltantes y milicias locales, esperando cualquier paso para robar, creo que Howard tiene un buen punto.
Los hombres asintieron y prestaron atención al resto del plan.

—Ahora bien —retomó Howard—, si por alguna razón el tren no estuviese o no funcionase, tenemos otras estaciones cercanas en las que podríamos negociar nuestro viaje. Debemos correr el riesgo.

—El tren que vamos a tratar de usar es conocido como «La Bestia» o «El Tren de la Muerte». ¿Estamos seguros de que es la mejor opción? —preguntó otro hombre acercándose un poco.

—Lo es —dijo Howard que se empezaba a sentir atrapado con la cantidad de preguntas—, tenemos noticias de que los trenes están funcionando y, en este caso, hacia el sur no tenemos otro tipo de transporte que funcione.

—Adelante —señaló Bill—, continúa por favor.

Las palabras de Bill dieron un poco más de tranquilidad a la conversación y en cierta medida ayudaron a Howard a convencerse del plan que él mismo había trazado, pero que no lo tenía completamente tranquilo.

—Atravesaremos en tren todo este trayecto de casi 1 700 kilómetros hasta Manzanillo, al sur de Guadalajara. En un trayecto de aproximadamente 20 horas.

Un murmullo general se volvió a levantar. Esta vez un poco más airado que el anterior. Howard había desistido de continuar con la segunda parte de la ruta por miedo a más reproches y dudas de parte de sus compañeros de viaje. Bill reconoció la inquietud generalizada y trató de aplacar los ánimos.

—Amigos —empezó con voz calmada y conciliadora—, no desesperemos. Tenemos la comida calculada para 10 días de viaje. No deberíamos tener mayores complicaciones hasta llegar a la costa. Ahí otro de nuestros hermanos nos esperará y podremos continuar con nuestro desplazamiento. Es importante mantenernos tranquilos y confiados. Dios nos ha guiado hasta aquí, él no nos abandonará ahora.

Las palabras del pastor no aplacaron las dudas, pero por lo menos tranquilizaron un poco a los hombres pendientes del final de la explicación. Howard retomó su discurso con un poco más de premura. La madrugada estaba empezando a clarear y eso le preocupaba. Debían salir de la ciudad en la oscuridad para no arriesgarse a ser seguidos u hostigados.

—Una vez en la costa del Pacífico, nos encontraremos con Diana y Dean. Ellos nos esperan con dos veleros listos para embarcar que nos permitirán descender por aguas calmas hasta Sudamérica. En la costa tenemos también un contacto adicional con una bodega de provisiones. Además, debemos recordar que recorremos las tierras más fértiles de todo el continente y viajaremos, a partir de ese punto, por mar. Seguro no nos faltarán soluciones para alimentarnos.

—¿Qué pasará cuando toquemos tierra? —preguntó uno de los hombres que no había opinado nada durante toda la reunión.

—Ahí tendremos que buscar la forma de llegar a nuestro destino.

No hemos podido corroborar absolutamente nada, solo tenemos mapas y posibles contactos. Nada confirmado.

Un último murmullo arrancó la poca paciencia con la que Howard había empezado el día. Los hombres parecían no estar de acuerdo casi con ninguna de las sugerencias que preparó. Él, por su parte, estaba tranquilo porque había hecho un arduo trabajo de investigación para lograr completar la ruta. En los buses la situación había tenido que ser controlada con grito materno y reprimenda de por medio. Los alaridos infantiles alteraban los nervios de las madres y abuelas que trataban de tranquilizar la espera. La ansiedad estaba apoderándose de Helen que, desde su ventana, veía cómo su esposo gesticulaba y exponía la sugerencia de recorrido en la que había trabajado por meses.

—Esa es la ruta —dijo Bill levantando un poco la voz para imponerse sobre los comentarios encontrados que se alzaban en crecimiento—, seguro la podremos adaptar, como seres inteligentes que somos, a las necesidades del camino. Mientras tanto eso es lo que tenemos y es necesario que antes de subir a estos buses estemos convencidos de que vamos a lograrlo. Si no es así, es mejor que no vayamos.

Los hombres se miraron unos a otros, era obvio que no podían proponer otra opción de ruta o un mejor plan. Ninguno de estos seres asustados y preocupados tenía la valentía que tuvo Howard para proponer un trayecto de más de 4 000 kilómetros inciertos y peligrosos con tal efectividad. No cabía duda de que nadie iba a quedarse atrás y abandonar la posibilidad de llegar a un lugar más seguro y menos convulsionado, mientras de paso, buscaban la paz y la limpieza de sus almas.

Estas ideas recorrieron sus mentes adormecidas por los acontecimientos. Estas reflexiones envolvieron su voluntad disminuida y abreviada por la incertidumbre. Esta realidad iluminó la oscuridad de sus vacilaciones para motivarlos sea por la falta de opciones o por una esperanza necesaria, casi obligatoria. El grupo de hombres repasó los detalles, señales, trayecto y posibles eventos fortuitos. Se miraron tratando de transmitirse seguridad y se dirigieron a sus respectivos buses, donde sus familias esperaban ansiosos.

—¿Qué fue eso? —preguntó Helen intranquila.

—Nada. No tuvimos tiempo de revisar esto antes, así que discutíamos el itinerario —respondió Howard tratando de calmarla.

—Pero, ¿hay consenso?, ¿todos están de acuerdo?

—Sí, querida, hay consenso. Nos espera un camino largo y es mejor que lo haya, por el bien del recorrido y la tranquilidad de todos.

La mujer suspiró con nerviosismo. Después de unos segundos miró a su esposo y le regaló una sonrisa iluminada, mientras él encendía

el motor del bus.

—Yo confío en ti, Howard. Sé que todo estará bien. Estamos juntos, ¿cierto?

—Sí —le dijo sonriendo—, siempre juntos.

La mujer besó a su esposo en la mejilla tratando de contagiarle el buen ánimo que parecía haber perdido en la reunión. Él respondió con una caricia larga por la cabellera rubia de su esposa. La miró de nuevo, ahora con mejor semblante, y pensó en su hermosura y lo afortunado que era al tenerla consigo. Esa mujer fuerte e inteligente, pensó, no se había conformado con acompañarlo, apoyarlo y hacerlo feliz. También le había dado el mejor regalo que jamás había recibido: su hija.

—¿Cómo está Sophie? —preguntó mirando a los niños por el espejo retrovisor.

—Bien, ella cree que vamos de paseo. Está desesperada por salir y empezar a ver cosas nuevas —contestó la mujer mirando a su hija reír con otra niña sentada junto a ella.

—Hay que mantenerla así. Feliz, motivada. Ella no tiene la culpa de que este mundo se haya vuelto loco, sin darle siquiera una oportunidad de cambiarlo.

—No la tiene —contestó la mujer a la reflexión de Howard que la miró a los ojos con una determinación más ferviente que nunca.

—Por eso hacemos este viaje, Helen; esa es la razón de todo este riesgo y esta locura. Esto lo hacemos para encontrar un lugar donde Sophie pueda volver a vivir en paz, feliz y despreocupada. Un lugar coherente y sano. Una oportunidad sin contaminantes, sin rencores, sin trabas. Hacemos esto para ofrecerle a Sophie, nuestra Sophie, la posibilidad de hacer las cosas bien.

Un tibio sol empezó a flotar alzándose lentamente por el horizonte, iluminando los rostros de hombres, mujeres y niños que lo miraban llenos de incertidumbre y esperanzas. La oscuridad era desterrada poco a poco del paisaje, dejando solo una estela azul oscura todavía aferrada hacia el poniente.

Apenas empezaba la travesía cuando un extraño y por el momento indescriptible acontecimiento preocupó a los viajantes que miraron inquietos por su ventanas. Una lejana explosión se vislumbró con claridad en dirección a la costa. Aparentemente otro pozo petrolero había explotado expulsando una llamarada que arañaba el cielo como un volcán irrefrenable. Un grito de sorpresa se generalizó, mientras los conductores trataban de mantener la distancia y la velocidad acordada en la caravana.

En el primer asiento del segundo bus, Bill sonreía satisfecho mientras miraba la flama incandescente pintar el cielo de la mañana.

Caos

Después de esto, ya no habría quién cuestionase la certeza de su decisión. Era la señal divina que esperaba para no dejar dudas sobre el momento oportuno que había escogido para el éxodo de su pueblo.

CAPÍTULO 25

Tal como dictamina la teoría sobre el caos, hechos aislados y tentativamente inconexos pueden generar repercusiones posteriores de magnitudes impredecibles y en muchos casos calamitosas. Es así cómo muchos de los acontecimientos más impactantes ocurridos en los primeros meses del año se gestaron a raíz y en respuesta de otros bastante menos notorios y aparentemente menos preocupantes.

Por encima de la trascendencia de las ideas de Damián que llevaron a la reflexión y al replanteamiento de acciones y decisiones de vida a millones de personas alrededor el mundo, más incisivos e incendiarios fueron los comentarios y acotaciones generadas en réplica y observación a los escritos originales. A partir de estos se generó todo tipo de acusaciones y aseveraciones, revelaciones y querellas que pusieron en entredicho a Gobiernos, religiones e instituciones.

De igual manera, la diseminación de la pandemia informática generada en suelo ruso atacando los millones de reportes bancarios de los cinco continentes generó, además de la consiguiente vulneración económica de proporciones catastróficas, una suerte de detonante de otras manifestaciones más y menos brillantes, más y menos agresivas, de otros *hackers* y programadores alrededor del planeta. En muchos casos motivados, en otros inspirados y en otros, con el único afán de intentar superar la proeza de ese primer gestor del virus informático de año nuevo. Esta nueva posición de poder de los programadores, en un mundo convulsionado y desorganizado, se convertía en un combustible embriagante y seductor. La posibilidad de una metamorfosis que los transformase de un don nadie escondido en un sótano a un personaje reconocido, por ser el astuto agresor que afectaba los destinos de millones de personas, era simplemente demasiada tentación.

También ocurrió lo que anticipaban los más ancianos y sabios, lo que ya la raza humana había experimentado en otros momentos difíciles de su historia. El remolino de calamidades y siniestros de afección

mundial y proporciones apocalípticas escondía bajo sus alas acciones que en cualquier otro momento hubiesen sido reprochadas, cuestionadas y censuradas. La relación de trascendencia de los acontecimientos mimetizaba los aparentes males menores que causaban desgracias mayores. La pirámide de prioridades había sido alterada y los fines estaban, como nunca antes, muy por encima de los medios para conseguirlos.

Los seres humanos, limitados intelectualmente en situaciones de apremio, buscaban soluciones inmediatas y escogían opciones inapropiadas pero convenientes. Hubo un retroceso significativo en logros humanos tan importantes como el urbanismo, el respeto y la consideración. Desaparecieron casi por completo la tolerancia y la reciprocidad. Afloraron la violencia, el sectarismo, el racismo y el odio. La barbarie había regresado y había conquistado la civilización con una celeridad sin precedentes.

Si bien muchas personas culparon a la pérdida generalizada de confianza en las religiones e instituciones de este retroceso social, estaba claro que el comportamiento generalizado no obedecía a faltas de fe o sumisión. Más bien era el reflejo de lo que los principios y valores más profundos del ser humano realmente profesaban, y su falta de relación con la realidad en casos tan extremos como este.

Los fundamentos donde se asentó la civilización humana no demostraron ser lo suficientemente sólidos para soportar el peso de su propia carga. Era necesario refundar los principios, las bases y los estatutos. Obviar las incongruencias, ser consecuentes y prácticos. Olvidar las tradiciones inconsistentes, las creencias vacías y los mitos irrisorios para darle paso al sentido común y a la inteligencia.

A pesar de los incontables problemas que atacaban al mundo entero y que embestían contra cada población por separado, evidenciando y emergiendo las falencias de sus habitantes, muchos hombres y mujeres, alertados por tales desvaríos universales, se propusieron cambiar sus formas de subsistencia y convivencia para adaptarse a los acontecimientos inconstantes y buscar una renovación. Así nacieron y se empezaron a organizar diferentes grupos humanos en busca de replantearse como sociedad. La mayoría de ellos inspirados en los *blogs* de un completo desconocido que había despertado el razonamiento dormido en millones de seres humanos. Los escritos, acompañados del entorno trastornado, lograron iluminar a miles de personas en pro de una mejora en su vida. De ellos, varios buscaban hacerlo de la mano de este enigmático y sabio personaje llamado Damián. Recorrer miles de kilómetros en su búsqueda era, según ellos, la opción más coherente. Obviamente el personaje en cuestión no tenía por qué saberlo.

Juan trataba de conciliar el sueño dando vueltas persistentes

sobre su casi deshecho colchón. Una variedad de sonidos al otro lado de la pared de ladrillo le hablaban de la intranquilidad y desvelo de su madre. Las noches se convirtieron en vigilia y los días en preocupación durante las últimas semanas. La convivencia estaba cada vez más comprometida y la escasez de alimentos se hacía sentir en cada uno de los hogares del pueblo. Lo insostenible de la situación colmó la escasa paciencia general cuando también empezó a profundizarse la insuficiencia de medicamentos y la falta de servicios básicos como agua potable y luz eléctrica. La falta de víveres ocurría por un sencillo e irrefrenable proceso de especulación e inflación, pero sobre todo por un generalizado temor al futuro, que hacía que los productores y agricultores guardaran los frutos y alimentos por miedo a la posible necesidad posterior, tratando de cumplir con las exigencias de sus propias comunidades.

El pueblo donde Juan creció estaba, además, sacudido por una cruenta y violenta guerra no declarada que enfrentaba a dos grandes familias por lograr el control de los destinos de los habitantes y así asegurar el suministro y la producción de comestibles, bienes e insumos para su bando. Tomaron calles y plazas, asaltaron haciendas y bodegas, nadie salía o se relacionaba. Todos esperaban impacientes a que las reservas se vaciasen para buscar soluciones poco ortodoxas de subsistencia.

Las visitas de Damián, cada vez más escasas, dejaron de ser un método de intercambio para convertirse en el equivalente a una misión humanitaria en la que el hombre traía consigo provisiones para Juan y su madre. Habían pasado ya varias semanas desde el último artículo y, por la falta de electricidad, ni siquiera podían estar al tanto de los resultados de los diez escritos que lo convirtieron en el *blog* más famoso de Internet.

Juan decidió no batallar más con el insomnio y se puso de pie en busca de alguna actividad que lo pudiera distraer y agotar. Extrañaba de sobremanera sus noches en vigilia frente al computador interaccionando con el mundo. Ahora sentía que su aislamiento absoluto lo había convertido otra vez en un ser solitario e intrascendente. Era una sensación triste y desoladora.

—¿Qué haces despierta? —preguntó el joven cuando encontró a su madre sentada con un grupo de pliegos de papel en la mano, tratando de leer a la luz de una pequeña lámpara.

—No podía dormir, imagino que tú tampoco —respondió amable la mujer.

—No. La ansiedad me mata. Ya no nos queda casi nada de comer.

—Yo creo que podemos soportar un par de días…

—¿Y después? No podremos hacer más que unirnos a los

cuatreros para conseguir comida. Ser esclavos también. Eso es una infamia.

—Tranquilo, Juan, eso no va a pasar. Pronto llegará. Estoy segura.

Un abrazo enternecedor hizo al joven sentirse todavía más vulnerable y necesitado de afecto y protección. La madre fuerte y emprendedora que había sacado adelante un hogar y un negocio por su cuenta, sin haber vuelto a saber del padre de Juan, se sentía de repente acongojada por no tener las respuestas a las muchas interrogantes e inseguridades de la situación. En medio del abrazo Juan reconoció los documentos que su madre sostenía sobre la falda. Sonrió y la miró interrogante.

—¿Qué lees?

—Son estos papeles que encontré en el escritorio de la computadora. ¿Son tuyos? ¿Los escribiste tú?

—Sí, ma, los escribí yo, pero no son mis palabras. Son las palabras de Damián.

—¿Esto es lo que conversaban cuando se quedaban solos?

—Sí, es una transcripción de sus pensamientos.

—¿Sí? —rio de buena gana la mujer—, y yo que pensé que estaban manteniendo conversaciones privadas de «cosas de hombres». ¡Qué ingenua!

—¿Eso pensabas? —Juan acompañó a su madre en la risa.

—Claro, como nunca tuviste un hombre para guiarte. Me imaginé que tenías tus dudas. Yo qué sé...

Ambos rieron y la jocosidad causó un movimiento que hizo temblar un poco la tenue luz. El momento estuvo cargado de emotividad, tomando en cuenta que hace mucho tiempo que no podían reír y distenderse así.

—Esto es muy interesante —dijo la mujer sosteniendo los pliegos que acababa de leer—. No tenía ni idea sobre los puntos de vista de Damián. Siempre fue un poco peculiar, pero esto es realmente genial.

—Sí, ma, millones de personas piensan igual que tú.

—¿Qué? ¿Millones de personas han leído esto?

Juan trató, sin confirmar el nivel de éxito en tal misión, de explicar a su madre, que jamás se había sentado frente a una computadora, el proceso de intercambio de información globalizada e interacción virtual. Las maravillas del Internet. Ella, por su parte, asegurando no entender, estaba completamente fascinada con tal relato de ciencia ficción ajeno a su comprensión.

Este detalle hizo reflexionar al joven sobre lo coincidente del momento en que había empezado a compartir las ideas de su primo en el ciberespacio. Era probable que las reflexiones no fueran tan novedosas y

revolucionarias o que simplemente existían antes en otros lugares, pero la combinación de contexto, lugar y momento había jugado un papel decisivo. En otra época hubiera sido imposible compartir estos textos con tanta gente en tan poco tiempo. En situaciones comunes probablemente no hubiesen sido tan bien recibidos. Si Damián hubiese escrito esto en un libro o se hubiera parado en el púlpito de algún templo a pregonar sus ideas, al cabo de días, hubiese tenido detractores, acólitos y competencia, y esto hubiese sido suficiente para dilapidar el punto central de sus reflexiones. Pero como no tenía un rostro, un lugar, un interés o una ganancia relacionada con el *blog*, entonces sus palabras, no por esto menos veraces, se habían convertido en un discurso de magnitudes sagradas.

—¿Y tú qué crees de lo que piensa Damián? —le preguntó su madre.

—Yo creo que es lógico, por decir poco. Pero no sé qué tan realista podría llegar a ser.

—Te sorprendería saber lo realista que es —le dijo la mujer con un tono que denotaba algo de misterio.

—¿Qué? Es decir que tú... ¿visitaste su aldea?, ¿conociste su casa? —preguntó Juan ansioso.

—Sí, hace mucho.

—Cuéntame. ¿Cómo es?

—Es un lugar muy parecido a cualquier caserío del área. Pero eso sí: muy organizado, muy limpio. Plantan y cosechan lo que necesitan, tienen un sistema muy interesante de limpieza de agua y otro de drenaje. Reciclan, construyen. Todo para todos.

—¿Están bien?

—Sí —aseguró la madre—, están bien. De hecho, lo que más me gustó fue la constante buena disposición, amabilidad e imborrable sonrisa que mantenían todos. Como si estuviesen todo el tiempo felices. En el lugar se respira una paz única. Es extraño, es como si allí todo fuera más sencillo, más calmo, más armonioso.

—Y Damián es algo así como el líder, ¿cierto?

—No, no hay un líder o jefe específico. Todo se decide entre todos. Son todos igual de importantes para la aldea. Damián solo se encarga de representar sus intereses, pero si tú lo ves con ellos te das cuenta de que es uno más. Trabaja como todos, lucha como todos y convive con todos.

—Justo eso fue lo que dejó en su último *blog*. Mira —dijo el joven mientras buscaba entre los pliegos— este. Aquí habla sobre eso.

—Léelo, creo que ahora es a ti a quien le toca arrullarme con un cuento. Léelo para mí.

LA TEORÍA DEL PODER
(fragmento)

La igualdad entre los integrantes de varias especies de la naturaleza prácticamente no existe. Prima en la mayoría de los casos, entre algunos grupos de animales, una imposición del más fuerte, el más ágil, el más astuto. Es ahí donde el ser humano ha fallado tan ampliamente. Al asumir que esa forma de interacción social practicada por varias especies es la más elevada que se puede alcanzar. Sobre todo tomando en cuenta que el ser humano cuenta con un cerebro que le ha permitido, a lo largo de los años, diseñar y construir todo tipo de maravillas tecnológicas; pero al parecer dicho cerebro no ha sido capaz de inventar aún una forma de convivencia justa y ecuánime para los integrantes de la sociedad.

El poder, como tal, es un expositor de virtudes, pero lamentablemente también un amplificador de defectos. El hombre ha demostrado, mediante una reiterada y penosa confirmación a lo largo de su historia, que cuando tiene la posibilidad en sus manos de decidir sobre el destino de un grupo, ha sido capaz de cometer los errores más garrafales. ¿Por qué? Porque no está diseñado para hacerlo. Porque tiende siempre a anteponer, por justo instinto de supervivencia, sus intereses personales. Porque su nivel de acierto en las decisiones es equivalente al nivel de sentido común y reflexión que cualquier otro integrante de la sociedad debería tener.

En una situación de poder el ser humano ha demostrado su verdadera cara. Su verdadera realidad, crueldad y falta de raciocinio. Con la diferencia que estas acciones son proporcionalmente más dañinas en función a la cantidad de personas sometidas a este poder. Esto se ha repetido, una y otra vez, día a día, en diferentes situaciones en el mundo entero. A mi manera de ver no estamos facultados para asignar una potestad que le permita a uno decidir sobre otros.

El poder que mi gente y yo tratamos de ejercitar es el poder sobre las decisiones personales de cada uno y tratamos de reconocer nuestras diferencias, entender nuestras debilidades y aplicarlas para nuestro beneficio.

Nosotros optamos por usar la desigualdad de manera complementaria en nuestra relación comunitaria. Permitimos a cada integrante del grupo aportar en la consecución de las necesidades coloquiales. La asignación de tareas se da casi de forma natural mediante la especialidad que cada quien a adquirido y que corresponde a una vocación o preferencia

particular. Los resultados son aún más sorprendentes que la facilidad de organización que se logra en un conjunto de personas motivadas por una misma meta.

Esto lo aplicamos también a las relaciones interpersonales más sencillas y básicas. Por ejemplo, nuestras relaciones de pareja no necesariamente tienen que tener un género dominador o una obligación social. Se basan en el complemento de necesidades sentimentales y personales. Se mantienen y se renuevan cada cierto tiempo en función a los méritos, un mero reflejo de los sentimientos, que cada uno hace por mantener la cohesión. Llegamos a la conclusión de que la obligación social legalizada le entregaba un cierto nivel de poder a uno de los cónyuges y eso permitía que dicho esposo o esposa optara por despreocuparse de mantener la unión armónica y atractiva.

Hasta ahora, mediante este método, en nuestra aldea, las parejas se mantienen más tiempo unidas y, sobre todo, mucho más felices de estarlo. Respetándose y respetando los compromisos completamente íntimos y personales que han adoptado.

Consideramos, sin temor a equivocarnos y luego de varios años de experimentación exitosa, que no necesitamos entregar el poder sobre nuestras decisiones a nadie. Somos nosotros, un puñado de hombres y mujeres inteligentes y reflexivos, quienes hemos podido decidir por la prosperidad de nuestra aldea y nuestras familias. No creemos que alguien esté por encima de nuestro bienestar y tampoco por debajo de él.

Nuestro poder radica en la libertad que tenemos de decidir por nosotros mismos sobre el rumbo de nuestro destino.

Un golpe seco rompió las secuencia de palabras que Juan había hilado para leer la impresión del escrito. Madre e hijo se sobresaltaron y se miraron con un rastro de esperanza en los ojos. Juan se puso en pie de inmediato y se acercó a la puerta. Después de comprobar por uno de los pequeños agujeros que la adornaban, procedió a destrabarla retirando los troncos que formaban la improvisada barricada que habían optado por instalar para su protección. En cuanto se abrió la puerta, se encontraron la sonrisa amplia y agradable de Damián de pie con su sombrero y su poncho largo, envuelto en la oscuridad de la noche de verano.

—¿Puedo pasar? —les dijo sin perder la sonrisa.
—Por supuesto, adelante —respondió su tía abrazándolo.

—¿Cómo están las cosas? —preguntó Damián.

—Mal. No hay comida, no hay luz, no hay agua. Se están matando a pocos metros de aquí y se han organizado verdaderos sistemas feudales en el pueblo. No se puede salir ni entrar. Es un completo desastre —dijo la mujer desahogándose.

—¿Tú cómo pudiste entrar? —preguntó el joven intrigado.

—Los senderos que yo transito están completamente olvidados y nadie los recorre. No he visto a nadie desde que salí de la aldea —respondió con serenidad.

—Y... ¿la carga?, ¿la comida? —preguntó ansioso y exaltado Juan.

Damián cambió un poco su expresión para infundir seriedad, luego, con una breve mueca retomó su característica sonrisa y miró a sus familiares.

—No he traído comida esta vez.

—¿Qué? —cuestionó la mujer— ¿Qué pasó? ¿Todo está bien?

—Sí, tía. Tranquila. Todo está bien. Es solo que creo que no es seguro que ustedes sigan aquí. Tampoco es seguro que yo siga viniendo a escondidas. Me parece más lógico que vengan conmigo de vuelta a mi aldea. Ahí estaremos seguros y bien.

Juan estaba completamente sorprendido y a la vez emocionado.

—Pero... somos extraños para ustedes, ¿estás seguro? —preguntó la mujer.

—Sí, tía. Lo hemos hablado y estamos todos de acuerdo. Además, entiendo que ambos comparten nuestros puntos de vista y nuestros conceptos de vida, ¿cierto? —el hombre guiñó el ojo a su primo que se sintió alagado por tal aseveración.

La madre miró al hijo y esperó leer su reacción antes de responder. Sin embargo, no pudo evitar que unas palabras salieran de su boca casi sin dejarle tiempo de pensarlas.

—Seguro es lo mejor —dijo sin casi darse cuenta.

Su hijo no necesitaba convencimiento. Estaba feliz con la simple idea de conocer el lugar del que tanto había aprendido. Desde que había podido descubrir los puntos de vista de su primo, poco a poco había comprendido su valor y certeza.

—Yo estoy listo —dijo el joven con una sonrisa que evidenciaba su emoción.

—¿Tía? —preguntó Damián.

—Por supuesto, Damián. Será un honor.

Damián abrió la puerta y con una señal los invitó a salir. Afuera esperaban tres mulas amarradas y preparadas que Damián había traído con la seguridad de que iba a regresar con compañía. La mujer estaba ya

casi afuera cuando Juan la interrumpió.

—Espera. Tenemos que empacar y llevar nuestras cosas.

Su madre lo miró con ternura y dejó que Damián explicara las condiciones.

—No es necesario, Juan, de hecho, es preciso que viajen tal como están ahora. Allá no les hará falta nada y no necesitarán todo lo que tienen aquí.

El joven lo miró un poco confundido pero asintió dócil y se adelantó al umbral.

—Perfecto… Vámonos entonces.

Los tres se acomodaron sobre las mulas, empezaron el recorrido y fueron cobijados por la negrura nocturnal. Se alejaron por un sendero casi escondido entre los matorrales y que parecía incrustarse en la espesura del bosque. El ruido de las pisadas de las mulas sobre las ramas resecas escondieron el bullicio de otro tipo de pisadas que corrían jadeantes en la dirección opuesta. En medio de la noche el polvo de la calle se levantaba al paso veloz de El Roto, envuelto en un poncho deshilachado y un viejo sombrero de lana. En medio de la carrera repetía emocionada y desequilibradamente una frase que festejaba su descubrimiento.

—Los vi. Se fueron. Los vino a ver un forastero. Huyeron. Se fueron. Los vi.

Varias calles más abajo, un granero se había convertido en el cuartel improvisado desde donde se impartían las órdenes del nuevo jefe de la ciudad. Un hombre arropado con varias mantas y cobijas dormía plácidamente, mientras dos guardias armados con escopetas custodiaban la entrada del edificio, cabeceando por el sueño abrazador de la madrugada. A lo lejos reconocieron el galope irregular de El Roto que llegaba hasta el antiguo granero en un nivel de excitación incontenible. Se terminaron de despertar alarmados por el alboroto.

—Pobre loco, qué querrá ahora —dijo el primer guardia.

—Quién sabe, pero más vale que no se le ocurra despertar a Rodrigo con su bullicio —respondió el segundo.

—¿Tú realmente crees que exista algo que pueda despertarlo? —bromeó el primero.

—Los vi, se fueron. Los vi, los vi, los vi —repetía frenético El Roto, tratando de llamar la atención.

—¿De qué hablas viejo loco?, ¿a quién viste ahora?

—Los vi, a la señora de la tienda y su hijo. Los vi, se fueron, los vi —repetía insistente.

Un hombre grande de actitud tosca y mirada fría se presentó en la entrada y su sola presencia canceló cualquier movilidad o sonido.

—De qué hablas Roto —le preguntó Rodrigo con una voz

profunda que terminó de despertar a los hombres.

—Los vi, jefecito, los vi yéndose con alguien. En mulas los vi.

—¡¿A quiénes viste?! —gritó Rodrigo perdiendo la paciencia.

—A la señora de la tienda y su hijo. Se fueron por un camino escondido. Se fueron. Con otra persona que no conozco se fueron.

—Lo sabía —dijo Rodrigo para sí—. Sabía que esa puta y el imbécil de su hijo tramaban algo. Por eso no quisieron venir acá, por eso no pedían comida ni buscaban apoyo. Alguien los estaba ayudando y les traía alimento. Lo sabía.

La ira lo llenó por completo y se dirigió a sus hombres que lo miraban pendientes, mientras recogía su escopeta.

—Ruiz, trae los caballos. Parece que nos vamos de cacería. Tal vez y hasta encontremos más de lo que vamos a buscar.

CAPÍTULO 26

Una columna de coníferas en perfecta y simétrica ubicación marcaba el final del área mantenida por la Aldea en el bosque que la circundaba. A partir de ese punto en dirección sur, el sendero cambiaba su construcción y recubrimiento, pasando de piedra firme y brillante a convertir sus ingredientes en una mezcla natural de tierra y rocas oscuras. La única referencia como continuidad del camino era un rastro de un polvo blanco cal que se esparcía por la superficie avisando el trayecto.

Magda se detuvo un segundo frente a esa línea invisible que marcaba el inicio de un área inhóspita y desatendida. A pesar de haber incursionado en la selva varias ocasiones en busca de ingredientes para sus menjurjes, nunca la sintió tan hosca e intimidante. Giró en un lento movimiento como intentando despedirse por última vez de la aldea que había habitado a lo largo de toda su vida. Sintió un nudo instalarse en su garganta. Recordó, en un abrir y cerrar de sus ojos negros, tantas alegrías compartidas con sus amigos y vecinos en ese lugar. Tantos aprendizajes y experiencias. Tantas risas y momentos. Afinó su mirada y repasó de lado a lado la totalidad de la extensión que se presentaba frente a ella.

En cuanto puso uno de sus pies en territorio selvático, sintió un frío glacial que le recorría el cuerpo. Percibió la soledad del territorio frondoso y experimentó un sobrecogimiento paralizante. De repente, saltaron a su vista las impresiones aún frescas de los zapatos de Marco que habían dejado huellas profundas sobre el polvo blanco. Las miró con sorpresa al principio y luego se le escapó una sonrisa tranquilizante.

—Así que me dejaste una guía, Emisario. ¡Lindo gesto de tu parte! —dijo para sí.

Armada de un ánimo renovado y una tranquilidad pasajera, retomó el camino que había planeado recorrer desde hacía mucho tiempo.

Marco calculaba que le faltaba poco para completar su trayecto. Tuvo una caminata tranquila en lo que a imprevistos se refiere. Su cuerpo

sexagenario seguía en perfecto estado y no acusaba fatiga digna de observar. Sin embargo, el peso que no sentían sus músculos o sus huesos lo sentía su pecho con una sensación de un vacío extraño que acompañaba y debilitaba su ímpetu. Durante las más de nueve horas de caminata, no había dejado ni un solo minuto de pensar en Magda y lo que su compañía le hizo sentir. La insoportable sensación de desasosiego le hacía soportar todo tipo de cuestionamientos y reproches personales sobre su propio accionar y decisiones. Sin embargo, a pesar de lo que estas sensaciones le invitaban a hacer, él mantenía el paso sin detenerse, sin evidenciar en su caminar las dudas de su interior.

La mujer estiró su mano, todavía temerosa de abandonar el sendero blanco, para poder alcanzar un pequeño fruto comestible que colgaba de un manzano a la orilla del camino. Al masticarlo sintió instantáneamente cómo el jugo invadía su boca impregnando un sabor agridulce en cada mordisco que estrujaba la fruta. Un gemido de placer se escapó incontenible. Apremiada había obviado el hambre, pero su cuerpo no entendía de apuros y afanes.

Se inclinó de nuevo para beber en uno de los tantos riachuelos que había encontrado a su paso. Todos con agua cristalina y pura, limpios y fríos. Como si fuesen preparados por mano humana para el deleite de los caminantes. Era obvio que eran parte de las señales en el camino para los emisarios que cada año recorrían este trayecto en pos de la frontera. Estaba dispuesta a continuar cuando reparó en el color del cielo. La tarde oscurecía dejándose morir lentamente, tras un día soleado pero fresco. Un pequeño viso de preocupación se hizo presente en sus pensamientos. Temía que la falta de luz le hiciese perder el rumbo y le preocupaba la idea de tener que pernoctar a la intemperie. Decidió avanzar con mayor rapidez sin perder de vista las huellas dejadas por el Emisario, pero sin adivinar cuánto le faltaba aún para llegar.

Marco se detuvo en seco sorprendido de repente por las primeras piedras del piso que rodeaba al ancho edificio de frontera. Venía perdido en sus cavilaciones mientras las primeras estrellas aparecieron para llegar a su cita diaria en lo alto del cielo a punto de ennegrecer.

La construcción, de un blanco impecable, se levantaba imponente en medio de un claro artificial en lo más frondoso de la selva. El edificio tenía medidas precisas y contornos delineados, y una limpieza impresionante que contrastaba con su entorno enmarañado y terroso. A los dos lados de la caseta se extendían infinitas vallas formadas por redes tejidas de un material transparente pero impenetrable, que mantenían una carga eléctrica constante, capaz de pulverizar a cualquier intruso de

ambos lados. Como muestra de esto bastaba ver la vegetación, sabia de su entorno, que dejaba de crecer respetuosamente a casi dos metros de la malla delimitante.

En el centro de la edificación, anunciando su punto central, había dos puertas de color madera que mostraban una contundencia particular sellando herméticamente la entrada al lugar. En ambas puertas un grabado anunciaba su utilidad y permisividad de paso. Junto a cada puerta, empotrada en la pared lateral, yacía una pequeña plancha de apariencia líquida con una luminosidad tenue y una fina marca que dibujaba la silueta de una mano en su superficie. Una luz balanceada bañaba toda la fachada desde lo alto, por encima de las puertas.

Marco se ubicó de pie frente a la puerta correspondiente a la entrada de los emisarios. Estaba a punto de poner su mano sobre la plancha, pero una duda lo invadió. Miró brevemente la entrada contigua y emitió un suspiro pesado. Recordó la razón de su incomodidad. Regresó su mirada hacia el sendero que había dejado atrás, con la esperanza incontenible de ser sorprendido por una silueta femenina caminando en su dirección. A los pocos segundos, reconoció la influencia de su imaginación tratando de materializar sus deseos. La pesadumbre de sus pensamientos se evidenció en el movimiento de su mano que se levantó apáticamente para posarse sobre la plancha de ingreso. En seguida un sonido eléctrico zumbó dentro del pequeño aparato, avisando algún tipo de accionar mecánico en su interior.

Un sonido aún más notorio se empezó a articular aparentemente dentro de la puerta frente a él. El mecanismo breve y certero desactivó una serie de seguros firmes para poder destrabar el ingreso. Así, en un breve instante, el Emisario tuvo frente a él la habitación donde se realizaba, después de cada visita a la aldea de turno, el intercambio de información y el traspaso a la siguiente.

Al ingresar, a pocos metros en línea recta, Marco encontró la puerta de salida sellada por completo. A su derecha una cómoda silla de espaldar ancho y material suave y acolchado se mostraba frente a un amplio escritorio pegado a la pared. Todo tenía una construcción minimalista y en tonos blancos y plateados. El escritorio, inclinado en dirección a la silla, tenía una superficie igual a la de la plancha exterior con apariencia líquida pero consistencia sólida.

Marco se sobresaltó al escuchar el cerrado automático de la puerta a sus espaldas y en seguida diferenció la luz artificial que se encendía poco a poco dentro de la estancia. Ayudado por las luminarias recién encendidas descubrió hacia su mano derecha, junto a la puerta de salida, una pequeña cápsula abierta que hacía las veces de cama y, justo al lado de la pared, un cuarto de baño pequeño y altamente tecnificado.

También visualizó al extremo izquierdo del cuarto una cápsula más grande sellada por una puerta a presión que solo dejaba ver su interior mediante un pequeño círculo cristalino a la altura de la cara.

Magda recibió la noche entorpecida por el miedo que le producía la falta de luz en un lugar extraño. Con la respiración agitada, se concentró en afinar la mirada para marcar el rastro del camino antes que el sol se escondiera del todo. En seguida, inundándose de un gran regocijo, notó que el color blanco del piso se hacía más brillante conforme la oscuridad de la noche se hacía presente. La luminosidad de la luna y las estrellas encontraban una fluorescencia en su reflejo contra el extraño polvo a sus pies. Sonrió ampliamente frente a tal descubrimiento, fascinada por la creatividad demostrada por el Comité y sus emisarios.

Marco se sentó y automáticamente una cantidad incontable de ases de luz se abrieron paso desde la mesa e iluminaron su rostro. Una voz femenina y cadenciosa le saludó desde el interior del escritorio.

—Bienvenido Emisario. Por favor, no te muevas.

En seguida uno de los rayos de luz iluminó su cuello a la altura de su vena aorta y un leve dolor punzante aquejó al hombre. Sin embargo, trató de no moverse y esperar mientras el proceso automático se llevaba a cabo.

—Registros transferidos —dijo la voz—. Listos para su envío.

Frente a él apareció, en la gran pantalla en la que se había convertido la mesa del escritorio, una muestra de varias imágenes fotográficas de los registros hechos en la Aldea. Los miró brevemente y asintió. Puso su mano sobre la marca de un botón iluminado con color verde para aprobar el envío, sin necesidad de revisarlo. Recordaba perfectamente cada uno de ellos. Con el tiempo había empezado a no tomarse tanto tiempo en repasar sus viajes frente a la computadora.

—Registros de la Aldea # 6177 enviados. Ahora, por favor, pon tu mano derecha sobre la marca.

El Emisario hizo caso a la voz con una actitud mecánica. Justo en el centro de la plancha superior del escritorio se veía una marca luminosa que indicaba el lugar donde debería asentar la mano. Un pequeño pinchazo de dolor se generó en la yema de sus dedos índice y anular. Al cabo de unos instantes, la incomodidad mantenida y la presión cesaron, y Marco pudo retirar su palma del escritorio. Dos casi invisibles puntos de color rojo sangre sobresalían contrastantes sobre la piel blanca de sus manos.

—Análisis sanguíneo en proceso. Gracias Emisario —enunció la voz.

Después de unos segundos de tensa espera, la voz volvió a

hablar.

—Análisis terminado. Se registra en la muestra corporal del Emisario un componente extraño todavía sin identificar. Emisario, por favor, enumera observaciones sintomáticas o de otro rigor.

Marco tragó saliva y se movió en la silla, tratando de ocultar su incomodidad. Rápidamente maquinó las consecuencias de revelar la verdad sobre el compuesto que había ingerido varios días en la comida preparada por Magda. El temor por ella se apoderó de sus pensamientos. No sabía si la mujer había salido o no de la aldea, pero entendía que arriesgaba su tranquilidad si la mencionaba de esa manera. La voz no esperó más de unos breves segundos para volver a formular una pregunta directa al Emisario.

—Emisario, parece que no fui clara en mi pregunta. Me permito volver a formularla. ¿Hay algún acontecimiento físico interno o externo que pudiera explicar este compuesto en tu organismo? —preguntó la voz.

—Probé por error un fruto desconocido en el camino hacia acá.

Unos tensos segundos siguieron en completo silencio, mientras la declaración del Emisario era procesada. Los nervios lo empezaban a comprometer. Acto seguido la voz volvió a emitir un comentario.

—Emisario, ¿te sientes bien de salud?

—Sí —contestó Marco secamente para no mostrar preocupación.

—Emisario, no encuentro registro del fruto en cuestión.

—No lo registré —refutó el hombre cada vez con más aplomo.

—Emisario, ¿alguna razón en particular para no haberlo hecho?

—Preferí apurar el paso para llegar, estaba cansado.

Otra vez unos segundos de silencio incómodo. Marco miraba a la pantalla oscura mientras varias luces se movían en una infinidad de direcciones durante el procesamiento.

—Gracias, Emisario. El compuesto ha sido analizado y no ha causado daños en tu organismo. Ya se reportó su existencia y tendrá una denominación y clasificación próximamente.

Marco suspiró aliviado. Era la primera vez que mentía en ese cuarto. De hecho, sentía como si fuera la primera vez que decía una mentira en toda su vida. Todavía su cerebro no terminaba de entender cómo había llegado a tantas decisiones tan irreconocibles en su persona solo por Magda. Simplemente no alcanzaba a comprender.

CAPÍTULO 27

Toda vez que el dinero, como elemento de negociación, empezó a verse comprometido a nivel mundial por la incontenible especulación e inflación, renacieron otro tipo de medidas de canje como el trueque o el intercambio de servicios por productos. Por esta razón, el puñado de naciones más cercanas a un funcionamiento de bases socialistas o comunistas, ya sea por ideología o por la aún fresca memoria de sus pasadas políticas económicas, tuvieron una mejor asimilación inicial del caos. Al poco tiempo, la naturaleza humana hizo nuevamente su aparición en el escenario mundial, y la inmediatez y facilismo tentados por la inoperancia de seguridad la hicieron optar por otras formas menos civilizadas de consecución de bienes y servicios.

Se empezó a gestar una suerte de ley del más fuerte en las ciudades, a lo largo del planeta. En una escalada armamentista civil sin precedentes y en muchos casos protegida por constituciones locales, los ciudadanos empezaron a reclamar acceso a alimentos y productos por la fuerza. Los afectados reaccionaban de maneras similares, ocasionando en muchos casos enfrentamientos de consideración y que involucraban a casi la totalidad de los habitantes de la región. El aumento de violencia civil había llegado a niveles altísimos, mientras los Gobiernos trataban sin suerte de poner orden en sus naciones con una mano, a la vez que con la otra se defendían de los ataques que habían nacido durante todo el año a partir de los tiempos tensos vividos en cada país.

Una fortificada liga de naciones árabes, convencidas de que el momento para su causa había llegado, efectuaron durante abril y mayo una consecución de ataques a objetivos militares estadounidenses en suelo norteamericano. Todos estos organizados y gestados desde Medio Oriente, pero realizados por residentes locales con tendencias o convicciones musulmanas. Una inmensa red de combatientes esperaron con paciencia su turno para poder actuar. Abrieron negocios, fundaron familias, se mezclaron con la población como ciudadanos ilustres. Pero

cuando el llamado divino los tocó, todos reaccionaron a la vez, vulnerando plantas de energía, pozos petroleros y objetivos militares.

A la par de estos acontecimientos, un segundo golpe llegó por medio de los antiguos aliados de Estados Unidos. En una rápida pero oportuna maniobra, fueron cortados los suministros de petróleo desde Asia, África y Sudamérica. Quedando solamente para su uso las reservas nacionales y los pozos en el golfo de México.

Precisamente en esta cuenca oceánica fue donde llegó su tercer golpe. El golfo de México fue tomado, en cuestión de horas, por una flota de embarcaciones venezolanas, cubanas y de otros Estados no alineados de inferior calibre. En una sistemática y preparada operación naval, se encargaron de atacar con un infalible éxito los pozos petroleros en aguas caribeñas. Simultáneamente, una milicia armada de americanos disconformes realizaba ataques internos dinamitando los pozos desatendidos en tierra firme.

El gran país del norte hizo todo lo contrario a lo que sus agresores esperaban después de dejarlo sin petróleo, sin energía, sin dinero y sin apoyo: contraatacó. Una contraofensiva empezó a gestarse desde Washington con la esperanza de aprovechar el caos mundial para retomar su liderazgo. Sin embargo, en esta ocasión y a diferencia de la última clara victoria bélica norteamericana de los años cuarenta, los frentes eran muchos y la motivación poca. Sobre todo porque el dinero no tenía un valor consistente y los generales y comandantes empezaron a sentir que la lealtad de sus soldados se veía debilitada en función a las pocas expectativas de remuneración económica. Además, el hecho de que los ataques recibidos en suelo americano no hubiesen tocado población civil y la falta de medios masivos bombardeando los televisores y radios con los supuestos acontecimientos, generó un cierto nivel de desconfianza al respecto de que en realidad hubieran ocurrido.

Circulaba por la red todo tipo de teorías que aseguraban que todos los sucesos, desde el inicio del año, así como los supuestos ataques y la generación de rumores sobre el fin del mundo y similares habían sido un invento del Gobierno de Estados Unidos para amedrentar a los habitantes y conseguir recomponer su agonizante economía, mientras reconstruían la confianza de sus pobladores.

El nacionalismo no se podía publicitar, la lealtad no se podía pagar, la patria no se podía ofertar; la motivación empezó a esfumarse de los cuarteles vaticinando una caída estrepitosa.

Mientras tanto, un puñado de representantes de las potencias económicas mundiales, alertados por la inconsistencia y la debilidad que demostró tener el sistema vigente, se sentaban en elegantes mesas

de negociaciones a replantear los futuros caminos de la economía del planeta. Estas reuniones, que tuvieron varias ausencias de último minuto, se llevaron a cabo en Shanghái, China. País que, aparentemente, había sentido en menor grado el remesón de los primeros caóticos meses del año debido a su organización comunista y de naturaleza oprimida.

En el segundo día de reuniones las airadas discusiones llegaron a puntos de enardecimiento que rayaron en la agresión. Las imposiciones sin fundamento de ciertos países no eran bien recibidas por otros, que en lugar de proponer una contraparte ecuánime, simplemente querían repetir la historia económica de los previos 60 años, pero en otro hemisferio. Varios representantes se retiraron sin siquiera despedirse, dejando claro que les parecía inaudito el intento del grupo negociador norteamericano, al pensar que tenían todavía un poder que sonaba más a recuerdo que a realidad.

Cuando la primera de las 38 explosiones programadas sacudió los cimientos del lujoso salón donde se llevaban a cabo las reuniones de representantes internacionales, muchos ya habían abandonado el edificio dejando en su lugar a funcionarios de menor grado. Sin embargo, la onda explosiva se sintió en varias cuadras a la redonda y en los complejos hoteleros del área circundante al rascacielos del Centro Financiero Mundial en Shanghái.

La otrora represiva policía china, mermada también por una crisis económica que detuvo en seco el avance imparable de la economía del país oriental, no parecía darse abasto para aplacar la cantidad de brotes y manifestaciones cada vez más violentas que se gestaban en diferentes provincias simultáneamente. Mucho menos pudo anticipar los ataques.

Las revueltas que habían empezado más de un año atrás fueron creciendo al evidenciarse el camino económico que el país tomaba. Hasta el más nacionalista de los chinos sentía el fuerte golpe del costo de la vida versus un incremento de los problemas sociales y las descompensaciones que el totalitarismo ofrecía. El acceso restringido a medios masivos en contraparte con la cantidad de información informal que llegaba todos los días desde distintos puntos geográficos, alentaba cualquier inconformidad. La mano dura del régimen y su completo desinterés en pro de reformas sociales que beneficien al pueblo rural consiguieron despertar a un gigante dormido por años.

La improvisada cumbre de potencias económicas, en la que por primera vez se incluía a China e India, fue el momento preciso escogido por un fuerte grupo de rebelión y protesta social nacido frente a Wall Street más de un año atrás, para dar una muestra de lo eficiente de su operación a nivel mundial y unirse a los organizados grupos reformistas chinos,

bastante más agresivos y violentos.

Nacidos de la inconformidad con la política económica de Estados Unidos y llamándose representantes del 99% de la población norteamericana, el grupo Occupy cobró fuerza y notoriedad cuando empezó a ser apoyado por organizaciones de activistas cibernéticos y otros colaboradores extremistas sin rostro. De repente, el apoyo a su causa, mediante recursos en un inicio y participación activa más adelante, empezó a aumentar. En primera instancia por los problemas bancarios mundiales, pero después por la cantidad de detractores del sistema norteamericano y de sus aliados que encontraron una perfecta oportunidad para golpear la ya tambaleante estabilidad económica.

Es así cómo un movimiento pacífico dejó de lado sus marchas y manifestaciones tibias para convertirse en un grupo organizado a nivel mundial con una propuesta clara de boicot a los sistemas financieros del mundo. Razón que los puso en la mira de las sospechas sobre la creación del virus bancario que ellos admiraban, agradecían, pero desconocían en su totalidad.

Los cuatro intentos previos de realización de la nueva cumbre económica de emergencia fueron desmantelados, antes de lograr siquiera programarse por completo. Esto gracias a la falta de garantías sobre la seguridad de los asistentes a la misma. El grupo Occupy y otros movimientos extremistas habían logrado amedrentar a las naciones participantes, dudosas de la tranquilidad y la estabilidad de la reunión. Cuando por fin se acordó lugar y fecha, los aminorados grupos de seguridad hicieron su planificación sin contar con que llegaban, precisamente, a uno de los países más trastocados a nivel interno. La represión de años de unipartidismo y las muestras de levantamientos radicales en varios otros puntos del planeta que se filtraban por Internet fueron suficiente detonante para la masificación y organización de revueltas con un matiz distinto.

A sabiendas de la represión policial que iba a aplacar, en la mayoría de casos con mano dura, cualquier levantamiento manifestativo, era preciso poner a funcionar una maquinaria más sutil, secreta y contundente. Era necesaria la creatividad, la paciencia y la persistencia. Virtudes innatas del pueblo chino.

Los ataques habían sido fraguados por años, pero la provocación de tener una reunión de líderes mundiales, tratando de replantear convenientemente la economía, era la mejor excusa que se podía encontrar para dar comienzo al plan *Jide Tian'anmen (Recuerda Tiananmen)*, en honor a la cruel masacre realizada por el Gobierno chino que acabó con la vida de más de 2 500 estudiantes en la plaza del mismo nombre, en el convulsionado Pekín del año 1989.

Los dos grupos, Occupy y rebeldes, fueron muy breves en su colaboración y muy pragmáticos en su intercambio. Los primeros brindarían soporte de inteligencia y organización, gracias a miembros infiltrados con los que contaban dentro de los equipos de seguridad de varios líderes asistentes a la Cumbre y su contraparte china se encargaría de la ejecución de la operación que supuestamente consistiría en la detonación de un puñado de bombas panfletarias y la consiguiente clausura de la reunión. Sin embargo, los chinos tenían otros planes entre manos, que incluían un ataque sin precedentes de tintes bélicos y terroristas.

Cuando los políticamente ingenuos manifestantes del movimiento Occupy se dieron cuenta de las verdaderas intenciones de sus socios orientales, ya era demasiado tarde. Una operación finamente preparada e impecablemente realizada atacó casi de forma simultánea 38 puntos estratégicos a lo largo de las ciudades más importantes del país y sus centros de comercio.

De acuerdo al plan maestro, el ataque también estaba dirigido a varios objetivos de generación de energía, para así dar un golpe contundente al sistema de transportación eléctrica y comunicaciones en las urbes más grandes de China y, de esta manera, tener la oportunidad de llegar con un mensaje reformista a las poblaciones sin intervención del aparato estatal.

Desde la firma del *Libro Blanco* en 1995 por parte del Gobierno chino, documento mediante el cual el Estado se comprometía a no usar su arsenal de armas nucleares contra ninguna nación que no tuviese igual tipo de armamento y solo en caso de ser atacado primero, el país aceptaba las sospechas respecto a su gran número de cabezas nucleares.

Por la discreción con la que el Gobierno chino quería mantener su programa nuclear y preocupado por las posibilidades de espionaje que se multiplicaban de la mano de la apertura turística y comercial de principios de siglo, una fuerte inversión de recursos se destinaron a disfrazar y esconder sus centros de desarrollo de armas atómicas haciéndoles ver como generadores nucleares para electricidad o centros de acopio de material.

El éxito de esta operación de camuflaje fue rotundo. El programa de armamento nuclear chino creció desapercibido a ojos del mundo entero. Lamentablemente, también engañó al grupo de rebeldes que, en la excitación del momento, no se dieron cuenta del encubrimiento, convencidos de estar boicoteando una planta eléctrica y no una nuclear.

Debido a la destrucción causada, nunca se llegó a saber si fue una serie de coincidencias o una acción premeditada del grupo rebelde la que ocasionó la explosión. Lo cierto es que una bomba nuclear de 50 megatones, cientos de veces más poderosa de la que se usó en

Hiroshima en 1945, destruyó sin misericordia ciudades, aldeas y campos, dejando en la incertidumbre a millones de personas. Las consecuencias climatológicas estarían por venir. Mientras tanto las consecuencias políticas internacionales fueron el peor de sus resultados.

La sensación de culpabilidad anuló por completo las intenciones políticas de los rebeldes y la desvinculación de Occupy que prefirió el silencio, antes que la asociación culposa con el grupo gestor de tal atrocidad. Pero esta falta de responsable visible y el completo fracaso de la cumbre económica se consideraron el límite de la paciencia de varios países, paradójicamente no China, que decidieron, siguiendo la absurda política de «guerra a cambio de paz» norteamericana en años anteriores, invadir países vecinos con probables intenciones similares para evitar malentendidos fatales.

Así también, la rumoreada posibilidad de que tanta destrucción hubiese sido lograda mediante un solo acto de insurgencia inspiró a miles de grupos seudorevolucionarios, guerrillas y extremistas alrededor del mundo a repetir semejante proeza de persuasión armada. Proliferó en cuestión de días un sinnúmero de ataques masivos, algunos sin sentido, otros fallidos, pero lamentablemente, muchos muy exitosos.

Algún tiempo atrás, los más reflexivos críticos, siguiendo de cerca los acontecimientos degradantes de la humanidad, habían dejado de culpar al virus bancario de los problemas que empujaban peligrosamente al planeta al borde del abismo. Varios hombres y mujeres más sensatos llegaban a la triste conclusión de que el ser humano, evidenciando sus carencias y falencias personales, había fallado frente a la sencilla prueba de convivencia y superación con la que se había encontrado. Había caído una vez más tropezando en sus propios errores, en su propia codicia, en su propio egoísmo. Los pobladores menos perspicaces del planeta se mataban por razones absurdas, mientras que los más juiciosos perdían las esperanzas en la civilización.

Si alguna profecía se estaba cumpliendo era precisamente la que culpaba al ser humano del negligente manejo de su entorno y su poca inteligencia aplicada para lograr algo tan sencillo como su supervivencia.

Por siglos, decenas de religiones usaron el «fin de los tiempos» como un arma de disuasión. Ahora que dicho fin parecía inminente, todo se miraba muy distinto a los vaticinios y ni la imaginación más retorcida había logrado visualizar lo que el planeta estaba viviendo.

CAPÍTULO 28

El sendero se abría al paso de las tres mulas, en medio de una compacta oscuridad. La débil luz de la lamparilla de gas apenas acentuaba los finos contornos de las siluetas de dos hombres y una mujer alejándose del pueblo.

En medio de lo precario del camino y el desconocimiento del destino, Juan y su madre avanzaban asaltados por una sensación de júbilo. El joven se había visualizado una cantidad incontable de veces transitando ese trayecto en pos de un lugar distinto y nuevo donde su situación no fuera precaria y su subsistencia tan compleja. Sabía que mientras durase su estadía en la aldea no tendría que vivir en la incertidumbre de los meses anteriores por alimento o abrigo. Habían quedado atrás sus arranques de ira por la falta de Internet o electricidad. Poco a poco esos requerimientos pasaron a un segundo plano, donde la importancia de un plato de comida o un techo seguro empezaron a salir a la superficie de las jerarquías. Además, sentía que era su momento para aprender, para compartir con gente nueva, mucho más pensante y consecuente que sus antiguos vecinos que tanto miedo le hicieron sentir.

Su madre, por su parte, sentía una emoción diferente, con una motivación distinta. Su instinto maternal le presionaba a anteponer la seguridad y la estabilidad de su hijo por sobre la de ella. Sentía que, tomando en cuenta los recientes acontecimientos, la aldea de Damián sería el mejor lugar para ellos. Estarían tranquilos, cómodos y felices, mientras las cosas mejorasen. Probablemente, después los caminos se enderezarían y podrían volver a su antiguo pueblo, pero por el momento nada en el mundo parecía tener mejor futuro para ella.

Damián guiaba la pequeña comitiva en silencio y concentrado en sus pensamientos. Miraba las estrellas de vez en cuando, buscando afinar el rumbo del sendero. La luna en lo alto acompañaba el paso cadencioso de los dóciles animales.

—¿Por qué decidieron aislarse? —preguntó Juan rompiendo el

mutismo del recorrido.

El hombre sonrió, imaginaba en algún punto del camino empezar con las explicaciones.

—Fue un proceso paulatino, tuvo un inicio difícil, pero con el tiempo fue aceptado por todos.

—Pero, ¿fue una decisión tuya? —preguntó el joven.

—No —puntualizó Damián—. Acá no existen decisiones personales cuando se trata de los destinos grupales. Todo es discutido y consensuado. Llegamos a la conclusión de que era preferible mantener nuestro sistema cerrado por el bien del mismo. Así podemos programar nuestros sembríos, nuestra producción y, sobre todo, preocuparnos de nosotros y nuestras necesidades sin desviaciones.

—Pero… y ¿la libertad? ¿No se limita?

—La libertad es una decisión personal, por lo tanto, puede llegar a ser una imposición personal. Tú puedes creer que las personas de las ciudades son libres, pero en realidad no lo son.

—No entiendo —aceptó el joven.

—Mira, Juan, una persona puede ser aparentemente libre, puede pasear por la ciudad, caminar tranquilo, visitar un campo abierto, tomar el sol, mirar al cielo azul y sentirse en libertad, pero todo esto sigue siendo una ilusión. Esta persona tal vez disfrute uno de sus «ratos libres», pero no es más que eso, una concesión temporal. Este hombre o mujer sigue siendo esclavo de mil obligaciones e imposiciones que él mismo o su sociedad ha inventado. Sigue atado a los juzgamientos de la religión sobre los actos más espontáneos, a las exigencias del consumo sobre lo que debe obtener, a los lineamientos de la sociedad sobre lo que debe decir o hacer, a los estereotipos estéticos sobre cómo debe verse, al condicionamiento del sistema civilizado al respecto de lo que debe pensar. Ahora te pregunto yo a ti Juan: ¿tú crees que eso es libertad?

El joven permaneció varios segundos sumido en un silencio absoluto, sumergido por completo en las frases de Damián, repasando la triste pero irrefutable veracidad de sus palabras. Estaba a punto de contestar positivamente la pregunta cuando de repente el hombre detuvo en seco el paso de su mula y levantó una mano en señal de silencio.

Si había algo que Damián había aprendido en tantos años de recorrer el mismo sendero y vivir en completa armonía con la naturaleza era a entender su lenguaje, a memorizar sus sonidos. No existía, para él, murmullo más coherente o arrullo más armonioso. El ruido casi imperceptible que lo alarmó pasó completamente desapercibido para sus compañeros de viaje. Fue solo un desatino lejano, un golpe de frecuencias sonoras extrañas, suficiente para ponerlo en alerta. Luego, con un preciso y firme movimiento, volvió su mirada a la espesura que habían dejado atrás.

Apuntó su visión a un espacio invisible en medio de la negrura del camino. Su expresión firme y áspera extrañó a Juan y a su madre, acostumbrados a verlo de buen semblante y sonriente. Se mantuvo inamovible por varios segundos, como si estuviese desafiando a un animal salvaje que les seguía el paso.

El momento fue sobrecogedor para los viajantes que optaron por no mediar palabra, mientras trataban de adivinar lo que Damián observaba con tanta furia.

—Nos siguen —dijo Damián fríamente.

La madre de Juan dejó escapar un pequeño gemido de preocupación y su hijo apretó los labios con rabia. Damián se veía preocupado pero resuelto. Se bajó de la mula y caminó en dirección a su primo.

—Necesito que me escuches atentamente —dijo al joven—. Van a seguir el recorrido a pie, no les queda más que una media hora más de camino. Sin perder de vista la estrella más grande que ves sobre ti, vas a guiar a tu madre por este sendero. Usa la lámpara para reconocer la guía, pero no se detengan hasta que lleguen al riachuelo. A partir de ese punto solo tienen que caminar algunos minutos hacia el poniente y encontrarán la aldea.

—P... pero y, ¿tú? —preguntó nervioso el joven.

—Yo regresaré al pueblo. Quien sea que nos sigue se guía por las huellas de las mulas. Si regreso con ellas al pueblo el rastro se romperá. No puedo arriesgar a la aldea mostrándoles el camino —expresó Damián mirando en dirección a las huellas marcadas en el piso.

—¿Y por qué no regresamos los tres? —preguntó su tía.

—Porque si los ven a ustedes, los reconocerán. En cambio yo puedo pasar por un forastero que llega al pueblo a vender o cambiar sus mulas.

Juan miró a su madre con preocupación.

—Además, si nos han seguido es porque saben quiénes son ustedes. En cambio ellos no saben quién soy yo.

Damián extendió una mano a su tía para que bajase de la mula. Su primo hizo lo propio y se alistó para empezar el trayecto explicado por el hombre. Se despidieron con un breve abrazo y Damián montó rápidamente sobre su animal. La guió para que cambiara su dirección y antes de empezar su regreso les regaló a madre e hijo una amplia sonrisa.

—Fue un placer viajar con ustedes —les dijo tocando con su dedo índice el ala del sombrero.

—Damián —dijo Juan interrumpiendo el inicio de su paso—. Vas a volver, ¿cierto?

—Seguro Juan, voy a volver. Es mi hogar, ¿recuerdas?

Y con estas palabras, en medio de la madrugada, Damián se empezó a alejar en la misma dirección por la que habían venido, dejándolos con una inmensa inquietud en el pecho.

A casi un kilómetro del lugar, los hombres de Rodrigo volvían torpemente sobre sus pasos, alumbrados apenas por una lamparilla que saltaba inquieta, satisfechos de la pesquisa realizada.

Con un solo golpe contundente y enfurecido, Rodrigo lanzó al piso el monitor de la computadora empolvada de Juan. Pisoteó los pedazos plásticos y volteó la mesa donde se había acomodado tantas veces el joven a escribir y navegar.

—¡Maldita puta —gritaba vehemente—, sabía que algo te traías! ¡Lo sabía!

Ruiz y El Roto seguían destruyendo todo a su paso, mientras descubrían escondites donde habían sido escondidos los ahora escasos alimentos.

—¡Estuvieron siempre escondiendo comida! ¡Siempre! ¡Lo sabía! —gritaba mientras pateaba restos de muebles hechos añicos.

De repente unos pasos apresurados anunciaron la llegada de dos hombres jadeantes y embarrados de tierra, portadores de noticias para su jefe.

—Jefe, los tenemos —informó uno de los hombres visiblemente agitado.

—¡¿Los tienen?! —respondió Rodrigo interesado—. ¿Dónde están? ¿Por qué no los trajeron?

—Porque vienen de regreso. Nosotros corrimos y después tomamos los caballos. Pero ellos vienen justo detrás de nosotros.

—¡¿Y por qué vendrían de regreso?! ¿Por qué?

—No lo sabemos —habló el otro—, tal vez se perdieron o se confundieron de camino. No pudimos ver claramente porque estaban lejos, pero escuchamos las mulas y vimos su lámpara que cambiaba de dirección. Vienen para acá.

—Entonces —dijo maliciosamente el hombre mirando en dirección a los escondites de alimentos destruidos—, hay que recibirlos como se merecen.

Los primeros rayos del sol recibieron a los forasteros cansados y preocupados. Un grupo de mujeres caminaba en dirección a la aldea, pasando junto al riachuelo, única referencia de Juan y su madre para llegar a su destino. Desde que Damián los había dejado no habían detenido su caminar hasta encontrar la señal mencionada. Cuando escucharon

el sonido del agua golpeando delicadamente contra los pedruscos no pudieron esconder su emoción y se abrazaron triunfantes. Las mujeres que volvían desde el río hasta sus casas los vieron extrañadas. Juan se acercó a ellas con los brazos extendidos, tratando de llamar su atención.

—Hola. Soy Juan, primo de Damián y esta es mi madre —les dijo a manera de presentación.

—Bienvenidos. Los esperábamos —les dio la bienvenida una de ellas—. ¿Y Damián? ¿Dónde está?

En vista de la notable preocupación, Juan miró a su madre buscando una forma sutil de explicar los acontecimientos. Lamentablemente, no había una forma de apaciguar la situación.

—Damián ha vuelto al pueblo —dijo la madre del joven dirigiéndose a las mujeres.

—¿Qué? —preguntó la mayor de ellas—. ¿Por qué? ¿Qué pasó?

—Nos seguían —contestó Juan—. Damián regresó para despistarlos y no guiarlos hasta acá.

Un incómodo silencio, parecido a un lamento mudo, se apoderó de todos. Era como si de repente, sin ponerse de acuerdo, todos estuviesen imaginando la peor de las tragedias.

—Bueno —dijo una de las mujeres rompiendo un poco la incomodidad reinante—, me imagino que deben estar agotados.

Juan y su madre asintieron tratando de esbozar una sonrisa.

—Vamos a la aldea, ahí tenemos un lugar para ustedes.

Damián entró al pueblo jalando con una soga las mulas que caminaban en fila, demostrando cansancio en su andar. La luz apenas empezaba a tomarse el cielo de la mañana y las siluetas de las primeras casas del pueblo se mostraban sombreadas. El hombre había dado una vuelta, mezclando senderos, antes de llegar al pueblo para tratar de evitar revelar sus atajos. Sin embargo, sentía que el esfuerzo era vano. Quien los siguió había empezado el trecho con ellos, desde el principio. La ansiedad lo consumía.

Ya en el pueblo empezó a sentir pequeñas perturbaciones que rompían ligeramente el silencio sepulcral de la madrugada. Percibía que era observado, vigilado, acosado por varios pares de ojos, mientras caminaba sin un rumbo definido, tratando de escoger cuidadosamente sus próximos movimientos.

Sus piernas temblaban, en parte por el cansancio del recorrido y en parte por los nervios. No entendía cuál era la situación en la que se había involucrado, pero estaba convencido que haberla mantenido lejos de su aldea había sido la mejor de sus decisiones. Le constaba que no habían seguido a Juan y su tía, y eso lo tranquilizaba.

—¿Perdido, indígena? —escuchó a sus espaldas en una voz ronca y tosca.

Damián ignoró el intento de insulto por no considerarlo tal y regresó su mirada, moviendo un poco su cuerpo para no ser obstaculizado por las mulas. Antes de que pudiera ver al dueño de la voz, una mano le arrancó con un movimiento fuerte la soga que sostenía a su mula. Se quedó perplejo al darse cuenta de lo veloz del acontecimiento. El hombre que le había quitado las mulas era Ruiz, uno de los peones cercanos de Rodrigo, líder improvisado que se había tomado el pueblo a falta de policía, seguridad, alimentos y control.

En cuanto las mulas se retiraban jaladas con fuerza por Ruiz, pudo ver por fin al personaje que gritaba a sus espaldas. Era un hombre grande, gordo, con una actitud incómodamente agresiva y ruda. Con las primeras luces de la mañana Damián pudo adivinar una cantidad ridícula de brazaletes, pulseras y relojes de oro que adornaban sus brazos, seguramente parte del botín de guerra que había adquirido durante las últimas semanas en las que había pasado de ser un cuatrero sin nombre a convertirse en el máximo general autoproclamado de un ejército abusivo y oportunista que por la fuerza había sometido a su pueblo.

A Damián se le hizo extraña la forma de vestir del hombre parado frente a él. Llevaba un poncho rojo que no coincidía con su talla y terminaba un poco más abajo de su pelvis. Para sostenerlo pegado a su voluminosa cintura, había optado por un cinturón que apretaba los contornos de la prenda. Una camisa de manga corta remataba el atuendo.

Una mezcla de burla y rabia se complementaban en la mirada que lanzaba Rodrigo en torno a Damián. Sostenía en su mano, pegada a su pierna, una escopeta recortada que balanceaba adelante y atrás con un torpe movimiento pendular. Su actitud trataba de ser intimidante y su expresión corporal buscaba causar un temor que ya se había anidado en el hombre frente a él.

—Te hice una pregunta, ignorante —volvió a gritar Rodrigo.

—No patrón, ya casi estoy yéndome nomás —respondió fingiendo un acento y una actitud distinta—. Solo venía a tratar de vender estas viejas mulas, nomás patrón.

En una triangulación casi inmediata de miradas y expresiones, Rodrigo alcanzó a ver a El Roto que asentía con un movimiento de cabeza frenético, escondido tras un portal, señalándolo. Miró por encima del hombro de Damián a los hombres que habían seguido al trío que sonreían como señal de aprobación de la identidad del perseguido. Una tercera ráfaga visual se adelantó precisa e intacta marcando en el viento el surco invisible que seguiría la primera de las balas expulsadas por la escopeta recortada. Una infinidad de fragmentos microscópicos de pólvora caían

despreocupados, abandonados por el proyectil, empujado por la aguja, fuera del cañón.

Un dolor incontenible sorprendió a un Damián nervioso y confundido. El estallido sonoro ensordeció al hombre que pudo ver el impacto atravesando su ropa y salpicando su sangre. El brazo contagió inmediato el malestar al cuerpo y el cerebro convocó una rebelión de adrenalina que mordió su equilibrio y lo lanzó aparatosamente de espaldas sobre la calle.

—Creo que me estás mintiendo —le dijo burdamente Rodrigo mientras se acercaba poco a poco.

—No… sé… de qué me hablas —dijo adolorido Damián.

—¡Que creo que me estás mintiendo! ¡Que no estás aquí vendiendo nada!

El hombre puso un pie encima del brazo herido de Damián que emitió un gemido de dolor. De a poco los hombres de Rodrigo también se iban sumando a la escena, convocados por el morbo del sufrimiento humano.

—Mira, provinciano de mierda, no voy a perder mi tiempo contigo. Necesito que me digas dónde están los sembríos. De dónde sacas la comida que le has estado trayendo a la vieja puta esa.

Una mirada altiva y desafiante atravesó el espacio que separaba los rostros de los dos hombres. Desde el suelo los ojos negros profundos ardían de ira mientras gritaban furia y odio inalterables ante la expresión grosera e irracional del opresor.

Durante milésimas de segundo Damián imaginó el futuro del pueblo. Imaginó al líder subyugando a los habitantes, con la opinión de la bala y el criterio de la fuerza. Imaginó a sus seguidores convencidos de su poder, venerando sus decisiones, con el estómago lleno y la cama caliente. Imaginó a gente perdida en una esclavitud inacabable, en un pozo profundo de lamentos. Imaginó a un mundo cayendo sin sentido en un abismo infinito. Imaginó a su padre mirándolo orgulloso sentado junto a él sobre la rama rota del manzano, admirando la hermosura y la paz de su valle.

Un cuerpo sin vida y de rostro desfigurado empezó un proceso incontenible de putrefacción en horas de la tarde, mientras una bandada de buitres hambrientos disfrutaban en turnos irregulares de la carroña fresca.

CAPÍTULO 29

Sophie miraba con los ojos inyectados el rostro maltrecho de su madre. La fiebre había minado su habitual vigor en los últimos días, en contraste diametralmente opuesto a la actitud sonriente, viva y cariñosa que mantuvo durante los más de dos meses de magra travesía.

El brutal brote de cólera que casi acaba con la población infantil entre los nómadas norteamericanos parecía estar cobrando la última de sus víctimas, mientras agonizaba en brazos de sus dolidos padres. Al parecer la enfermedad se subió a la caravana mientras avanzaban por tierras centroamericanas, convirtiéndose en una más de la lista interminable de contratiempos y vicisitudes que golpearon con insistencia al grupo.

Las dificultades, como plagas malditas proferidas por fuerzas invisibles, atacaban consistentes a los hombres y las mujeres desde el inicio de su recorrido dejándolos mermados, sin salud, sin alimentos, sin ánimo, sin esperanza y sobre todo sin una cohesión que llegó a ser su motor y motivación para tan compleja empresa.

Después de que el trajinar depredó el avance, los pocos sobrevivientes se alegraron de encontrar un lugar calmo para asentarse y poder sobrevivir. Sin embargo, el egoísmo, el desacato y la crueldad humanas se convirtieron en un modelo de comportamiento indefectible y generalizado. Nada parecía más lejano que las esperanzas iniciales, la promesa de mejores días, la tranquilidad y coherencia del pasado. Ahora nada tenía valor ni importancia más que subsistir a pesar de las inclemencias del hombre contra sus semejantes.

—Creo que se ha dormido —dijo Helen más con temor que con alivio.

Howard dejó de escribir en su cuaderno por unos segundos para mirar por encima de las hojas el rostro de su hija con marcas manchosas de vómito y arena ya endurecidos en las comisuras de su boca y círculos negros amoratados circundando sus otrora vivaces ojos verdes.

—¿Sigue con fiebre? —preguntó inquieto.

—Parece que no. Pero, ¿quién sabe? —respondió Helen mientras palpaba la frente de la pequeña que dormía sin dejar por un segundo la expresión de dolor que había adoptado hacía días.

—Descansa un poco.

—No creo que pueda. Estoy muy preocupada —suspiró con tristeza.

—Tengamos fe. Seguro pronto vamos a encontrar una solución.

—¡Fe! —le dijo tratando de contener la voz pero sin ocultar su frustración—. ¡¿Me estás pidiendo que tenga fe?! ¿De qué nos ha servido la fe en esta locura? ¡¿De qué?! Nada de esto tiene que ver con tener fe, estoy harta de esa maldita palabra.

—Pero Helen. Ya hemos hablado de esto. Está claro que entendimos equívocamente los escritos, que tomamos como sentadas las interpretaciones, que cometimos errores. Pero este viaje se convirtió en una reafirmación de estas ideas originales que tanto nos han motivado.

—Por eso mismo, Howard. Te lo dije desde el principio. Lo último que necesitamos, inclusive según los *blogs* de Damián, es fe.

—Entonces, ¿ya no tienes esperanza? —preguntó entristecido el hombre.

—Claro que sí —le dijo tratando de calmar su ira mientras acariciaba el cabello descuidado y crecido de su esposo—. Tengo esperanza en nosotros. En que somos capaces de sobrevivir y establecernos. Como antes. En eso tengo fe: en ti, en mí —miró unos segundos con ternura a su hija—... y en Sophie, sobre todo en ella.

La noche estaba serena y la pareja ya casi lograba dormir cuando un ruido extraño hizo eco en el ambiente. El sonido casi imperceptible despertó a la mujer que no conseguía conciliar el sueño desde su separación de lo que quedaba del grupo de viajantes. Tenía la sensación constante de que Bill y sus discípulos los seguían. Un segundo ruido la hizo incorporarse completamente. Era un sonido parecido a un murmullo humano, un susurro casi infantil que se imponía al rumor de las maderas consumiéndose en la chimenea que habían encendido para hervir agua. Tuvo la intención de despertar a su esposo, pero prefirió esperar a tener confirmación de la naturaleza del rumor.

Habían revisado la casa buscando habitantes y sobrevivientes sin éxito. Desde su llegada a este nuevo pueblo abandonado, no habían visto a nadie y no se habían aventurado a explorarlo o conocer sus rincones. Se habían apoderado de la primera vivienda en la entrada sin investigar el resto de las edificaciones del lugar. El olor a muerte y podredumbre venía con el viento y hacía que cualquier intento de avanzar por las calles

desoladas fuera casi imposible.

Esperó unos segundos pero no se repitió el sonido, por lo que volvió a recostarse, no sin antes acariciar la frente de su hija con ternura. El sueño esquivo la tuvo inquieta por varios minutos y sus intentos vanos de conciliarlo le causaron más ansiedad que calma. Decidió levantarse nuevamente y tratar de acomodar un poco sus ínfimas pertenencias. En el conjunto de las mismas extrañaba varias cosas, por sobre todo los mapas que habían perdido en la huida. Ahora, por más que según Howard avanzaban en la dirección correcta, no podían comprobar su ubicación o dirección.

Se dirigió hacia la chimenea para separar los troncos vivos por si tuviesen que pasar una noche más ahí. Cuando estaba por regresar a la cama ajena que ocupaban, reparó un momento en el cuaderno de notas que su esposo llenaba con apuntes desde que salieron de la ciudad.

Nunca había tomado el tiempo para leerlo pero, según sabía, Howard registraba en él una suerte de bitácora de viaje. Lo abrió y de inmediato descubrió una serie de apuntes breves y sintetizados que, a pesar de no tener mayor descripción ni explicación, abrían en su mente una caja inmensa de recuerdos amargos y malos ratos que plagaban refrescando su memoria.

El trazo era descuidado e irregular. Las páginas estaban llenas de notas y dibujos en una organización dictaminada por número de días y no por fechas ni horas. Como si estuvieran organizadas para que el lector tuviera una secuencia relativa mas no absoluta.

Día 1.
Salimos de nuestros ciudades, llenos de fe, esperanza y ánimo. 236 personas entre hombres, mujeres y niños. Todas las familias han aportado con lo que han podido para completar los requerimiento de un viaje que, según nuestros cálculos, debe tomarnos no más de 30 días en dirección sur, en busca de la aldea desde donde Damián escribe sus mensajes para el mundo.

Día 2.
La guerra mundial se ha declarado oficialmente. Nosotros, al igual que miles, buscamos salir de territorio norteamericano cuanto antes. Se escuchan noticias horribles desde varios lugares de la nación. Bill repite insistente que fue iluminado por Dios para salir de nuestra ciudad, antes de que fuera destruida por la guerra. Casi todos le agradecen y veneran por ello.

Caos

Día 5.
Hemos sido asaltados por un grupo de hombres y nos han quitado gran parte de los alimentos. Se han llevado uno de los buses. Por suerte han sabido razonar con Bill y él los ha convencido de no llevarse a varias mujeres como parte del botín. Momentos de tensión y miedo.

Día 7.
Todos estamos muy preocupados porque no hemos podido llegar a la estación de Piedras Negras. Casi todos los caminos están tapados y se hace imposible avanzar o retroceder.

Día 10.
Todavía no hemos llegado a la frontera. Llevamos cinco días acampando en el desierto. Algunos de los más ancianos empiezan poco a poco a verse afectados por el calor.

Día 13.
¡Alegría! Hemos podido llegar a Piedras Negras. Tuvimos mucha suerte al aventurarnos por el desierto, siguiendo las recomendaciones de Steve. Ahora por fin estamos en espera de la llegada del tren. Casi no tenemos comida pero estamos muy contentos por haber logrado llegar. Las noticias sobre la guerra cada vez son peores.

Día 16.
Hemos tenido que cambiar uno de los buses por comida. Ha sido una negociación difícil con los mexicanos que dominan el área. Lo hemos conseguido. El tren no llega.

Día 17.
El tren no llega. Estamos preocupados. No hay forma de saber cuándo llegará. Los habitantes locales siguen intentando vendernos todo tipo de insumos para la espera.

Día 18.
El tren sigue sin llegar. Nuestro contacto no aparece. Presumimos que se fue por la demora que tuvimos.

Día 19.
Mediante una serie de sobornos y dádivas con los locales, hemos averiguado que nuestro contacto, un reverendo de nuestra misma congregación, tiene el tren detenido a pocos kilómetros de aquí y nos ha hecho esperar para que sus compinches nos puedan vender los insumos necesarios para la

espera. Bill está muy molesto y han formado una pequeña comitiva para ir en su búsqueda. Tuvimos que traspasar la gasolina de los tres buses a uno solo para que puedan llegar. Es nuestra única esperanza. Yo me las he arreglado para no tener que ir. Siento que debo quedarme junto a Helen y Sophie. Las cosas no se ven muy seguras en el campamento que hemos alzado junto a la estación.

Día 20.
Bill y varios hombres tuvieron que tomar por asalto el tren y atacar a nuestro contacto. Han tenido que usar las armas y, sin precisar un número exacto, sabemos que han muerto varios en el enfrentamiento. De los nuestros no regresaron seis. Estamos muy tristes pero por fin subimos al tren. Cientos de personas ajenas al grupo también subieron. No son gente que conozcamos, pero no estamos en la posibilidad de bajarlos.

Día 21.
Otro enfrentamiento para hacer que bajen los locales que se subieron al tren sin autorización. Se han disparado armas y eso ahuyentó a la mayoría. Sin embargo, varios prefirieron ser heridos a quedarse en Piedras Negras. Corre el rumor que una pandilla delictiva, una «mara», viene en dirección a la estación. Seguramente por nosotros. Bill no quiere arriesgarse a llevar posibles infiltrados en el viaje. La escena fue muy triste. He visto a varias personas morir frente a mi mientras el tren arrancaba. Algunos inclusive se han lanzado a las rieles. Parece que nadie quiere permanecer en Piedras Negras. Temen a los grupos armados, las «maras» y la guerra en el norte. La estación es un caos.

Día 22.
Las cosas están más calmadas. Avanzamos más lento de lo que suponíamos. Tenemos hombres armados apostados en cada uno de los vagones para proteger cualquier intento de asalto en la vía. Entre ellos yo tengo un turno. En cada pueblo que pasamos, vemos a cientos de personas implorando que nos detengamos. Parecería que todos temen a la muerte y ven al tren como la salvación. Bill ha asumido la dirección de todo. Helen critica sus aires de grandeza. Ya casi no tenemos alimento, estamos por llegar a Manzanillo.

Día 23.
Fuimos atacados por un grupo de pandilleros que se han subido al tren en movimiento. Después de una batalla donde fallecieron varios de ambos bandos, pudimos desconectar los vagones posteriores y perderlos en la vía. Lamentablemente también dejamos atrás vagones donde viajaban

decenas de nuestros amigos. Fue una decisión de Bill. Prefirió sacrificar «unos cuantos» a perder todos la vida y lo poco que nos queda de comida. El ambiente es terrible. Todos estamos muy tristes. Helen y Sophie lloran. Yo trato de mantenerme calmado para no asustarlas, pero debo confesar que esto es lo más parecido al infierno.

Día 31.
Hemos pasado varios días en Manzanillo sin rastro de Dean o su esposa Diana. Las cosas aquí son terribles. No existe ley o control. La gente se ataca a muerte por comida o vivienda. En las calles hay cadáveres tirados y nadie hace nada. Tuvimos un alto nivel de resistencia al principio, pero hemos logrado ganarnos a ciertos grupos semiorganizados por contar con médicos entre nosotros que han ayudado a heridos y enfermos. Esta fue idea de Helen. Bill quería simplemente disparar en todas direcciones para lograr hacernos de alimentos. No se llevan muy bien, cada vez él se siente más poderoso y Helen lo detesta más. Yo sigo tratando de mantener la cordura entre tanta locura.

Día 35.
Estamos prácticamente instalados en la que antes era una escuela. Hemos corrido con algo de suerte ya que aquí hemos encontrado un pozo de agua que nos ha ayudado a sobrevivir. Seguimos intercambiando la comida por ayuda médica, pero sentimos que poco a poco es menos valorado nuestro aporte.

Día 36.
La pequeña comitiva que enviamos en busca de Dean y Diana no regresó jamás. Tememos lo peor.

Día 38.
Acá todos los habitantes comentan que han tenido noticias sobre la caída de Washington. Según los rumores las ciudades más importantes de Estados Unidos han sido atacadas y reducidas a escombros. Notamos júbilo entre los lugareños al transmitir la noticia. Hay un gran rechazo a los americanos. Sentimos tensión en el ambiente. Como medida precautelar decimos ser ciudadanos canadienses.

Día 39.
Hemos emprendido el camino a pie. No podemos quedarnos aquí. Salimos en la madrugada para no ser perseguidos. Vamos a tratar de llegar hasta otro puerto donde proseguir el viaje, intentando mantener por lo menos en algo el plan original.

Día 42.
Hemos caminado dos días por la costa. Otra vez escasean los alimentos y tenemos varios niños enfermos. En un pequeño muelle casi abandonado, pudimos encontrar una embarcación lo suficientemente grande para todos. Lo triste es que Bill y sus hombres han disparado a una familia que vivía dentro de la misma. Han tratado de deshacerse de los cuerpos por la borda del barco sin que lo notemos, pero todos lo hemos visto. Cada vez es más preocupante la actitud de Bill. Él dice que todo lo hace por nosotros, para que podamos llegar. Es una locura.

Día 45.
Seguimos navegando rumbo al sur. Parece que vamos por buen camino. Pasamos el día entero pescando y tratando de preparar la comida. Nos mantenemos siempre cerca de la costa. Cuando vemos alguna población tratamos de acercarnos con una balsa. Ha funcionado, hemos podido conseguir agua a cambio de pescado.

Día 47.
El viaje se ha complicado. Tenemos varios niños enfermos que no pueden mantener alimento. No sabemos qué hacer. Los tres doctores que siguen en el grupo no se ponen de acuerdo sobre la enfermedad que los aqueja. Vómitos y malestares acompañados de fiebre los han atormentado por varios días. Estamos debatiendo si debemos anclar en un pueblo costero para buscar ayuda o seguir tratando a los enfermos a bordo. Bill se niega a detenernos.

Día 48.
Estamos en algún lugar de las costas de Panamá. Por fin hemos podido convencer a Bill que lo mejor es anclar y buscar ayuda. Sin embargo, me temo que no vamos a lograr mucho. Uno de los niños ha muerto. Su madre llora desconsolada, también perdió a su esposo en la toma del tren. Un grupo está en la balsa llegando a la costa para buscar medicinas. Parece ser que los médicos a bordo se han puesto de acuerdo: cólera.

Día 54.
La enfermedad ha tomado ya a varios. Hemos seguido por mar, pero la situación es insostenible. Bill ha decidido, por la fuerza, confinar a los enfermos en la parte baja del barco. Los tiene vigilados a punta de cañón. Nadie lo quiere enfrentar ya. Tiene las armas y un grupo de hombres que lo apoyan. Yo también fui despojado de mi rifle, pero mi actitud ha logrado que estemos salvos y sigamos gozando de su aprecio. Helen no aguanta la

situación y está muy preocupada.

Día 55.
Se ha dado un amotinamiento a bordo y han muerto varios. Las armas se impusieron a la rebelión. Al parecer todo comenzó porque Betsy, la esposa de Bill, también dio muestras de estar enferma. Sin embargo, se mantiene en nuestra área del barco, donde estamos los sanos. No sabemos qué pasará. Al parecer estamos ya cerca del punto de desembarque.

Día 58.
Estamos por desembarcar en un puerto abandonado como muchos que hemos visto. La situación es terrible. Betsy murió anoche y se rompió la cuarentena. Bill está deshecho. Se contabilizan 26 muertos. Ahora somos 51, menos de la cuarta parte de los que abandonamos la ciudad. Por suerte a Helen y Sophie están bien, pero tengo miedo, mucho miedo.

Día 59.
Hemos corrido con suerte. Logramos encontrar un pueblo costero y sus habitantes nos han recibido con los brazos abiertos. Parecería como si el caos del mundo no hubiese tocado a estos pescadores. Estamos contentos por primera vez en casi dos meses.

Día 60.
Bill se ha tomado una de las casas de los moradores del lugar por la fuerza. Ha usado otra vez los rifles para exigir a los pescadores comida y otros insumos que, según Helen, de todas formas tenían planeado compartir con nosotros.

Día 61.
Bill propone no seguir, quedarnos aquí. Se siente el rey de este pueblo. La verdad muchos están de acuerdo con él. El lugar está muy tranquilo y los pescadores han aceptado en cierta medida nuestra llegada a pesar de las actitudes prepotentes y amenazantes de Bill. Todos estamos prácticamente acomodados y parece que no ha habido más brotes de cólera en el grupo. El saldo es triste, de los niños solo queda viva Sophie. Alabado sea el Señor.

Día 64.
Otro enfrentamiento, esta vez con resultados dramáticos. Varios pescadores acusan a Bill de haber violado a una de las jóvenes del pueblo. Bill los recibió con disparos y gritos ensordecedores. Los lugareños han respondido también con armas que no sabíamos que tenían. Ha muerto

Dorian, la mano derecha de Bill.

Día 67.
Helen, Sophie y yo vamos casi dos días caminando. Hemos escapado en la *madrugada. Bill, en nombre de Dios, obligó a una de las mujeres que perdió a su esposo en el camino, a compartir la cama con él. Prácticamente la violó. Anuncia que tuvo una visión en medio de sus sueños y que en ella se le instruía relacionarse con las mujeres del grupo. Helen no pudo soportar más. Preferimos continuar solos.*

Día 68.
Hemos caminado por varios días hacia el oeste. Sophie está muy enferma, sin embargo, camina. Yo trato de llevarla en mis brazos la mayor cantidad de tiempo posible. Helen está muy preocupada. Las provisiones casi se han terminado. No tenemos mapas, pero sabemos que vamos en la dirección correcta. Ya ni siquiera sabemos claramente lo que buscamos. Creo que nos vamos a contentar con encontrar un lugar donde establecernos y seguir luchando por nuestra supervivencia.

Día 69.
Sophie sigue enferma, pero asumimos por los síntomas que no es cólera. Tal vez es la esperanza la que nos hace desconocer la gravedad de su estado. No lo sé. Siento que nada sé.

Día 70.
Encontramos un pueblo abandonado. Según mis cálculos, debemos estar muy cerca de la aldea de Damián. No lo puedo corroborar. Nos hemos tomado una casa deshabitada. Esto parece un pueblo fantasma. Mañana buscaremos lugareños. Ahora estamos contentos porque encontramos un lugar para dormir por fin. Conseguimos agua y encontramos unas latas de conservas escondidas en el fondo de un cajón falso. Creo que con esto podremos sobrevivir hasta descubrir dónde estamos.

Cerró el cuaderno al escuchar una vez más el extraño susurro. No pudo evitar un sobresalto inquieto. Se acercó a la cama donde dormía su esposo como buscando resguardo a sus miedos. Se acomodó junto a él tratando de olvidar sus temores y en cuestión de segundos el agotamiento tomó su cuerpo y su conciencia. Un par de ojos verdes se cerraron de inmediato, dando paso a un profundo e incontenible sueño.

Desde la calle completamente oscura y a través de la ventana, El Roto los observaba mientras dormían, dejando escapar una palabra de emoción de vez en cuando que se asemejaba a un susurro infantil en

medio de la noche.

Howard caminaba horrorizado por la aldea buscando señales de vida sin separar ni un segundo la mano cubriendo su nariz para evitar el olor insoportable. El sol tempranero acompañaba su andar estirando una sombra delgada sobre el piso. A su paso por las calles polvorientas, tropezaba con los cuerpos sin vida de hombres y mujeres en avanzado estado de putrefacción. Parecía un campo de batalla improvisado. En algunos casos reconocía heridas y mutilaciones típicas de un enfrentamiento.

Después de inspeccionar varias viviendas y algunas calles, se encontró con lo que parecía ser un pequeño almacén. La puerta estaba destruida y le bastó con ingresar unos pasos para darse cuenta de que había sido víctima de un ataque vandálico. En el piso las partes de lo que fue alguna vez una computadora yacían destruidos en pequeños añicos.

El hombre removía con el pie los escombros en busca de algún dato que le diera información sobre su ubicación. Un grupo de papeles asomaron de entre los despojos y llamaron poderosamente su atención. Los levantó y los miró con emoción. A pesar de estar en español, pudo identificar de inmediato ciertas palabras y su organización. La división de sus estrofas y el espaciado de sus líneas. Conocía de memoria esos textos. Tenía en sus manos impresiones de los *blogs* de Damián.

Un ruido lo asaltó de repente, lo hizo girar sobre su eje con una velocidad felina y soltó de inmediato los papeles. Antes de poder identificar la figura que se ubicaba en el umbral de la puerta, afianzó un pedazo de madera que le podía servir de defensa en el caso de ser atacado. Una vez en guardia y listo para embestir, pudo reconocer la figura de su esposa de pie frente a la entrada. Howard respiró aliviado.

—Helen, ¿qué haces aquí? —preguntó intrigado.

En cuanto se acercó un poco pudo ver a su hija con la cara lavada y aparentemente repuesta mirándolo con afecto. Antes de que la mujer pudiese contestar, la sorpresa atacó a Howard de nuevo al darse cuenta de que no venían solas. Un hombre harapiento se movía incansable dando pequeños saltos acompañados con un pestañeo constante.

—Howard, este hombre dice saber dónde está la aldea de Damián —le dijo mostrándolo a su esposo.

—Pero Helen —le respondió confundido—. Este es un hombre visiblemente perturbado. Tú no entiendes su idioma. ¿Cómo estás tan segura que sabe dónde está?

—No lo estoy. No estoy segura. Pero, ¿qué más da? Ya hemos recorrido miles de kilómetros siguiendo a un loco como Bill. Este no nos puede llevar por un peor camino.

Howard lo observó fijamente. El Roto no dejaba de dar pequeños

saltitos intranquilos mientras trataba de mantenerse en el mismo lugar. Su excitación era delirante pero se mostraba inofensivo.

—Damián, Damián —repetía El Roto frenéticamente, mientras señalaba el sendero que hacía varias semanas habían emprendido Juan y su madre guiados por Damián.

Howard miró con alegría el rostro repuesto y sonriente de su hija. Se veía hermosa, tal como su madre. Sentía que todo lo que importaba en el mundo estaba frente a él. No necesitaba absolutamente nada más que lo que tenía en ese instante para ser feliz toda una vida. La presencia de Sophie y su esposa eran más que suficiente para recuperar las ganas de vivir y la esperanza.

—Vamos —dijo amable mientras sostenía la mano de su hija, siguiendo los pasos inquietos e irregulares de este hombre harapiento, sucio y extraño que ofrecía guiarlos hasta la tierra prometida.

CAPÍTULO 30

Magda caminaba guiada por el extraño polvo blanco que cubría el camino, sin retirar los ojos del piso para no perder tiempo en su avance. La noche había cubierto por completo, con un manto espeso, el cielo sobre la selva. Las estrellas intermitentes se mostraban resplandecientes y la luna vigilaba todo.

Los ojos de la mujer empezaron a notar una diferencia en el color de la arena blanca que pisaba. El matiz reluciente tuvo una pequeña variación luminosa que le hizo detenerse por miedo a haber perdido el rumbo. Apenas fue en ese momento que alzó la vista para descubrir, asombrada, la imponente edificación de frontera.

Detenida frente al edificio, alumbrada por los reflectores en medio del claro de la selva, se sintió sobrecogida por tal magnificencia. Sus ojos, acostumbrados a la monotonía de su Aldea, jamás habían visto esta combinación tan imponente de piedra y colores, amplificada por la luz artificial. Interpuso su brazo frente a su rostro para evitar el golpe directo de las luminarias enceguecedoras. Su corazón latía frenético. Ansioso. Nervioso.

La voz femenina de la computadora anunció a Marco la finalización de la sesión.

—Emisario, has cumplido con tu encomienda. Están archivados los registros de la Aldea # 6177. La siguiente Aldea espera tu llegada en tres días. Te sugiero descanses para reponer fuerzas.

Mientras estas palabras terminaban, una luz se encendía acentuando la ubicación sobre la cápsula derecha donde se mostraba la cama. Marco la miró como analizando una tentación atrayente. Después dirigió su mirada de nuevo a la computadora buscando encontrar en ella unos ojos que le correspondan.

—Necesito hablar con el Comité Central. Tengo una petición que hacer —dijo el hombre tratando de mantener compostura.

Unos segundos mediaron en total silencio. Parecía como si

la petición hubiese accionado algún tipo de mecanismo interno que necesitara procesamiento. En este breve espacio de tiempo, Marco repasó las razones, todas inconsistentes, que le estaban haciendo tomar esta trascendental decisión. En todas estas aparecía la mirada de Magda adornando y auspiciando los recuerdos, motivando los atrevimientos.

En medio de este torbellino de sensaciones, se colaron también los rechazos explícitos y tácitos que le profirió la mujer durante su estancia. La cantidad de veces que evidenció sus ganas de perseguir a Jonás, los esfuerzos por sacarle información y los engaños de los que se valió para lograrlo. Sin embargo, por alguna razón incomprensible, estos desdenes no aminoraron el interés del Emisario, sino todo lo contrario, lo motivaban a luchar aún más por su correspondencia.

Después de varias horas de caminata y meditación, Marco se aproximó a la conclusión de que probablemente no esperaba la reciprocidad emocional de Magda, sino más bien la emoción que su presencia había significado. Sentía que la mujer había dejado un espacio abierto en el molde de su existencia y este había quedado vacío desde que se marchó. Su ideal de felicidad y su plan de vida habían sufrido un cambio estructural que alteraba el propósito original. Sus motivaciones cambiaron profundamente y la imposibilidad de conseguir un sentimiento recíproco por parte de Magda dejaba por lo menos evidenciada la existencia de esta persona, objeto de su afecto, cualquiera fuera su nombre.

—Te escucha el Comité Central, Marco —dijo la voz retomando el diálogo.

El hecho que haya dicho su nombre en lugar de llamarlo Emisario era una especie de garantía con la que contaba y que aseguraba que se encontraba en un proceso de diálogo con una instancia superior a la de la computadora que lo recibió.

—Necesito pedir la baja —dijo Marco tratando de expulsar las palabras que le costaban articular. Como si le pesaran, con sabor amargo, dentro de su boca.

—Por favor, confirma la petición —repitió la voz femenina.

—Necesito la baja. Ya no quiero seguir siendo Emisario. Tenía entendido que podía pedir la dimisión en cuanto quisiera unirme a la vida social —se explicó el Emisario.

—¿Existe alguna razón en particular para tu petición?

—No —mintió el hombre—. Es simplemente una necesidad personal. Estoy cansado de visitar aldeas, quiero establecerme y aportar a una sociedad.

—Marco —refutó delicadamente la voz—, tu contribución es mayor. Tu aporte como Emisario es hacia toda la civilización.

—Lo entiendo, pero ahora quiero dejar de caminar —respondió

resuelto.

—¿Existe alguna persona que te ha invitado a tomar esta decisión?

Marco sintió un frío recorriendo su espalda. La pregunta había sido demasiado directa. En un breve instante sopesó la posibilidad de estar anticipando criterios o exagerando sospechas. Tal vez simplemente era un cuestionamiento de rutina. De todas formas adelantó su respuesta afianzando las palabras.

—No, es una decisión independiente y sin influencia externa.

Por unos segundos la frase de Marco flotó en aire como una frecuencia indecisa que golpeaba las superficies para volver al punto de emisión después de pasear por el cuarto.

—Marco, ¿estás consciente de lo irreversible de tu decisión?

—Sí, lo estoy.

—¿Estás consciente que no podrás volver a formar parte del Comité Central como Emisario o cualquier otro oficio afín?

—Sí, lo estoy —dijo Marco un poco preocupado por las implicaciones.

—¿Estás consciente que tienes una cantidad de información que necesitarás guardar y no compartir por el bien de la Aldea donde decidas establecerte y sus habitantes?

—Lo estoy —contestó venciendo su preocupación. Resuelto.

Otros segundos eternos mediaron la última respuesta del hombre.

—El Comité Central valora profundamente tu aporte y agradece, a nombre de la civilización, los años de trabajo que has dedicado a la causa.

Las palabras sonaron un poco mecánicas pero sinceras. Asintió con la cabeza a sabiendas que era observado, desde algún lugar, por medio de las cámaras que le rodeaban.

—Por favor, cierra esta comunicación y dirígete al módulo izquierdo —dijo la voz femenina, toda vez que una luz alumbraba la cápsula a su mano izquierda—. Ahí podremos remover el *chip* de registro para que así puedas unirte a la Aldea que has escogido.

Marco se quedó unos segundos pensativo. Le había parecido un proceso bastante más rápido de lo esperado. Se acarició el cuello y trató de palpar sin mucho éxito el *chip* que habían instalado en su cuerpo antes de nombrarlo Emisario. Miró el recuadro rojo que titilaba esperando el tacto de sus yemas para aprobar el cierre de la comunicación. Dudó unos instantes para luego, armándose de valor en el último tramo, tocar el botón. Acto seguido se apagaron por completo las luces del escritorio.

Magda caminó pasos pequeños y temerosos en dirección al gigante arquitectónico que se ofrecía frente a ella. A cada avance de pocos centímetros, miraba a su alrededor preocupada. No podía entender cómo se le hacía más inhóspito y amenazante un edificio creado por el ser humano que la selva salvaje y descuidada.

Reparó en las pisadas aún frescas que Marco había dejado. Vio cómo terminaban su rastro justo frente a la puerta izquierda. Un sentimiento de nostalgia le invadió y le regaló al momento un suspiro a manera de despedida.

Se concentró en la puerta derecha donde, según la información con la que contaba, debería ingresar para poder ser transportada finalmente al Mundo Antiguo. No pudo evitar que el nerviosismo la invada. Estaba ansiosa y a la vez inquieta. Pasó el día recorriendo caminos desconocidos que la estaban llevando a un portal para acceder a otros inclusive más impredecibles.

De pie frente a la puerta de entrada se sintió observada de repente. Cómo si algo o alguien la estuviera vigilando. Miró en todas las direcciones y solo se encontró con la oscuridad que perdía el camino blanco y los matorrales selváticos.

A la derecha de la puerta, empotrada en la pared, encontró una plancha luminosa con la silueta de una mano marcada como señalización. Hizo lo lógico y asentó su mano, no sin antes secar el sudor en su pantalón.

En seguida una voz masculina y cadenciosa le habló desde algún punto indefinido sobre el portón, en un volumen lo suficientemente alto como para que pudiera escucharla con claridad y lo suficientemente bajo como para que solo ella lo pudiera hacer.

—Bienvenida. ¿Podrías decir tu nombre?

—Magda —respondió superando la sorpresa de la comunicación sonora.

—¿Por qué has venido hasta aquí? —preguntó de inmediato la voz.

—Quiero irme, quiero ir al Mundo Antiguo —dijo un poco apresurada. Unos segundos pasaron mientras ocurría el procesamiento de la información.

—¿Estás consciente que no podrás regresar? —preguntó la voz.

—Lo estoy —respondió Magda y cerró sus ojos con tristeza.

—¿Has venido sola?

—Sí —respondió abriendo los ojos llorosos.

—¿Cuál es el motivo de tu decisión?

—Quiero reunirme con mi antigua pareja, Jonás, que se marchó hace casi dos años.

—¿Alguna persona sabe que has venido? —preguntó la voz sin

esperar.
—No —mintió.
—¿Alguna persona te ha invitado a que tomes esta decisión?
—No —respondió resuelta.
—La libertad está en tus manos. Adelante.
La puerta frente a ella emitió un pequeño sonido metálico y se abrió con un silbido hidráulico.

Marco se puso de pie y se acercó a la cápsula que había abierto su compuerta automáticamente. Una pequeña pantalla ubicada en la parte superior daba las instrucciones a seguir. El hombre se retiró la ropa y la puso, tal como sugerían los gráficos, en un espacio que se había abierto a su lado derecho. En cuanto dejó las prendas donde era requerido, un sonido avisó el cierre de la compuerta que prácticamente se tragaba su atuendo.
Se ubicó en el centro del módulo con la cara en dirección a la pequeña ventana que daba al cuarto. De repente le sorprendió una presión en el brazo. Luego reconoció un grupo de agarraderas metálicas que, saliendo desde las paredes de la cápsula, reptaban hasta aprisionar sus brazos y piernas. El hombre no pudo evitar un momento de preocupación. Sin embargo, se tranquilizó entendiendo que era parte del proceso de remoción del *chip* bajo la piel de su cuello.

Magda dio unos pasos nerviosos al interior del cuarto que se abría frente a ella. La iluminación baja dejaba ver un salón lleno de cápsulas metálicas sin alumbrar y casi frente a la entrada, una sola de ellas con la puerta abierta y una luz que la diferenciaba del resto que se encontraban casi en completa oscuridad. Reconoció la construcción uniforme de todas las puertas y módulos en una hilera que parecía interminable, perdiéndose hasta el fondo de la construcción.
—Por favor, retira tu ropa y ponla en la abertura de la pared — dictó la voz una vez que ella había ingresado.
Un sonido conciso avisó el cierre de la puerta a sus espaldas. La oscuridad era casi completa, a excepción de la luz dirigida a la abertura donde debía colocar su ropa y el haz en dirección a la cápsula abierta.

Marco sintió una presión adicional que sostenía la base de su cabeza. Respiró profundamente. Suponía un proceso rápido y limpio. Se horrorizó al ver un brazo mecánico de metal brillante que salía desde la pared derecha de la cápsula con una punta amenazante sosteniendo una especie de taladro giratorio que se acercaba en dirección a su cuello. Los gritos de Marco se ahogaron en la soledad de la cápsula, metálico sepulcro

para el cuerpo del ex Emisario.

Magda dominó su nerviosismo y siguió las instrucciones. Dejó su ropa y caminó en completa desnudez. Una extraña sensación le incomodó por unos instantes. Ingresó a la cápsula e inmediatamente después de dar un paso a su interior la puerta se cerró. En cuanto dio la vuelta para mirar a través del cristal a la altura de su rostro, un frío metálico afianzó sus brazos y piernas con una fuerza irreductible.

Una fuerte presión sostuvo la base de su cabeza. Durante unos segundos, el nerviosismo complicó su respiración agitada que trató de calmar con el afán de mantenerse alerta. Siguió mirando de frente al cristal que solo le mostraba su reflejo. No lo dejó de mirar y trató de sobrepasar el umbral visual del vidrio y apelando al acostumbramiento de sus ojos a la oscuridad intentó ver más allá.

Logró atravesar el corredor y vislumbrar la cápsula justo frente a ella. Los instantes de pánico fueron ínfimos pero definitorios. La luz se apagó dejando archivada en su retina la última imagen que tendría.

En la estructura hermética frente a la suya, pudo reconocer el rostro sin vida de Jonás, en proceso de descomposición controlado por un líquido espeso que inundaba el reducto y con una expresión de pánico impregnada en su rostro. Una expresión probablemente muy similar a la que ella misma debía estar adquiriendo, al verse atrapada en la caja metálica que no iba a moverse a ningún lado.

El terror la hizo gritar. Un grito desgarrador y doloroso. Un grito que nadie escucharía y que la selva convertiría en un pequeño murmullo perdido entre su infinito.

www.proyectocaos.com